Matthias Krause

HÖR AUF ZU FRESSEN

MATTHIAS KRAUSE

HÖR AUF ZU FRESSEN

Bibliografische Information der Deutschen Nationalbibliothek:

Die Deutsche Nationalbibliothek verzeichnet diese Publikation in der Deutschen Nationalbibliografie; detaillierte bibliografische Daten sind im Internet über http://dnb.dnb.de abrufbar.

TWENTYSIX
Eine Marke der Books on Demand GmbH

© 2021 Matthias Krause

Herstellung und Verlag:
BoD – Books on Demand, Norderstedt

ISBN: 978-3-740-78608-3

INHALT:

HÖR AUF ZU GÄREN

Kapitel 1 - 2

Seite 7 - 21

HÖR AUF ZU FRESSEN

Seite 25

Kapitel 1 - 45

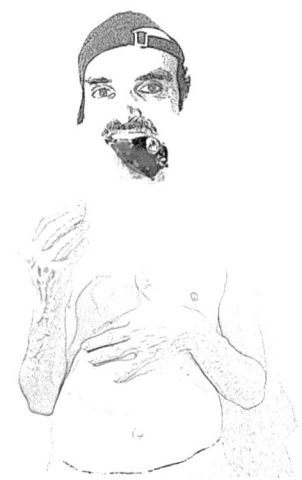

1

Der Schnee an diesem Heiligabend war ausgeblieben. Nur eine zarte Schicht aus hauchdünnem Frost überzog den Acker vor dem Gutshof. Dieser lag mitten im Herzen von Niedersachsen und war von einem dunklen Wald umgeben.
Ein Nebelschleier lag über den Feldern und es wehte ein eisiger Wind. Der Wind war stark und heulte, als würde er ein großes Unheil verkünden. Doch er konnte nicht den Gestank verwehen, der auf dem Gutshof herrschte.
Den Gestank von dunklen Familiengeheimnissen, Täuschung und Verrat. Den Gestank von Verwesung.
Dieser Tag sollte einiges im Leben einer Familie für immer verändern. Eine Tragödie bahnte sich an. Nichts sollte mehr so sein, wie es vorher war. Intrigen und eine düstere Wahrheit sollten ans Licht kommen.
Doch zunächst einmal atmeten alle Mitglieder aus der Familie Bäcker erleichtert auf. Sie hatten wie jedes Jahr ein Krippenspiel in der Scheune vom Gutshof Bäcker aufgeführt, um Opa Reinhold, der mit Krippenspielen aufgewachsen war, eine Freude zu bereiten.
Sein älterer Sohn Benno, der handwerklich äußerst geschickt war, hatte sich um die Podeste gekümmert und sein jüngerer Sohn Arnold, nicht minder handwerklich talentiert, die Krippe gebaut.
Die Ehefrauen waren für die Kostüme zuständig und die Kinder legten das Stroh aus.
Dieses Jahr sollte die Aufführung nahezu perfekt werden. In den letzten Jahren wurde meistens mittendrin abgebrochen, weil irgendeiner aus der Familie einen Hänger hatte oder generell aus seiner Rolle ausgestiegen war. Auch dieses Jahr ging es sehr holprig los. Aber dann waren Opa Reinhold gegen Ende des Spiels die Tränen gekommen. So berührt hatte die Familie ihn noch nie gesehen. So sollte die Familie Bäcker eigentlich zufrieden sein. Doch der Schein kann trügen.
Es gab zwei kleine Zwischenfälle, die, wie sich später herausstellte, mit einem großen Fall zusammenhingen.

Um genauer zu sein, mit einer äußerst schändlichen Tat. Oma Gertrude hatte den Opa mitten in der Aufführung mit sichtbarer Panik in den Augen ein paar Plätze nach hinten bugsiert und Arnold, der für die Regie und als Souffleur eingeteilt war, kam während des Spiels nicht weniger panisch auf die Bühne gerannt und hatte etwas an der Krippe zurechtgerückt. Diese kleinen Details sollten sich noch zu einem unheilvollen großen Komplott verdichten. Opa und Oma waren nach dem Krippenspiel schon mal ins Haus gegangen und Arnold konnte es sich nicht verkneifen, Kritik an der Aufführung zu üben.
Nun standen die Akteure in einer Reihe aufgereiht in der kühlen Scheune, die nur notdürftig mit ein paar mobilen Heizkörpern ausgestattet war, während Arnold wie ein General vor ihnen auf und ab schritt, bevor er nach einer großzügigen Schweigeminute seine Kritik äußerte.
»Das war viel besser, als ich erwartet hatte. Ihr habt super gespielt, euch gegenseitig zugehört und ihr habt wunderbar gesungen. Ihr standet nicht so steif und unmotiviert herum, wie die letzten Jahre. Ihr wart präsent und lebendig. Die Gänge stimmten auch einigermaßen und bis auf Gert an manchen Stellen, hatte jeder seinen Text drauf.«
Die Familie jubelte euphorisch und alle redeten wild durcheinander. Arnold gebot dem mit einer Geste Einhalt.
»Trotzdem war die Aufführung eine Katastrophe. Absolut furchtbar, schrecklich, ganz schlimm.«
Alle erstarrten.
»Äh … hä … was? Wie jetzt? Warum?«, fragte Arnolds Sohn Gert.
Sein Vater schluckte. Diese unangenehme Wahrheit, mit der er seine Familie konfrontieren musste, war nicht leicht zu verdauen.
Er musste mit jedem einzelnen Wort kämpfen, bevor er es in den Raum stellen konnte.
»Einer von euch hat etwas getan, was …«
Arnold stockte. Er wagte es kaum, die verhängnisvollen Worte auszusprechen.

Benno warf die Hände in Luft. »Was? Was ist denn jetzt schon wieder los? Du und dein ewiger Perfektionismus. Immer hast du was zu nörgeln. Es soll uns doch noch Spaß machen dürfen.«
Arnold schüttelte den Kopf.
Sein Bruder nickte bestätigt, was zu seinem Schafskostüm gut zu passen schien.
»Aber wenn es unbedingt sein muss, kannst du uns jetzt auch mal endlich sagen, was du eigentlich von uns willst. Halte deinen Monolog. Kritisier uns, wenn es dir so eine große Freude bereitet. Was passt dir denn nicht? Sag schon. Ich weiß, du hörst dich selbst so gerne reden. Aber fass dich bitte kurz. Mein Glühwein wird kalt.«
Arnold sah seinen Bruder mit großen Augen an. Eine beklemmende Stille trat ein.
»Spuck es aus, bevor wir uns hier alle noch den Arsch abfrieren!«, forderte Benno ungeduldig und in seiner Stimme lag ein beunruhigendes Knurren.
Bevor der Wolf weiter aus dem Schafspelz schlüpfen konnte, stellte sich Arnolds Frau schnell zwischen die beiden Brüder. Auch die anderen Familienmitglieder verfolgten gebannt das Schauspiel. Sie wussten alle, wie schnell die Streitereien der beiden eskalieren konnten.
»Was ist los, Schatz?«, fragte Linda eindringlich ihren Mann.
Doch Arnold brachte es nicht über sich.
Er war bleich im Gesicht. Jeder sah ihm mittlerweile an, dass etwas Schreckliches passiert sein musste. Jeder merkte, dass etwas Bedrohliches in der Luft lag. »Ich weiß nicht, wie ich es sagen soll …«
Sein Sohn stöhnte.
»Nun spuck es schon aus. So viele Hänger hat dein Sohn ja auch nicht gerissen«, stichelte Benno.
Doch Arnold winkte ab. Ein leichtes Lächeln trat in sein blasses Gesicht.
»Mein Sohn war ganz hervorragend. Und die paar Hänger. Darum geht es auch gar nicht.«
Arnolds Lächeln fror ein. Es sah unheimlich aus.
»Jemand hat etwas während der Aufführung getan, was

er nicht hätte tun sollen. Und derjenige ist jetzt unter uns und tut es womöglich wieder und gerade versucht er, ganz unschuldig auszusehen.«
Er starrte nun wieder seinen Bruder an.
»Was glotzt du mich so an? Wovon redest du eigentlich?«, brummte Benno und klang dabei zunehmend aggressiver.
Arnold blickte auf den Boden, als würde er das Stroh zählen wollen.
»Ich weiß nicht, ob ich das sagen kann. Ob ich überhaupt noch jemandem von euch trauen kann. Es ist so krank. So heimtückisch. So widerwärtig.«
Linda schlug nach ihm.
»Was ist denn los?«
Arnold riss die Arme in die Luft.
»Merkt ihr denn gar nichts? Etwas stinkt hier ganz gewaltig. Etwas ist faul. Es liegt der Gestank von Tod und Verderben in der Luft. Aber ich werde es herausfinden. Meine Spürnase hat bereits Witterung aufgenommen. Jemand treibt hier ein böses Spiel und wird bald einiges erklären müssen.«
Seiner Schwägerin Renate, die den Herodes gegeben hatte, platzte der Kragen.
»Meine Güte, Arnold! Jetzt sag endlich, was passiert ist!«
Arnold presste die Worte so mühsam heraus, als würde ihn jedes Einzelne davon quälen.
»Einer von euch hat gebläht. Während der Aufführung. Ohne jegliche Skrupel und ohne Rücksicht auf Verluste. Es hat die ganze Zeit gestunken. So dermaßen gestunken, dass Oma Opa in Sicherheit bringen musste. Ein zutiefst feiger Anschlag. Deswegen bin ich auch zwischendurch auf die Bühne gekommen und habe so getan, als würde ich die Krippe richten. Ich wollte wissen, wer zu dieser dreisten Tat fähig ist und weitere Anschläge verhindern. Und jetzt will ich wissen, wer das getan hat. Na los, redet! Gesteht endlich! Wer ist der Täter? Oder die Täterin? Wer war es?«
Er blickte erwartungsvoll in die Runde. »Du vielleicht, Julius? Für einen Joseph warst du ganz schön nervös

gewesen.«
Er fixierte seinen hageren Neffen. Bennos ältester Sohn. Dieser erwiderte den Blick.
»Na ja. Ich habe mich halt sehr in die Rolle hineingesteigert. Meine Frau bekommt schließlich ein Kind vom Heiligen Geist. Das erlebt man ja nicht alle Tage.«
Arnold nickte skeptisch.
»Und du Maria? Du hast die ganze Zeit so ein schmerzverzerrtes Gesicht gezogen. Als würdest du irgendetwas unterdrücken wollen, was du wohl nicht unterdrücken konntest. Vielleicht dachtest du, es wäre an der Zeit sich zu erleichtern.«
Er fixierte seine Frau Linda.
»Na ja, der lange Weg hatte mich als Maria ganz schön mitgenommen, dann die Geburt. Was dachtest du denn?«, fragte sie trotzig zurück.
Wie ein Tiger im Käfig lief Arnold auf und ab. Seine Nasenflügel flatterten. Nun nahm er Witterung auf. Wie ein Spürhund würde er nun die Fährte aufnehmen und die Spur dieses feigen Täters verfolgen. Denn die Uhr tickte bereits. Der Attentäter war mitten unter ihnen. Hier in der Scheune. Er hatte nicht mehr viel Zeit, das wusste Arnold. Er musste diese Biowaffe entschärfen, bevor es zu spät war. Er musste den Terroristen enttarnen, bevor dieser noch weitere Munition absondern konnte. Arnold war sich sicher, dass der skrupellose Verbrecher wieder zuschlagen würde. Es gab reichlich Ziele und Gelegenheiten für weitere heimtückische Anschläge. Am besten noch im Wohnzimmer bei Kerzenschein. Das wird eine Bescherung geben, dachte Arnold und eiskaltes Entsetzen stieg in ihm auf. Sein Herz schlug mittlerweile in rasender Geschwindigkeit. Ihm wurde fast schon schwindelig von dem Adrenalinstoß in seinem Körper. Er konnte die tiefe Schuld direkt vor sich riechen. Er war ganz nah dran. Das spürte Arnold. Der würzige Hauch des Todes war nicht weit von ihm entfernt. Nur wer war jetzt der Täter? Oder war es eine Täterin? Oder waren es sogar mehrere?

Arnold beschlich eine düstere Vorahnung. Ein grausamer Verdacht keimte in ihm auf. Doch er wollte den Gedanken nicht wahrhaben.
»Na ja, das Christkind kann es ja wohl nicht gewesen sein. Wurde ja von einer Puppe dargestellt. Dann frage ich mal anders. Wer hatte ein Motiv?«
Er strich sich mit der Hand übers Kinn und grübelte.
»Gute Frage«, sagte sein Sohn und seufzte genervt.
Rita, die den Engel gespielt hatte und auch Arnolds Tochter war, reagierte empört. »Sag mal, wer sollte denn dafür ein Motiv haben. Das macht doch niemand freiwillig. Ist doch voll peinlich.«
Arnold tigerte weiter auf und ab und sah dann seinen Bruder Benno an. »Du warst auch erstaunlich sprunghaft auf der Bühne als Schaf gewesen. Was sollte das denn bitte darstellen. Magengewitter, oder was?«
Benno stöhnte. »Es hat mich im Schritt gekniffen. Musste meine Buchse richten. Soll ich noch weiter ins Detail gehen?«
Arnold winkte ab und sah seinen Sohn Gert an. »Du hast als Balthasar ganz schön viel Text ausgelassen. Vielleicht warst du ja durch etwas abgelenkt gewesen? Vielleicht hattest du unter Weihrauch etwas falsch verstanden?«
Aber Gert knickte nicht ein. »Ich musste auf die Toilette. Durfte ja vorher nicht mehr gehen.«
Arnold lachte laut auf. »Na das passt doch. Ich würde sagen, der Fall ist gelöst. Du bekommst drei Wochen Hausarrest, mein Junge.«
Er klatschte triumphierend in die Hände.
Doch sein Sohn war noch nicht fertig. »Ich habe nicht gesagt, dass ich groß musste. Ich gehe außerdem davon aus, dass es Melchior und Kaspar mitgekriegt hätten. Die standen ja beide direkt hinter mir.«
Arnold zuckte mit den Schultern, musterte seine zwei Nichten, welche die übrigen Könige dargestellt hatten, und sah sich dann seine drei weiteren Neffen an, welche als Hirten aufgetreten waren. »Ja, die Hirten standen auch dicht hintereinander. Ich soll euch jetzt wohl alle von dieser schändlichen Tat ausschließen, was? Aber was

heißt das schon? Könnt ihr ja gemeinsam ausgeheckt haben. Kinder und ihre Streiche.«

Er steckte die Hände in seine Hosentaschen. Dann ließ er den Blick über die ganze Truppe schweifen und schnalzte mit der Zunge.

»Ihr seid alle sehr, sehr verdächtig.«

Benno machte einen Schritt auf ihn zu. »Ach ja? Und was ist mit dir, du Meisterdetektiv? Du Spürnase? Warum bist du mittendrin auf die Bühne gerannt und hast da so albern an der Krippe herumgefummelt? Sah auch ziemlich verdächtig aus, nicht wahr?«

Arnold sah seinen Bruder missbilligend an.

»Du bist so undankbar, Benno. So ignorant. Hast du mal wieder nicht zugehört? Ich habe euch das doch schon erklärt. Ich wollte weitere Anschläge verhindern. Ich wollte den Terroristen aufhalten. Ich wollte euch beschützen. Kapiert?«

Benno legte skeptisch den Kopf schief. Auch diese Bewegung schien gut mit seinem Kostüm zu harmonieren.

»Ich habe dir ganz genau zugehört. Aber ich glaube dir einfach nicht. Wenn da so eine stinkende Wolke ist, dann läuft man da doch nicht freiwillig hinein und sieht nach dem Rechten. Tu mal nicht so, als wärst du hier der große Märtyrer. Von wegen, du wolltest wissen, woher das kommt. Das kannst du mir nicht erzählen. Sag die Wahrheit. Gestehe einfach. Du wolltest nur deine Duftnote auf der Bühne verteilen, um von dir abzulenken, weil du keinen Ärger mit Mama wolltest. Und dann wolltest du uns diese Tat in die Schuhe schieben. Einfach nur skrupellos.«

Auch Renate zeigte anklagend auf ihren Schwager. Das Herodeskostüm verstärkte ihre Geste. »Ich habe es auch gerochen, Arnold. Ich erinnere mich genau. Die Tat trägt deine Handschrift. Weißt du noch, als du bei uns an Ostern zu Besuch warst? Als ich Hackbraten für dich gemacht habe und du als Dankeschön dafür die ganze Bude vollgebläht hast? Es ist deine Duftmarke. Du warst das.«

»Ja, genau! Jetzt weiß ich es auch wieder. Du hast recht, Mama. Es passt alles genau zusammen!«, rief nun auch ihr Sohn Julius.

»Deshalb bist du also auf die Bühne gerannt?«, fragte Gert seinen Vater ungläubig. »Nur deswegen hatte ich den Hänger.«

Arnold, dessen Haltung vor Kurzem noch stolz und richtend war, sackte wie ein schlecht gebackener Kuchen in sich zusammen.

Jetzt trat Rita in Gestalt des Engels hervor. »Mit deinem lächerlichen Auftritt hättest du fast unser durchaus gelungenes Krippenspiel zerstört. Nur um ein eiskaltes Ablenkungsmanöver zu starten. Um Oma auf eine falsche Fährte zu locken.«

Arnold fing an zu schwitzen. Gleichzeitig war ihm kalt. So kalt. Er war von seinem eigenen Potenzial zutiefst erschüttert. Seine düstere Vorahnung hatte sich nun bestätigt. Er war für alles verantwortlich. Ganz alleine. Er konnte es nicht glauben. Es war unvorstellbar, aber es schien wahr zu sein.

Maria alias Linda stemmte die Hände in die Hüfte. »Du solltest dich was schämen. Na los, gestehe schon. Dann wird es dir besser gehen. Erleichtere dich!«

Benno ging dazwischen. »Nein! Um Himmelswillen! Reiz ihn nicht. Bitte! Nicht schon wieder!«

Gert erhob sein königliches Haupt. »Dafür bekommst du jetzt Hausarrest.« Er nickte zufrieden.

»Bist du verrückt, Gert. Im Gegenteil. In diesem Zustand will ich ihn nicht die ganze Zeit im Haus haben!«, fuhr Linda ihren Sohn an. Dann wandte sie sich wieder ihrem Mann zu. »Und heute am Heilig Abend, kannst du von draußen aus ins Fenster gucken. Mal sehen, was du von unserer Bescherung mitkriegst. Wir wollen ja nicht, dass du uns da drüben noch die ganze Bude voll furzt. Man kann hier in der Scheune ja schon kaum mehr atmen.«

Arnold hob schützend die Arme vor sein Gesicht, als wäre er von einem gleißenden Licht geblendet worden oder als wollte er sich vor dem wütenden Mob schützen. »Das könnt ihr nicht machen, Leute. Draußen ist es so kalt«,

wimmerte er.
»Ha! Wusste ich es doch. Das ist wie ein Geständnis!«, schnaubte seine Frau.
»Hört auf!« Die Stimme zerteilte wie ein Schuss die dicke Luft.
Oma Gertrude stand auf einmal im Tor zur Scheune und zeigte mit anklagendem Finger auf die ganze Familie, als würde sie jeden einzelnen von ihnen verfluchen wollen.
»Lasst meinen Sohn in Ruhe. Ihr wollt Arnold gerne zum Sündenbock machen für eure Taten? Wagt es ja nicht! Nicht mit mir. Du als Bruder solltest ihm beistehen, Benno. Außerdem hast du von einer Wolke geredet. Das ist bei Arnold nicht möglich. Er kann es nicht alleine gewesen sein. Ich sollte es ja wohl am besten wissen als eure Mutter. Mich kannst du nicht an der Nase herum führen. Ich habe eure Windeln gewechselt und mir eure Pupsereien schon damals und bis heute um die Nase wehen lassen müssen. Ich habe mich schon gewundert, warum ihr dieses Jahr so gut miteinander gespielt habt. So konzentriert. Ihr habt euch gegenseitig so zugehört und beachtet. Ihr wart auf einmal so präsent. So beweglich. Ihr habt eure Gänge so motiviert gespielt. Habt so schnell eure Positionen gewechselt. Alles so lebendig. Das war sehr eindrucksvoll. Habe ich in den letzten Jahren nichts von gesehen. Und als dann auch noch der beißende Gestank dazu kam, wusste ich, dass jeder von euch einfach nur eine Gelegenheit gesucht hat einen Furz zu lassen, um es dann den anderen in die Schuhe schieben zu können. Als dann einer damit angefangen hat, dachte der Nächste, er darf auch. Jeder hat in seiner Unwissenheit dem anderen ein Alibi gegeben. Ihr wart alle daran beteiligt. Jeder Einzelne von euch. Das ist also der Dank dafür, dass ich gestern Abend so lange am Herd gestanden, Linseneintopf für euch gekocht und Zwiebelkuchen für euch gebacken habe.«
Fast schon synchron sackten alle Köpfe nach unten. Aber Oma Gertrude war noch lange nicht fertig. »Schämt euch. Nicht nur, dass ich meinen Mann aus der Schusslinie schleifen musste. Ihr seid noch nicht mal in der Lage

ehrlich zu euren Pupsereien zu stehen. So habe ich euch nicht erzogen.« Sie schüttelte resigniert den Kopf.
Benno im Schafskostüm ergriff zögerlich das Wort. »Hat Vater überhaupt geweint, weil es so emotional war, oder wegen der Blähungen.«
Gertrude zuckte mit den Schultern. »Ich weiß es nicht, mein Sohn. Die Luft war so beißend. Ich weiß es nicht.«
Da erhob sich Arnold wieder. »Doch, du weißt es sehr wohl, Mutter. Du hast selber gesagt, dass ich diese Wolke nicht alleine verursachen konnte. Aber sie wütete nicht nur vor mir, wo die anderen standen. Ich habe sie auch neben mir wahrgenommen. Wo ihr gesessen hattet. Kurz bevor ihr den Platz gewechselt habt.«
Bennos Schafskopf schoss nach oben. »Ist das wahr, Mutter?«
Ein Blitz hätte nicht passender einschlagen können.
Jetzt senkte Oma Gertrude den Kopf. »Ja, es ist wahr. Ich habe auch gebläht und Reinhold sowieso. Der merkt das schon gar nicht mehr. Bei dem geht das schon seit Jahren so. Um ehrlich zu sein, seit der Hochzeitsnacht.«
Stille.
Allgemeines Entsetzen.
Arnold zeigte sich mitfühlend. »Mutter, wie hast du das all die Jahre ausgehalten.«
Sie lachte resigniert. »Man gewöhnt sich nach 50 Jahren Ehe an einiges, mein Junge. Nach einiger Zeit kann man sich gar nicht mehr riechen, doch eines Tages gewöhnt man sich daran, man stumpft einfach ab und irgendwann riecht man so was wie das hier schon gar nicht mehr. Übrigens war er wirklich sehr berührt gewesen. Deswegen habe ich mich mit ihm weggesetzt. Ich wollte eure wunderbare Aufführung nicht kaputtmachen. Und jetzt gehen wir alle schön ins warme Haus, trinken einen Fencheltee und danach gibt es Bescherung. Reinhold freut sich schon auf euch.«
Das tat dann die Familie.
Und es wurde ein besinnliches Weihnachtsfest.
Mit Duftkerzen.

2

Während Familie Bäcker ihr Weihnachtsfest feierte, saß Justin nur ein paar wenige Kilometer entfernt bei seiner Tante am Esstisch.
Genau wie sein jüngerer Cousin Jonathan hätte er gerne beim Krippenspiel mitgewirkt.
Auf einem Feld, welches beide Gutshöfe voneinander trennte, war er am Nachmittag Benno Bäcker begegnet.
Als er den fröhlichen Familienvater im Schafskostüm vor sich erblickt hatte, war es Liebe auf den ersten Blick gewesen.
Sofort waren die beiden charismatischen Männer ins Gespräch gekommen und nur schweren Herzens konnte Justin die Einladung ablehnen, ebenfalls als Schaf bei der Aufführung mitzuwirken.
Nun saß er bei Tante Sonja und ihrem Mann Götz am Tisch und vor ihm lag der Flügel einer halb verbrannten Gans.
Auch seine Freundin Lisa schien nicht so begeistert von dem Mahl zu sein. Nur ein paar Kartoffeln und eine Portion Rotkohl lagen auf ihrem Teller.
Tante Sonja sah ihren Neffen gequält an.
»Tut mir leid. Das war so dumm von mir.«
Justin wusste, was sie meinte. Tante Sonja sprach nicht von der verbrannten Gans. Sondern von dem Geruch und dem Qualm, der nun in der Küche herrschte.
Sie wollte keine alten Wunden bei ihm aufreißen.
Justins Eltern waren vor ein paar Jahren bei einem Feuer umgekommen.
Er war dabei gewesen.
Tante Sonja ahnte nicht, dass Justin diesen brennenden Geruch liebte.
Er lächelte sie wehmütig an.
»Alles gut. Mach dir bitte keine Sorgen, Tante Sonja. Ich habe das alles mittlerweile gut verarbeitet.«
Ihr Mann Götz schien nicht so viel von ihrem Feingefühl zu besitzen.
»Ich nicht. Warum musste Hartmut dabei noch das ganze

Haus abfackeln? Bis zu seinem Tod hat er nicht teilen wollen.« Er sah Justin vorwurfsvoll an.

»Götz!«, rief Tante Sonja und schielte dabei verstohlen auf ihr gut gefülltes Weinglas.

»Wie können Sie so etwas sagen? Sie reden hier mit seinem Sohn!«, empörte sich Justins Freundin Lisa.

Sonja und Götz waren leer ausgegangen.

Denn Hartmut war Alleinerbe vom Hof in Neuruppin gewesen. Das unbebaute Grundstück ging an Justin. Das Herrenhaus und der Rest sollten laut Testament aufgeteilt werden.

Götz besaß nur einen sehr kleinen Hof und hatte sich wohl erhofft, dass etwas für ihn und seine Frau zurückbleiben würde.

Doch auch diese Illusion wurde ihm genommen.

Tatsächlich hatte das Feuer bis auf einen Stall nichts vom Gutshof übrig gelassen.

Das Herrenhaus und die große Scheune lagen in Trümmern.

Auch von der Versicherung kam nicht viel.

Offiziell war Hartmut mit einer brennenden Zigarette eingeschlafen.

Nur Justin wusste es besser.

Sonja blickte ihre Gäste erwartungsvoll an.

»Wollt ihr denn gar nichts essen? Ich habe die meisten verbrannten Stellen rausgeschnitten.«

Götz stöhnte.

»Wir essen nicht gerne weißes Fleisch«, sagte Justin geduldig. Er hatte es seiner Tante schon so oft gesagt.

Aber das war halb so wild.

Er würde schon bald sein Essen bekommen.

»Mach dir keinen Kopf, Tante Sonja«, sagte Justin zu ihr und lächelte.

Sie nickte und nahm einen großzügigen Schluck aus ihrem Weinglas.

Götz sah seinen Sohn an, der auch lustlos auf seinem Teller herumstocherte.

»Was ist mit dir, Sportsfreund?«

Jonathan schüttelte den Kopf.

Götz knallte seine Faust auf den Tisch.
»Solange du unter meinem Dach lebst, frisst du das, was auf den Tisch kommt, klar?«, knurrte er und zündete sich eine Kippe an.
»Ach, Götz.« Sonja seufzte und lächelte ihre Gäste entschuldigend an, bevor sie sich wieder mit ihrem Weinglas beschäftigte.
Doch Justin kannte das schon alles. Hartmut hatte immer rauchend am Esstisch dieselben Sprüche von sich gegeben. Der einzige Unterschied war, dass sein Vater dabei immer noch einen Obstschnaps getrunken hatte. Vor Götz hingegen stand eine halb volle Bierflasche.
»Machen die Bäckers jedes Jahr dieses Krippenspiel?«, fragte Justin seine Tante.
»Ja, leider«, antwortete ihr Mann für sie.
»Ich hätte auch gerne mitgemacht«, murmelte Jonathan.
Götz blies ihm eine Rauchwolke ins Gesicht.
»Dann kannst du auch gleich mit Puppen spielen«, brummte er und das Lächeln seiner Frau wurde noch breiter.
Auch das kannte Justin von seinem Vater.
»Wie läuft denn deine Karriere als Schauspieler?«, fragte Tante Sonja ihren Neffen und strahlte ihn dabei grell an.
»Sehr gut. Ich entwickel mich immer weiter. Mittlerweile unterrichte ich meine eigene Methode«, erzählte Justin stolz.
»Schön«, sagte seine Tante gedehnt. Damit war das Thema aber auch schon für sie beendet.
Jonathan starrte Lisa an, die einen halben Kopf größer war als ihr Freund Justin.
Sie erwiderte neugierig seinen Blick, bis er wieder verlegen auf seinen Teller starrte.
Dann nahm Lisa einen kleinen Happen von dem Rotkohl. Sie gab sich redliche Mühe, nicht ihr Gesicht zu verziehen. Der Kohl schmeckte so säuerlich. Fast schon gegoren.
Tante Sonja bemerkte das sofort.
»Deine Freundin muss mehr essen«, sagte sie zu Justin.
»Sie ist so dünn.«

»Keine Sorge. Ich füttere sie schon.«
Götz grunzte vor lachen.
Doch seine Frau war immer noch besorgt.
»Ich meine das wirklich ernst. Sie muss mehr essen. Du übrigens auch.«
»Ich esse das, was ich selbst gefangen habe«, sagte Justin.
Nun wurde Götz neugierig.
»Du jagst auch?«
»Ich liebe die Jagd«, sagte Justin und grinste verschmitzt.
»Ich hab die Gans selbst erlegt«, rief Götz stolz. »Ich gehe oft jagen.«
»Cool«, sagte Justin und strahlte. »Ich auch.«
Götz musterte ihn. »Das gefällt mir. Können ja mal gemeinsam jagen gehen, wenn du Lust hast.«
Justin sah wieder Benno im Schafspelz vor seinen Augen.
»Gute Idee. Nach dem Essen?«
Götz schüttelte verwirrt den Kopf. »Ne, heute doch nicht mehr. Es wird doch gleich dunkel.«
»Das macht doch nichts.«
»Jungs!«, rief Tante Sonja und verdrehte die Augen. »Wir haben schon genug Fleisch auf dem Tisch.«
Lisa nahm zögerlich noch einen kleinen Happen von dem Kohl.
Jonathan beobachtete sie dabei.
Auf Justin wirkte er dabei feindselig.
Lisa bemerkte das nicht.
Sie kannte nicht die Vorgeschichte der beiden Cousins.
»Es hat sich einiges verändert«, sagte Justin mit kaltem Tonfall zu seinem Cousin, der ihm gegenüber saß.
Götz nickte grimmig, obwohl er gar nicht wusste, was Justin damit meinte.
Sein Cousin hingegen schien ihn genau verstanden zu haben. Betreten blickte er auf seinen Teller.
Justin dachte wieder an Benno Bäcker und an sein Schafskostüm.
Der Mann hatte eine fröhliche Ausstrahlung gehabt.
So eine Leichtigkeit.

Justin mochte diese Attribute.
Er wollte davon etwas abhaben.
Er dachte wieder an Bennos Kostüm.
Wie es mit seinem Körper harmoniert hatte.
Nun wurde Justin richtig hungrig.
Sein Magen knurrte.
»Alles in Ordnung?«, fragte seine Tante.
Justin nickte und griff sich den Flügel der Ente.
Wild schlang er das Fleisch hinunter.
Tante Sonja lachte irritiert.
Dann langte Justin nach der restlichen Gans, die auf einem großen Teller in der Mitte des Tisches platziert war.
Er riss ein großes Stück ab und stopfte es sich in den Mund.
»Justin! Was machst du denn da?«, rief Lisa neben ihm.
»Lass mich. Ich will Essen«, sagte er kauend zu ihr.
Lisa knuffte ihm in die Seite.
»Du benimmst dich wie ein Schwein!«
»Hör auf zu nerven«, sagte Justin mit vollem Mund. »Ich hab Hunger.«
Götz klatschte sich grölend auf den Oberschenkel.
»So soll es sein!«, rief er. Dann grapschte er auch nach der Gans.
Tante Sonja bekam einen schrillen Lachanfall. Der Rotwein schien zu wirken.
Justin aß gierig mit seinen Händen weiter.
Das Fett klebte an seinen Fingern und triefte von seinen vollen Lippen.
Er dachte an die Familie Bäcker.
Er wollte sie besuchen.
Es war eine Großfamilie.
Viele Menschen.
Er bekam noch mehr Hunger.
Die zähe Gans konnte ihn nicht satt machen.
Bald werde ich richtig essen, dachte er und kaute schneller.
Nun war es an der Zeit, auf die Jagd zu gehen.

HÖR AUF ZU FRESSEN

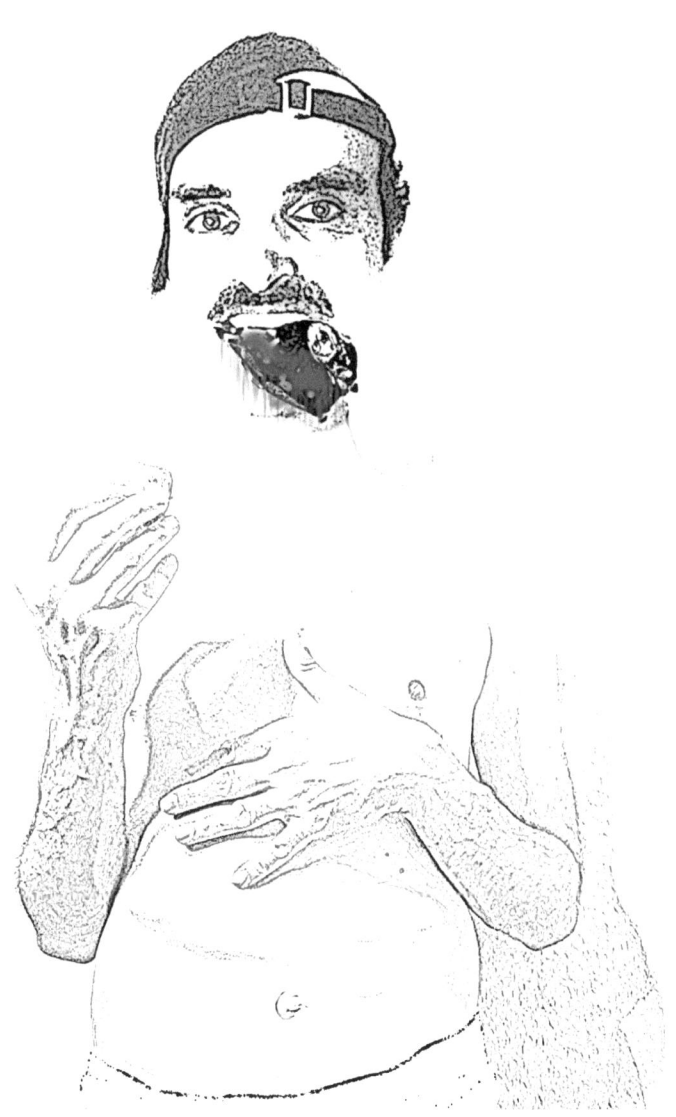

1

02.08.2025

Ich war zu allem bereit, seitdem ich Lenes letzte SMS gelesen habe. *Ich brauche Hilfe! Hol mich hier raus!*
Ich war zu der ersten Adresse gefahren, wo ich meine Ex-Freundin vermutete. Leon. Ihr letzter Ex-Freund. Ein Schwein.
Mir war zu Ohren gekommen, dass er sie die Treppe heruntergestoßen haben soll. Letztendlich ging es lediglich um ihre Abendgarderobe. Sie stellte für ihn ein Problem da. Lene sollte nicht wie eine Schlampe aus seinem Haus spazieren, meinte er.
Danach habe ich mich mit ihm unterhalten müssen. Doch Leon war ein zäher Bursche. Am Ende hatten wir beide geblutet.
Nun habe ich mir also einen Schlagring eingesteckt. Nur zur Sicherheit. Denn dieses Mal wollte ich jegliche Kommunikationsschwierigkeiten zwischen Leon und mir aus der Welt schaffen. Ich wollte ihm eine klare Message in seinen dumpfen Schädel hämmern. FASS MEINE LENE NIE WIEDER AN!
Allerdings sollte das mein letzter Ausweg sein. Ich wollte keine unnötige Gewalt anwenden. Ich atmete tief durch. Ich kratzte mir mit dem Zeigefinger über die Innenfläche meines Daumens. Das tat mir gut. Das half mir, meine Wut zurückzuhalten. Sie zu kompensieren.
Ich war manchmal ein sehr impulsiver Mensch. Die Konsequenzen konnten verheerend sein. Das hatte ich früher oft genug erfahren.
Ich wollte mich ändern. Meine Wut wollte ich im dosierten Maße beibehalten.
Letztendlich war ich hier, um Informationen zu beschaffen.
Lene hatte schon eine Reihe übler Kerle hinter sich. Ich war auch nicht gerade unkompliziert. Aber ich war wenigstens kein Versager. Ich war bereit für meine große

Liebe zu kämpfen. Ihre letzten Typen hingegen wollten Lene einfach nur zerstören.
Ich konnte wirklich nicht verstehen, wie sich dieser Penner überhaupt ein Haus leisten konnte. Es war dreckig und wahrscheinlich kurz vor dem Einsturz. Aber es war immerhin ein Haus.
Es lag in einem kleinen Kaff. Abseits in Brandenburg. Weit abseits von Berlin. In diesem Dorf war das Aufregendste das Bellen eines Dackels. Und das Graffiti, welches an der bröckeligen Wand von Leons Haus prangte. HURENSOHN.
Was machte dieser Typ eigentlich? Wahrscheinlich war er Drogendealer. Lene hatte mal so was erzählt. Ich wusste nicht mehr genau, mit was er dealte. Wahrscheinlich war es Schnee oder Panzerschokolade. Die Malerei an seiner Wand stammte wohl von einem unzufriedenen Kunden. Würde mich nicht überraschen.
Trotzdem reichte es für ein Haus. Er war mindestens fünf Jahre jünger als ich. Ich war Anfang dreißig. Ich musste mir als Security im Supermarkt die Beine in den Bauch stehen und konnte mir gerade mal ein popeliges Apartment in Berlin Marzahn leisten.
Der Garten vor seinem Haus, falls ich diese wuchernde Wiese überhaupt so nennen konnte, war mit Müll und Gerümpel übersät.
Ich klopfte energisch an seine Haustür. Keine Reaktion. Ich klopfte heftiger. Plötzlich krachte etwas neben mir zu Boden. Ein Ziegel. Um ein Haar wäre mir der Schädel zertrümmert worden.
»Leon!«, schrie ich.
»Halt die Fresse!«, kam es von oben.
Ich trat ein paar Schritte zurück und sah ihn. Halbnackt lehnte er sich aus dem schrägen Fenster und starrte mich an.
Er war schon immer ein drahtiger Typ gewesen. Jetzt war er nur noch ein Hemd. Seine bleiche, magere Brust schien mir entgegen. Sie leuchtete eigenartig im Mondlicht. Darüber hing eine ausladende Goldkette.

Sein Milchgesicht war noch mehr eingefallen. Nahezu kränklich sah er aus. Offenbar konnte er sich nicht mal mehr eine anständige Mahlzeit leisten. Da brachte ihm sein Haus auch nicht mehr viel.
Leon zog Rotze hoch und versuchte, mich mit seiner Spucke zu erschlagen. Der Ziegel hatte wohl nicht ausgereicht.
»Du bist ein Schwein, Leon«, stellte ich trocken fest.
»Erzähl mal was Neues!«
Wieder ein Rotzer. Wieder daneben.
»Ich will Lene sehen.«
Keine Antwort. Nur ein Grinsen mit Zahnlücke folgte.
»Antworte! Ist Lene da!«
»Nicht für dich, du Loser!«
»Jetzt hör auf mit der Scheiße!«
»Was willst du denn machen, böser Wolf?«, fragte Leon und machte ein Huhn nach. »Willst du mich fressen?«
Leon schien nun endgültig durchgedreht zu sein. Ich musste Lene daraus holen.
»Hast du dir deinen Verstand nun endgültig weggekokst, oder was?«
Leon blies sich eine schwarze Haarsträhne aus seinem Gesicht.
»Verpiss dich, Per.«
»Mann! Ich will doch nur reden.«
»Ich glaube dir irgendwie nicht.«
»Ich will wissen, ob es Lene gut geht.«
Leon wackelte eigenartig mit dem Kopf.
»Der geht es prächtig. Sie ist die ganze Zeit feuchtfröhlich und jetzt hau ab.«
Ich hatte endgültig die Schnauze voll.
»Leon. Ich warne dich. Hör auf, mit mir Spielchen zu treiben. Schickst du sie runter, oder soll ich reinkommen?«
»Du willst reinkommen? In mein Haus?«
Ich nickte.
»Ich werde nicht die Polizei rufen.« Leon kicherte. Er klang dabei wie ein kleines, nervöses Mädchen.
»Solltest du vielleicht«, knurrte ich.

»Die brauche ich aber nicht.«
»Leon, langsam werde ich wirklich sauer.«
»Dann fang mich doch.« Wieder machte er ein Huhn nach und meine Geduld war zu Ende. Wütend warf ich mich gegen die Haustür. Das einzige Resultat war, dass meine Schulter wehtat. Noch wütender trat ich gegen das Ding. Ein stechender Schmerz fuhr durch mein Knie. Sonst tat sich nichts.
Von oben hörte ich ein heiseres Lachen. Dann wieder Gegacker.
»Du willst ernsthaft hier reinkommen? Wirklich jetzt? Dann hol mich doch, du Opfer!«
Seine helle Stimme war nun mit einem bedrohlichen Unterton belegt.
Dennoch wollte ich nicht aufgeben. Ich lief durch seinen Garten. Irgendwo musste es ja eine Hintertür geben. Vielleicht konnte ich die leichter aufbrechen.
Brennnesseln setzten meinen Waden zu. Ich fluchte. Eine lange Hose wäre besser gewesen.
Diese gottverdammte Hitze. Dieses Jahr war der Sommer besonders schlimm. Nur schwüle Nächte, so wie jetzt.
Ich stolperte fast über eine Schubkarre. Sie war gefüllt mit Sand.
Endlich sah ich die Terrassentür. Falls ich die kaputten Steinplatten überhaupt noch als Terrasse bezeichnen konnte. Die Tür war ebenfalls kaputt. Dieses Mal reichte ein Fußtritt und das morsche Ding gab nach.
Ein bestialischer Gestank schlug mir entgegen. Mir blieb regelrecht die Luft weg. Kalter Rauch, abgestandener Schweiß und etwas Süßliches. Es roch nach vergammeltem Obst und nach etwas Älterem. Etwas, was mal menschlich gewesen war. Es roch nach Verwesung. Eine dunkle Vorahnung beschlich mich.
Ich stand direkt in Leons Küche. Etliche Teller mit verschimmelten Essensresten stapelten sich auf dem Küchentisch. Ein Dutzend Pizzakartons, auf denen sich Fliegen tummelten. Die Spüle war mit einer bräunlichen Flüssigkeit gefüllt. Ich wollte gar nicht wissen, was die Zutaten für diese ekelhafte Suppe waren.

Auf dem Parkettboden machte ich jedoch etwas anderes aus, was mich weitaus mehr beunruhigte. Blut. Sehr viel Blut. Daher der metallische, süßliche Geruch.
Doch bevor alles in mir Alarm schlug, traf mich etwas wuchtig am Kopf. Ich konnte mich gerade noch auf den Beinen halten. Ein stechender Schmerz fuhr durch meinen Schädel.
»Das hast du jetzt davon, du Lappen! Ich bring dich um!«, brüllte Leon mir ins Ohr.
Dann wurde ich zu Boden gerissen.

2

Frank kam zurück ins Wohnzimmer und schloss die Terrassentür hinter sich. Er war aus der Puste. Er hatte den ganzen Garten abgesucht. Bewaffnet mit einem großen Küchenmesser. Als er vorher im Wohnzimmer auf dem Sofa saß und an einem Glas Whisky genippt hatte, war ihm eine Bewegung am Fenster aufgefallen. Er war sich ziemlich sicher gewesen, dass jemand in seinem Garten stand und ihn beobachtete. Er wusste aus traumatisierender Erfahrung, dass nächtliche Besucher eine erhebliche Bedrohung darstellen konnten. Frank brauchte noch ein weiteres Glas Single Malt, bis er allen Mut zusammengerafft hatte. Dann war er brüllend mit dem Messer hinausgerannt, um sich und seine Frau zu verteidigen. Nachdem er ein paar Runden schreiend und fuchtelnd durch den Garten gerannt war, wurde ihm klar, dass er seinen Alkoholkonsum wohl besser einschränken sollte.
Nachdem er wieder reingekommen war, riss er alle Fenster im Wohnzimmer auf.
Es roch nach Verwesung.
Lisa hatte wieder angefangen, Fleisch zu essen.
Aber nur eine ganz besondere Sorte Schinken.
Frank fragte sich, von welchem Tier der Schinken stammte.
Das Fleisch stank bestialisch.
Noch schlimmer stanken die Blähungen, die Lisa durch den Schinken bekam.
Frank konnte kaum noch atmen.
Seine Augen tränten.
Nun polterte es in der Küche.
Lisa knallte mit dem Geschirr. Das tat sie immer, wenn sie wütend war. Frank taten die Ohren weh.
Es war ein heftiger Streit gewesen.
Nun war ihre Stimmung auf Eiszeit.
Lisa war hinter seinen Seitensprung gekommen. Wieder einmal. Es war nicht sein Erster.

Frank nahm sich vor, nun die Wahrheit zu sagen. Doch das machte es nicht besser.
Hässliche Worte waren gefallen.
Jetzt war Polterabend.
»Die Teller können jetzt auch nichts dafür.«
Lisa schmetterte das Geschirr unbeeindruckt weiter in die Spülmaschine.
»Wer ist es diesmal?«, fragte sie aus der Küche.
Frank schüttelte den Kopf. »Das willst du nicht wissen.«
Lisa kam aus der Küche und stemmte die Hände in die Hüfte.
Frank konnte es sich selbst nicht erklären, aber er fand sie unglaublich attraktiv, wenn sie so zornig war. Nur war sie nicht so wütend, wie er erwartet hatte. Als wäre sie auf die ganze Situation vorbereitet.
»Wir haben vor zwei Monaten geheiratet. Falls du es vergessen hast«, sagte sie.
»Ich bin ein Mensch. Ich mache Fehler.«
»Du machst es dir ganz schön einfach, oder?«
Frank seufzte. »Ich will dir nicht wehtun. Aber manchmal brauche ich aus was Neues.«
»Was Neues? Bin ich jetzt abgelaufen, oder was? Was du da sagst, ist unfassbar!«
Frank warf theatralisch die Arme in die Luft. »Du bist und bleibst die Beste! Ich will nur frischen Wind in unsere Beziehung bringen.«
Er versuchte, sie in den Arm zu nehmen. Manchmal half das. Sie entwand sich seinem Griff.
Bei der Verfilmung von seinem neuen Bestseller war er mit der Regieassistentin angebandelt. Svenja. Es hatte sich einfach ergeben. Der ganze Druck musste irgendwie raus. Schließlich war alles in letzter Zeit so stressig gewesen. Er musste haargenau überwachen, dass seine Bilder und Ideen auch wirklich umgesetzt wurden. Dafür hatte er ja auch einiges springen lassen. Sich ein Mitspracherecht erkauft. Der Regisseur hatte das leider nicht so richtig verstanden. Sie waren schon öfter aneinandergeraten. Frank hatte sich dann bei Svenja Trost gesucht. Er wollte nichts von ihr. Das war rein

körperlich. Lisa liebte er über alles. Nach wie vor. Nur sie verstand das einfach nicht.

»Lisa. Begreife es doch endlich. Es war doch nur körperlich. Eine blöde Affäre. Ein Fehltritt. Ansonsten kann sie dir nicht das Wasser reichen.«

»So, so. Da kann ich ja beruhigt sein.«

Frank betrachtete sie eindringlich. »Sei doch einfach etwas Selbstbewusster. Dann weißt du auch, was ich an dir habe.«

»Was wäre denn, wenn ich eine Affäre hätte? Nur so rein körperlich. Wie würde dir das gefallen, Frank?«

»Das muss ich dann wohl respektieren. Tu dir keinen Zwang an.«

»Vielleicht habe ich ja schon jemanden«, sagte Lisa, ohne ihn anzusehen.

»Was? Wer?« Frank merkte, dass seine Stimme scharf wurde, und ärgerte sich sofort darüber.

»Ich werde dich wohl verlassen müssen«, sagte Lisa tonlos.

»Ach ja? Dann mach doch. Wie willst du denn ohne mich zurechtkommen? In deinem Alter?«, fragte Frank und lächelte dünn.

»Frank! Ich bin Mitte dreißig!«, rief Lisa empört. »Wir leben auch nicht mehr im Mittelalter!«

Frank wusste selber, dass er Schwachsinn redete, aber er wollte ihr einen Stich versetzen. »Na gut. Dann geh doch. Kann ich mit leben.«

»Das ist alles, was du mir zu sagen hast?« Lisa sah ihn nachdenklich an.

Frank bereute seinen Ausbruch und versuchte, einen milderen Ton anzunehmen.

»Lisa, es tut mir leid. Es tut mir wirklich leid. Ich wollte dich nicht abwerten. Ich wollte dich nicht verletzen. Ich bin ein impulsiver Mensch und will mein Leben leben. Es auskosten. Ich weiß, ich verhalte mich da manchmal ungerecht. Aber ich liebe dich von ganzem Herzen.«

Frank merkte selber, dass er diese Worte ziemlich achtlos heruntergerattert hatte. Sie waren ihm schon zu oft über die Lippen gekommen.

»Frank. Du hast mir geschworen, dich zu ändern. Ich habe dir geglaubt. Deswegen haben wir geheiratet. Ich höre mir diesen Mist schon seit Jahren an. Dein Narzissmus ist unerträglich. Du hast unseren besten Freund damit schon in die Klapse gebracht.«
»Nachdem ich ihm das Leben gerettet habe!«, rief Frank.
»Du hast ihn wahnsinnig gemacht. Mich wirst du nicht wahnsinnig machen.«
»Hast du deinen Vater schon wegen dem Geld gefragt?«
»Immer nimmst du Schulden auf. Denk an Igor. Wir wären fast draufgegangen wegen deiner Verschwendung.«
»Hast du ihn jetzt gefragt oder nicht?«
»Ich erreiche sie immer noch nicht.«
Das fand Frank merkwürdig. Sie war doch sonst ständig mit ihrem Vater in Kontakt. Sie war sein Liebling. Seine Prinzessin. Auch Frank hatte er mittlerweile in sein kleines Herz geschlossen. Was lange genug gedauert hatte. Zwei Bestseller waren dafür nötig gewesen. Anfänglich hielt ihn sein Schwiegervater für einen brotlosen Künstler, der seine Tochter in die Armut stürzen wollte. Nun brauchte er wieder Geld und ihr Vater wollte ihm eigentlich schon längst etwas überwiesen haben. Es war sehr wichtig für Frank. Denn jetzt schuldete er einem anderen Kredithai eine beträchtliche Summe, der noch weniger als Igor Verzögerungen tolerierte.
»Na gut. Versuch es weiter. Wäre wichtig. Wie gesagt, ich will dir nicht wehtun. Ich bin manchmal ein Arschloch. Ist halt so«, sagte Frank monoton und band sich seinen Morgenrock zu.
»Ich habe mich für dich eingesetzt. Ich habe versucht, dich zu beschützen. Nun sehe ich da leider keinen Sinn mehr.«
»Was?« Frank fragte sich, was sie meinte. Schon wieder nahm er aus dem Augenwinkel, eine Bewegung am Fenster war.
»Was ist hier los?«, zischte er.

»Das ist der Schauspieler«, sagte Lisa ganz selbstverständlich.
»Was? Wer?«
»Ich habe dich doch um einen Gefallen gebeten. Ein guter Freund von mir will in deinem Film mitspielen. Erinnerst du dich? Du hast es mir versprochen.«
»Na toll. Das entscheidet immer noch der Regisseur.« Lisas Augen nahmen einen tödlichen Glanz an. »Du hast es mir versprochen.«
Frank nickte resigniert. »Kann sein. Und jetzt ist er hier?«
»Ja. Er will mit dir sprechen. Er hat ein ganz neues Konzept erfunden. Eine ganz neue Methode. Die will er dir vorstellen.«
»Okay«, sagte Frank gedehnt und wunderte sich, dass ein arbeitsloser Schauspieler am späten Abend durch seinen Garten schlich. Muss ja eine tolle Methode sein. »Wie heißt der denn?«
Lisa lächelte geheimnisvoll. »Er hat viele Namen.«
Frank stöhnte. »Wie hilfreich.«
Lisa schnippte mit den Fingern und formte aus Daumen und Zeigefinger eine Pistole. »Magic.« Ihre Augen begannen zu leuchten.
Frank fand ihre Show lächerlich und äffte sie nach.
»Nun geh schon.«
»Okay. Bis gleich.«
»Mal sehen«, sagte sie und klang dabei bedrohlich.
Frank runzelte die Stirn.
Er fand ihre Reaktion komisch, aber nicht beunruhigend. Er dachte, er würde einen nervigen Schauspieler treffen, danach wieder reinkommen und ein weiteres Whiskyglas trinken. Seine Intuition sagte ihm etwas ganz anderes. Frank bezog das auf seinen angetrunkenen Zustand.
Er versuchte, das Außenlicht anzuschalten. Es ging nicht. Frank wunderte sich. Vorhin hatte es noch funktioniert. Wieder schlug seine Intuition Alarm. Wieder ignorierte er sie. Er trat durch die Terrassentür. Es war Vollmond. Trotz der Dunkelheit konnte Frank seinen Garten gut überblicken. Doch er sah nur Bäume und Beete. Er ging zum Schuppen. Auch da war niemand.

Wo steckt der Kerl, dachte Frank und seufzte genervt. Die Antwort kam hinter ihm.
»Haben Sie etwas zu essen, Herr Freibrodt?«, fragte eine junge Männerstimme und lachte affektiert.
Frank drehte sich um und sah einen jungen Typen, der ihn angrinste.
»Der Witz ist schlecht, mein Freund. Den hör ich mir schon seit meiner Kindheit an. Ich stehe zu meinem Nachnamen.«
»Ist doch in Ordnung.«.
»Ich weiß ja nicht so recht. Sie machen sich über meinen Namen lustig und wollen einen Job haben. Find ich etwas schräg.«
»Sorry. Ich wollte nicht respektlos sein. Echt nicht. Ich bin so aufgeregt, Sie zu sehen. Ich rede oft Müll, wenn ich so bin«, sagte der Schauspieler mit sanfter Stimme.
Der Mann öffnete eine Tupperdose und nahm sich daraus einen Sandwich.
Wieder schlug Frank ein animalischer Gestank entgegen. Jetzt wusste er, woher seine Frau das Fleisch hatte.
»Was ist denn das?« Frank deutete auf das Sandwich.
»Rein biologisch«, sagte der Mann kauend.
»Ja, kann ich mir vorstellen«, murmelte Frank.
Der junge Mann war nicht sonderlich hochgewachsen, sportlich und hatte ein schönes Gesicht.
Er hatte ein dunkles Poloshirt an, unter dem sich Muskeln abzeichneten.
Ein Schönling vom Fließband, dachte Frank.
Solche Leute sah Frank ständig im Fernsehen und im Theater. Meistens als jugendlicher Liebhaber. Sein Typ war gesucht und wurde oft besetzt. Aber jetzt war er hier. Durch die Corona-Pandemie waren viele arbeitslos geworden. Sie war nun seit ein paar Jahren vorbei, oder zumindest vorerst, allerdings gab es um so mehr Jobanwärter, die voller Demut nach Arbeit flehten. Denen das Wasser bis zum Hals stand. Frank hatte nun einen arbeitslosen Schauspieler vor sich, der sich über seinen Namen lustig machte und sein Haus belagerte. Er beschloss, das Spiel mitzuspielen. Lisa zuliebe.

»Wie heißen Sie?«, fragte Frank, obwohl es ihn nicht interessierte. Er wollte dem Typen so schnell wie möglich eine Komparsenrolle andrehen und wieder ins Haus gehen.
»Ich habe viele Namen.«
Frank verdrehte die Augen. Er schnippte, wie Lisa, pistolenartig mit den Fingern und zog eine Grimasse. »Magic?«
Der Typ riss vor Begeisterung seine Augen auf und klatschte in die Hände. »Ja, genau!«
»Wollen Sie nicht lieber im Zirkus auftreten?«
»Ich werde Magie in ihren Film bringen. Magie und Wahrhaftigkeit!«
Der junge Mann reckte stolz seine athletische Brust.
»Was haben Sie denn vorzuweisen?«, fragte Frank und war sich sicher, dass er eine Fangfrage gestellt hatte.
»Drei Jahre Schauspielschule. Ich habe zwei Workshops gemacht, drei Kurzfilme und ein halbes Jahr Doku-Soap.«
»So, so. Doku-Soap. Wow. Hauptrolle?«, fragte Frank ernst, obwohl er ihn auslachen wollte.
»Nebenrolle. Wollen Sie gar nicht wissen, welche es war?«
»Nö, nö. Brauch ich nicht. Ich werde mich für eine Tagesrolle einsetzen. Aber die Entscheidung liegt beim Regisseur. Ich bin nur der Autor«, sagte Frank schnell und wollte sich umdrehen.
»Das ist alles, Herr Freibrodt?«
Frank stöhnte. »Hören Sie. Sie sind in meinem Garten«, sagte Frank überdeutlich. »Es ist Mitternacht. Sie machen sich über meinen Namen lustig und haben kaum mehr Referenzen als ein Komparse, der mal Schultheater gespielt hat. Ich tue, was ich kann.«
»Herr Freibrodt. Ich wollte Ihnen meine Methode vorstellen. Der natürliche Spieltrieb wird geweckt. Naturalismus in seiner höchsten Form. Ich möchte Ihnen meine Technik präsentieren.«
Frank ging es mächtig auf die Nerven, dass der Mann dauernd seinen Nachnamen aussprach.

»Das können Sie gerne machen. Es gibt genug Caster und Regisseure, die sich bestimmt freuen, wenn Sie sich nachts in ihren Garten stellen.«
»Machen Sie sich ruhig lustig über mich. Sie wissen nicht, wie gut ich mich verwandeln kann. Ich gehe vollkommen in meinen Rollen auf, Herr Freibrodt. Ich lebe sie.«
Das denkt jeder von denen, dachte Frank. Natürlich konnte jeder alles spielen, alles sein. Alles leben. Immer diese aufgerissenen Augen. Diese übertriebene Begeisterung für ein Handwerk. Diese maßlose Überzeugung von sich selbst. Natürlich fanden sich dann auch alle am Set gegenseitig toll. Alle sind dann die besten Freunde, Profis und wunderbar. Beim nächsten Film sagen sie wieder dasselbe. Frank kannte diese Interviews. Er kannte durch seine Bestseller-Verfilmung aber auch die dunklen Seiten der Industrie. Die Lästereien. Die Selbstbeweihräucherung. Einige nahmen ihren Kollegen und Kolleginnen sämtliche Energie mit ihren Sticheleien, um selbst gut aufzuspielen. Oder sie gingen allen Mitwirkenden mit ihren divenhaften Launen auf den Senkel. Das nannten sie dann auch Methodik. Diese Schauspieler waren Energie – und Zeiträuber. Genauso, wie der junge Mann vor ihm, nur dass dieser wohl ein paar Ligen drunter spielte.
»Bitte. Preisen Sie ihre Methode. Geben Sie Workshops. Damit können Sie sicher gut Geld verdienen. Aber gehen Sie jetzt. Es ist spät.«
»Wollen Sie gar nicht wissen, wie ich auf Sie gekommen bin?«
Frank wollte es tatsächlich wissen. Er wollte wissen, was Lisa mit diesem Typen zu schaffen hatte.
»Gute Frage. Meine Frau hat wohl ein Herz für arme Künstler.«
Der Typ grinste. Es sah unheimlich aus. Seine schwarzen Iriden bekamen einen unheimlichen Glanz.
»Ich reite sie.«
Frank dachte, er hätte sich verhört.
»Was?«

»Ich reite Ihre Frau, wie eine Stute, Herr Freibrodt.«
In Frank kam Eifersucht wie Galle hoch. Schön war der Schauspieler ja. Athletischer Körper, weiche Gesichtszüge. Doch nun sah Frank in seinem breiten Grinsen nichts als Hässlichkeit. Er konnte sich beim besten Willen nicht vorstellen, dass Lisa ihn mit diesem Mann betrog.
»Was sagst du da?«
»Ich nagel sie. Verstehen Sie mich?«
Frank ballte die Fäuste. Er war kreidebleich.
»Sie quiekt und schreit, wenn ich sie reite, wissen Sie?«
»Halt die Fresse«, knurrte Frank.
Ihn störte gar nicht mehr der vermeintliche Seitensprung von Lisa. Ihn störte viel mehr, wie abfällig dieser Mann über seine Frau sprach. Als wäre sie kein Mensch, sondern ein Pferd. Oder ein Meerschweinchen. Er liebte Lisa nach wie vor, obwohl er regelmäßig fremdging. Er liebte sie. Auf seine Art.
Das Grinsen des Typen glich nun einem Zähnefletschen.
»Sie schreit meinen Namen, wenn wir es treiben. Die ganze Zeit. Schreit Sie auch Ihren Namen, Freibrodt?«
Erst wollte Frank den jungen Schauspieler zum Komparsen degradieren, jetzt wollte er ihm seine Visage einschlagen.
Der junge Mann schien das genau zu wissen. Er wippte mit seinem Fuß zu einem lautlosen Takt. »Just feel it, Freibrodt«, rief er sängerisch mit seiner hellen Stimme.
Frank machte sich zum Schlag bereit. Alle Muskeln waren angespannt.
Der Typ schnalzte mit der Zunge und zwinkerte Frank zu.
»Hit me!«
Das tat Frank dann auch. Es war ein gewaltiger Schwinger. Er legte seine ganze Kraft hinein, denn er wollte den Schauspieler zermatschen.
Dieser wich jedoch im letzten Moment tänzerisch aus, sodass Frank sein Gleichgewicht verlor.
»Bam!«, hörte er noch hinter sich, dann fiel er in den Teich.

Frank wollte sich gerade aufrappeln, doch dann wurde er mit dem Kopf zurück ins Wasser gedrückt. Es schmeckte nach Dreck und Fisch. Frank spürte, wie einer der Karpfen seine Wange streifte. Panik stieg in ihm auf. Seine Lungen füllten sich unerbittlich mit Wasser. Plötzlich wurde er hochgerissen. »Du wirst verschwinden und ich werde wiedergeboren«, zischte der Mann ihm ins Ohr.
Dann wurde Franks Kopf wieder zurück in den Teich gedrückt. Panisch schlug er um sich. Er traf manchmal den harten Körper des Schauspielers. Es war, als würde er gegen Steine kloppen. Ihm wurde schwarz vor Augen. Seine Lungen schienen nur noch aus Wasser zu bestehen. Endlich wurde er wieder hochgerissen. Frank spuckte Wasser und hustete. Schnappte nach Luft.
Der Mann zog ihn am Kragen hoch und schleuderte ihn mit unglaublicher Kraft auf die Terrasse. Frank riss zwei Stühle mit sich, als er hart auf den Steinen aufschlug.
»Was willst du? Schickt dich Reinhardt?«, hechelte er. Sein neuer Kreditgeber. Dem würde er so eine Nummer zutrauen. »Sag ihm, ich gebe ihm das Doppelte! Ein Monat! Nur ein Monat! Bitte!«, flehte er.
Doch der Schauspieler schüttelte den Kopf.
»Ich komme auf eigene Rechnung.«
»Kein Problem. Wie viel? Nenn mir eine Summe! Ich besorge es dir!«, schrie Frank ihn an.
»Ich will nicht, dass du es mir besorgst, Freibrodt«, sagte der junge Mann und lächelte nachsichtig.
»Was willst du!«
»Ich will nicht nur dein Geld«, sagte der Mann mit großen Augen. »Ich will alles von dir.«
»Dann nimm es doch! Kannst alles haben. Aber lass mich in Ruhe, bitte!«
»Ich will auch dich.«
»Hey ... ich wollte ... ich wollte dich nicht abwerten. Du hast mich überzeugt. Du hast den Job!«, stammelte Frank.
Der Schauspieler schien aufrichtig geschmeichelt zu sein.

»War ich gut?«, fragte er. Auf einmal klang er unsicher.
»Ja! Super! Fantastisch! Absolut überzeugend! Du kannst jede Rolle haben!«, motivierte ihn Frank.
Vielleicht reichte das? Den Regisseur mochte er sowieso nicht. Sollte er sich doch mit diesem Psychopathen herumschlagen.
»Danke«, sagte der Mann aufrichtig erfreut. »Ich will aber nur dich.«
Frank wimmerte. Der Schauspieler trat näher an ihn heran.
»Ich will dich in mein Repertoire aufnehmen. Ich will dein Innenleben studieren«, flüsterte er geheimnisvoll.
»Ich will, dass du mich aus meinem Kokon befreist.«
Drei weitere Gestalten lösten sich aus einer Baumgruppe. Alle drei trugen Sturmhauben. Sie positionierten sich in einer Reihe hinter dem Schauspieler. Die Hände hinterm Rücken verschränkt.
»Lassen Sie mich zu einem Schmetterling werden, Herr Freibrodt«, hauchte der junge Mann.
Frank wich zurück.
Der Schauspieler schnippte mit dem Finger. »Magic.«
Synchron schossen die Arme der drei Maskierten nach vorne. Ihre Hände umklammerten kleine Äxte.
Frank wurde klar, dass er mit diesem Psychopathen nicht reden konnte.
Er wusste nun, dass er sterben sollte.
Er rappelte sich auf, packte einen Stuhl und schleuderte ihn auf den Schauspieler.
Dann rannte er zur Terrassentür.
Er versuchte, sie aufzureißen.
Es ging nicht.
Sie war abgeschlossen.
Von innen.
Hinter sich hörte Frank ein kehliges Knurren.

3

Leon war für seine Statur ein schwerer Brocken. Das stellte ich fest, als er auf mir hockte und mir anschließend eine Kopfnuss verpasste. Blitze schossen mir durch den Kopf. Seine lange Kette schlug mir ins Gesicht.
»Na, was machst du jetzt? Was machst du jetzt? Du Arschloch!«, schrie er und ich atmete seine Fahne aus Kaffee und Tabak ein. Darauf hätte ich auch gut verzichten können.
Er verpasste mir eine schallende Ohrfeige.
»Hättest nicht herkommen sollen! Das hast du jetzt davon! Ich bring dich um! Euch alle!«
Er lachte hysterisch. Dann schlug er richtig zu. Gerade noch rechtzeitig konnte ich meinen Kopf zur Seite bugsieren. Seine Faust bohrte sich in den Fußboden. Er schrie schrill auf und sein Gewicht auf mir nahm ab. Diese Gelegenheit nutzte ich, um ihm mein Knie in die Eier zu rammen. Er schnappte nach Luft. Ich trat ihm mit beiden Füßen gegen die Brust. Er segelte von mir herunter.
Ich erhob mich. Es war Zeit, ihm mein Geschenk zu präsentieren. Ich zog den Schlagring über meine Finger.
»Ich hab dich gewarnt, Leon.«
Gerade wollte ich zum vernichtenden Schlag auszuholen. Er riss seine Hand hoch. »Warte!«
Ich ließ nicht aus Gnade meine Faust sinken. Ich war jetzt richtig sauer. Jegliche Diplomatie war mir nun fremd geworden. Ich wollte seinen Kopf aufplatzen sehen. Doch ich hielt inne. Denn mich irritierte seine Hand. Sie war verbunden und blutete stark.
»Was ist das?«
Leon war nun nicht mehr so laut. In seiner Stimme lag kein Hochmut mehr. Er hatte aufrichtige Angst. »Sie haben mir zwei Finger genommen«, wimmerte er.
»Wer?«
»Ich darf nichts sagen«, flüsterte er.

Für mich sah er einfach nur bescheuert aus. Und das ganze Zeug, was er da von sich gab, hörte sich für mich auch so an.
Ich schlug zu. Der Schlagring lag fest in meiner Faust, als ich seine knochige Schulter traf. Es knackte. Er schrie auf. Etwas in mir sagte, ich soll die Kontrolle zurückgewinnen. Gewalt war nicht gut. Ich musste lernen, meine Wut zu beherrschen. Schließlich wusste ich aus eigener Erfahrung, wie so etwas ausgehen konnte. Als Leon nun wimmernd in Embryo-Stellung vor mir kauerte, kamen unangenehme Erinnerungen hoch. Dennoch kam ich nur langsam wieder runter.
»Wer ist jetzt der Loser, hä?«, zischte ich und starrte Lenes Ex-Peiniger hasserfüllt an. Mir fiel mein Ziel wieder ein. Informationen. Kein Totschlag. Informationen.
Ich musste das Mantra halblaut gesagt haben, denn Leon sah mich mit großen Augen an.
»Sag mir jetzt sofort, was hier los ist.«
»Du gehörst nicht dazu?«, stammelte er und war wohl überrascht.
»Was? Wo dazugehören?«
»Zu diesen Leuten ...«
»Welche Leute?«
»Die Leute, die ... die Leute, die Lene haben?«
»Wer hat Lene! Rede!«, brüllte ich und besprenkelte ihn mit Spucke.
»Justin und so. Ich kenne die anderen nicht.«
»Was?!«, schrie ich und hob drohend meine Faust.
»Ich kenne nur seinen Namen. Aber es gibt ein paar von denen.«
»Was!? Wer sind die?«
»Sie haben meine Finger ...« Leon heulte auf und schien ernsthaft zu glauben, mich damit weichzukochen.
»Ich scheiß auf deine Finger! Ich will Lene! Kapiert, Mann?!«, brüllte ich wieder.
»Sie haben mich in einen Keller gebracht und meine Finger genommen!«, schrie nun Leon.

»Ich sag es dir noch mal. Das ist mir so was von egal! Wo ist sie?«
»Ich habe sie das letzte Mal in diesem Restaurant gesehen. Ich hab sie gesucht. Genau wie du!«
»Wo ist das!«
»In Wedding.«
»Etwas genauer, bitte. Wedding ist ganz schön groß.«
Ich war schon wieder drauf und dran, ihn zu Brei zu schlagen.
Leon fing nun an mit den Zähnen zu klappern. Seine Hand war mit Blut durchtränkt. Vielleicht sollte ich ihm einen Krankenwagen rufen? Vielleicht.
»Ein Flyer liegt auf dem Küchentisch«, wimmerte er.
»Beweg dich ja nicht«, zischte ich ihm zu. Was wohl unnötig war. Leon war hinüber.
Der Tisch war so verdreckt und klebrig, dass ich den Flyer abkratzen musste.
Neben der Adresse stand ein Name: DIE FLEISCHQUELLE.
Ich wandte mich wieder Leon zu. »Okay. Erzähl mir was von diesem Typen. Wie hieß er noch mal?«
»Justin.«
»Wie cool. Ein Drogenfreund von dir?«
»Nein. Der macht nichts mit Drogen. Das ist ein Psycho.«
»Aha. Das bin ich auch. Soll ich jetzt Angst haben?«
»Du spielst nicht in seiner Liga.«
»Da sei dir mal nicht so sicher.«
Leon hustete. »Selbst ich hätte dich eben fast platt gemacht.«
»Hätte ... fast.« Ich lächelte ihn dünn an.
»Ich mag dich nicht, Per. Aber sieh dich vor. Wenn du dich mit ihm anlegst, dann lässt er dich verschwinden.«
»Du bist doch auch entkommen.«
»Ich hatte Glück oder er wollte es so. Keine Ahnung. Hätte er mich mehr gemocht, wäre ich wahrscheinlich weg.«
Nun bekam ich tatsächlich Angst. Angst um Lene.
»Was hat er mit ihr vor?«

»Gar nichts. Die gehören zusammen. Geh da nicht hin. Hör auf mich, Per.«

»Sie hat um Hilfe gerufen. Warum sollte sie das denn tun? Wenn sie so glücklich mit diesem Justin ist, hä?«

»Das ist eine Falle! Kapier es doch endlich.« Seine Stimme klang so quengelnd, dass ich Kopfschmerzen bekam.

»Mach dir mal um mich keine Sorgen.« Ich klopfte auf seine Schulter. Er zuckte zusammen und stieß Luft aus. Verdammt, ich hatte tatsächlich vergessen, dass ich ihn vor einer Minute noch geboxt hatte.

»Tut mir leid, Leon«, sagte ich süßlich.

»Du bist so bescheuert. Wie dumm kann man denn sein. Die wollen dich töten! Oder Schlimmeres! Ich will dir doch nur helfen, Mann!«

»Was sollte so ein Justin denn von mir wollen? Solch coole Typen sind doch eher dein Gebiet!«

»Hör mir doch mal zu! Ich meine es doch nur gut mit dir, du Vollidiot!« Nun schrie Leon wieder. Meine Kopfschmerzen wurden stärker.

»So, du meinst es also gut mit mir? Du willst mir helfen? So, wie du Lene geholfen hast?!«

Leon lachte wieder. Sein Hochmut kehrte zurück. »So, du bist also was Besseres als ich? Da habe ich aber von Lene was anderes gehört.«

»Ich liebe sie.«

»Das glaubst auch nur du. Denkst du wirklich, deine Lene ist so unschuldig?« Nun war Leon derjenige, der süßlich sprach.

»Sie ist viel besser als wir alle zusammen. Du und Justin … Ihr … Ihr seid der letzte Dreck!« Ich musste sofort gehen, sonst würde es ein Blutbad geben.

»Sie ist nicht unschuldig!«, schrie Leon.

»Fahr zur Hölle«, knurrte ich und ließ den blutenden Leon alleine.

Den Krankenwagen durfte er selber rufen.

4

Corinna war müde. Die Nacht war viel zu kurz gewesen. Bevor sie sich dazu durchringen konnte, ins Bett zu gehen, hatte sie noch lange in einem Roman gelesen, während sie sich dazu ein paar Gläser Rotwein gönnte.
Der Autor war niemand Geringeres als Frank Freibrodt, dessen mysteriöses Verschwinden Corinna untersuchte. Sie mochte seinen humorvollen Schreibstil und seinen Blick für die Details.
Jedoch machte er in seinem Buch, welches auf wahren Begebenheiten beruhte, keinen Hehl aus seiner Eitelkeit. Angeblich soll er einige der real existierenden Figuren in den Wahnsinn getrieben haben. Auch seine Frau nahm mit leicht geändertem Namen eine bedeutende Rolle in dem Roman ein.
Ob sie mittlerweile auch wahnsinnig geworden war, sollte Corinna nun herausfinden.
Kaum war sie gestern eingeschlafen, riss ihre kleine Tochter sie aus dem Schlaf. Monika hatte einen Albtraum gehabt. Corinna war ein Schauer über den Rücken gelaufen, als Monika ihr ihren bösen Traum schilderte. Die Fünfjährige erzählte ihr erschüttert, dass eine böse Blondine Corinna mit Haut und Haaren gefressen hätte. Etliche Stunden dauerte es, bis Corinna ihre verängstigte Tochter beruhigen konnte. Irgendwann waren sie dann eng aneinander gekuschelt eingeschlafen.
Ihre Tochter hatte es schwer. Ihr Vater Martin war vor ein paar Jahren bei einem Autounfall gestorben. Auch Corinna und Monika waren im Auto gewesen, als der andere Fahrer sie geschnitten hatte.
Beide überlebten mit leichten Verletzungen. Corinnas Mann hingegen starb wenig später im Krankenhaus. Daher kamen wohl die Verlustängste ihrer Tochter. In immer bizarreren Ausmaßen, die auch Corinna zunehmend beunruhigten.
Außerdem gab es einen Jungen, der Monika im Kindergarten mobbte. Er schreckte mittlerweile auch vor

Handgreiflichkeiten nicht mehr zurück. Corinna fragte sich, ob sie ihrer Tochter raten sollte, zurückzuschlagen. Sie fand es moralisch eigentlich falsch, aber was sollte sie machen. Die Betreuer schienen auf beiden Augen blind zu sein und Corinna befürchtete, dass sich die Schikanen noch steigern würden. Monika war zu gutgläubig. Sie musste lernen, sich zu wehren.
Aber darum musste sich Corinna später kümmern. Jetzt stand sie als Polizistin in der Eingangshalle des Fitnessstudios und musste ihren Job machen, bevor sie sich wieder ihrer Vollzeitstelle als Mutter zuwenden konnte.
Die Polizistin steuerte auf einen jungen Mann am Tresen zu, der geistesabwesend die hohe Decke der Eingangshalle betrachtete.
Im Hintergrund hörte sie das Grunzen eines Sportlers, der sich wohl etwas zu viel Gewicht aufgeladen hatte. Zudem sah sie hinter dem Drehkreuz zwei Handwerker, die eine Wand aufbohrten.
Corinna wartete, bis das Geräusch verklungen war, und trat dann näher an den jungen Mann heran.
Dem Trainer fiel nun die vermeintliche Kundin auf und ein breites Grinsen erschien auf seinem jugendlichen Gesicht.
Interessante Grübchen, dachte Corinna und musterte den attraktiven Trainer.
Er musterte hingegen ihr Sakko. »Hast dich ja ganz schön schick gemacht. Bist du sicher, dass du hier richtig bist?« Sofort hatte der junge Mann Corinnas ersten Eindruck zerstört.
»Habe ich Ihnen gestattet, mich zu duzen?«
Der Mann lachte, anstatt zu antworten.
»Corinna Starke. Kriminalpolizei.«
In diesem Moment ging die Bohrmaschine wieder los.
»Hä?«, fragte der Typ genervt.
»Kriminalpolizei«, wiederholte die Polizistin laut, um die Bohrmaschine zu übertönen. Sie erntete jedoch nur einen fragenden Blick.

Corinna zeigte dem jungen Trainer ihren Dienstausweis. Dieser warf mit einer Kopfbewegung seine langen, blonden Haare zurück und sah sie mit seinen großen, braunen Kulleraugen an.
»Was ist passiert?«, fragte der junge Mann mit sorgenvoller Stimme.
Corinnas Blick glitt von seinem androgynen Gesicht auf seine sehnigen Arme. Sie entdeckte Narben, die an Einstichstellen erinnerten.
Der junge Mann bemerkte ihren Blick.
»Bewegte Vergangenheit«, sagte er. »Aber keine Sorge, ich bin clean.«
Corinna nickte. »Wie heißen Sie?«
»Ich bin Maik.«
Sie schüttelten die Hände.
Ganz schön lascher Händedruck für einen Fitnesstrainer, dachte Corinna.
»Trainiert Lisa Freibrodt gerade hier?«
Maik nickte. »Sie steht im Ring.«
Corinna hob eine Augenbraue. »Kennen Sie Frau Freibrodt gut?«
Nun wirkte der Trainer verunsichert.
»Ein bisschen.«
»Was heißt ein bisschen?«, hakte Corinna nach.
»Na ja. Wir hatten mal einen Streit. Seitdem sind zwischen uns so komische Vibes, verstehen Sie? Andy trainiert sie.«
Corinna wollte nachfragen, worum es in dem Streit ging, da knallte die Eingangstür des Fitnessstudios schwungvoll auf und Bernd platzte in die Szene.
»Sorry, bin zu spät«, sagte er außer Atem.
Corinna fragte sich, wie Bernd den Fitnesstest bei der Polizei bestanden hatte. Zwei Treppen brachten ihren Kollegen schon aus der Puste.
»Na ja. Jetzt biste ja da«, bemerkte Corinna trocken. Auf die gierigen Blicke ihres Kollegen konnte sie getrost verzichten.
Immer wieder starrte er sie an und dachte, sie würde es nicht bemerken.

Maik holte sie aus ihren Gedanken. »Sie fühlte sich belästigt und ich fühlte mich angemacht. Da lag wohl ein Missverständnis vor.«
»Das kann ich mir vorstellen«, sagte Corinna. Sie kannte diese Entschuldigung zur Genüge. Männer, die sich angemacht fühlten, und dann übergriffig wurden. Als hätten sie uns gepachtet, dachte Corinna.
»Inwiefern wurde sie von Ihnen belästigt.«
»Wir haben diskutiert. Politische Dinge, halt. Sie hat meine Meinung nicht akzeptiert. Gleichzeitig hat sie mit mir geflirtet. Wollte mich wohl heißmachen. Da habe ich nachgebohrt.«
»Was haben Sie getan?«
»Na ja. Nicht so viel. Ich habe sie wohl etwas hart angefasst. Aber Lisa hat sich gut gewehrt. Am Ende war ich eigentlich das Opfer«, sagte Maik und zog einen Schmollmund.
Corinna wollte Maik gerne weiter dazu befragen, aber deswegen war sie nicht hier. Vielleicht sollte sie mit Lisa noch mal separat darüber sprechen, dann könnte die ihn womöglich anzeigen.
»Zeigen Sie uns bitte, wo Lisa trainiert.«
Der Trainer zog eine Karte und sie passierten das Drehkreuz.
Bernd hustete trocken.
»Was ist das denn für eine Luft hier?«, schnaubte er.
»Das ist der Staub. Hier wird alles renoviert«, sagte Maik. Der junge Mann führte sie durch das Studio. Sie kamen an schwitzenden Männern und Frauen vorbei, die sich an Geräten abreagierten sowie Muskelberge, die Hanteln stemmten.
Er führte sie zu einem Ring im Sparringbereich des Fitnessstudios. Nun beobachteten sie eine blonde, junge Frau, die gerade einen älteren Mann im Ring verprügelte. Sie trug einen Sport - BH und eine Jogginghose. Muskeln zeichneten sich auf ihrem Körper ab.
Der Mann feuerte sie an und riet Lisa, auf ihre Deckung zu achten, als er zuschlug.

Er sah sehr verwirrt aus, als Lisa sich blitzschnell unter seinem Schlag wegduckte.
Er war noch verwirrter, als Lisa zum Gegenangriff startete.
Er zog eine unfreiwillig komische Grimasse, als sie ihn mit einem gesprungenen Drehkick am Kopf traf.
Der Mann klappte zusammen.
»Das ist Andy«, seufzte Maik. »Lisa hat Riesenfortschritte gemacht.«
Lisa drehte sich zu den dreien um und starrte sie wütend an.
Andy kam schwerfällig wieder auf die Füße.
Lisa fixierte Maik. Ihre Augen leuchteten tödlich.
»Ehrlich gesagt wollte ich nicht mit ihr trainieren«, gestand Maik. »Ist schon ein merkwürdiger Zufall. Ich glaube, sie ist hier nur Mitglied geworden um sich an mir zu rächen.«
Prompt rammte Lisa dem wankenden Andy ihr Knie gegen den Kopf und starrte wieder Maik an.
»Ich glaube, sie kann es kaum erwarten, mit mir zu trainieren«, stöhnte Maik. »Ich bin dann mal weg.«
Auch Andy krabbelte aus dem Ring und wankte stöhnend davon.
»Mussten Sie diesen Mann so verprügeln? Der hat doch gar nicht mehr gekämpft«, fragte Corinna Lisa.
»Selber Schuld«, knurrte Lisa. »Das hier ist Mixed Martial Arts. Da haben Weicheier nichts verloren.«
Bernd lachte.
»Das ist nicht lustig, Herr Kollege«, sagte Corinna zu Bernd. Dann wandte sie sich an Lisa. »Frau Freibrodt. Wir sind von der Kriminalpolizei. Das ist mein Kollege Bernd Braun«, sagte Corinna und deutete auf ihren Kollegen, der Lisas Körper ausgiebig musterte.
»Warum gafft der mich so an?«, fragte Lisa und verschränkte ihre Arme.
»Gute Frage«, sagte Corinna und seufzte. »Mein Name ist Corinna Starke. Wie gesagt, wir sind von der Polizei.«
»Das sieht man«, sagte Lisa. »Selbst wenn Sie keine Uniformen tragen.«

»Wie auch immer. Wir hätten ein paar Fragen zum Verschwinden Ihres Mannes.«
Lisa verdrehte genervt die Augen.
»Ich habe schon gestern mit der Polizei gesprochen. Ich weiß nicht, von wem oder was das Blut im Garten ist«, sagte sie langsam und deutlich, als wäre Corinna beschränkt.
»Das untersuchen wir noch. Aber wir werden schon bald mehr wissen. Die Spurensicherung ist bereits da«, erwiderte die Polizistin geduldig. »Sie meinten ja gestern, dass das Blut auch von einem Tier stammen könnte.«
»Füchse, Igel und Wildschweine sind manchmal in unserem Garten. Ich glaube ja, mein Mann ist durchgebrannt. Er hat eine Affäre. Ist mir eigentlich auch egal. Ich kann ihn ja nicht festhalten, wissen Sie.«
Corinna wurde aus ihr nicht schlau und war von ihrer Gefühlskälte überrascht. Egal, wie schäbig Frank sich ihr gegenüber verhalten hatte. Sie verstand nicht, warum sein Verschwinden Lisa so kalt ließ. Vielleicht wollte sie die neue Situation einfach nicht begreifen. Corinna gefiel das nicht, aber sie musste wohl deutlicher werden.
»Die Nachbarn, von denen auch der Notruf kam, haben Schreie gehört. Menschliche Schreie. Panisch um genau zu sein. Wie können Sie so sicher sein, dass Ihr Mann einfach nur verschwunden ist? Wie können Sie so ruhig bleiben?«
Lisas Augen blitzten.
»Ich bin nicht ruhig«, zischte sie. »Ich bin genervt. Und zwar von Ihnen. Sie kennen Frank nicht. Ich kenne ihn genau. War lange genug mit ihm zusammen. Treue war nie sein Ding gewesen. Ich habe damit gerechnet, dass er irgendwann einfach abhauen wird. Traurig, aber wahr. Na und? Dann hat er halt geschrien. Wahrscheinlich hat er mit seiner Geliebten irgendein perverses Rollenspiel gespielt. Was weiß ich denn? Ich will es auch eigentlich gar nicht so genau wissen, verstehen Sie? Aber danke, dass ich jetzt wieder darüber nachdenken muss.«
»Wo waren Sie am Abend gewesen?«

»Wie oft denn noch? Ich hatte Probe für ein Theaterstück. Das können alle Schauspieler dort bestätigen«, sagte Lisa. »Das habe ich übrigens gestern auch schon gesagt.«
»Was spielen Sie denn?«
»Guerilla-Theater. Ich glaube, das sagt Ihnen nichts, oder?«
Auf Corinnas Hals sammelten sich Adern. Bernd schielte verstohlen zu seiner Kollegin. Sie war so attraktiv, wenn sie wütend wurde.
»Hören Sie«, begann Corinna und versuchte, sich zu beherrschen. »Sie müssen hier nicht so pampig werden. Wir wollen doch nur helfen. Wir versuchen nur, Ihren Mann zu finden.«
»Ich habe doch gesagt, dass er wohl mit seiner Geliebten durchgebrannt ist«, blaffte Lisa. »Wie oft wollen Sie mich denn noch daran erinnern.«
»Das ist unser Job.«
»Haben Sie einen Mann?«
»Nein«, antwortete Corinna ehrlich.
»Das wundert mich nicht«, sagte Lisa und lachte bitter.
»Also wirklich! Jetzt reicht es aber!«, schimpfte Corinna.
»Sind Sie wütend? Wollen Sie jetzt hochkommen und mich verprügeln?«
»Wie bitte?«
Corinna dachte, sie hätte sich verhört. Diese Lisa Freibrodt schien tatsächlich verrückt zu sein.
»Ob Sie mich verprügeln wollen. Sie sehen so frustriert aus. Aber das trauen Sie sich wohl nicht.«
Corinna schnaubte. »Ich bin leider im Dienst.«
»Der Ring ist privat. Sie müssen ihn nur betreten. Oder haben Sie etwa bei der Polizei nicht kämpfen gelernt?«
»Sie wissen schon, was auf Beamtenbeleidigung steht?«, fragte Bernd und schmunzelte.
»Wieso? Ich stelle Ihnen doch auch nur nervige Fragen. Genau wie Sie mir. Und ich frage nur, ob Ihre Kollegin fit genug für diesen Job ist«, sagte Lisa und starrte weiter Corinna an, als wäre Bernd gar nicht im Raum. Die Polizistin starrte ungläubig zurück. Lisa hielt hasserfüllt

ihrem Blick stand. Corinna fragte sich, was die Frau für ein Problem mit ihr hatte. Dann erinnerte sie sich an den Albtraum ihrer Tochter.
Corinna wusste nicht, wie sie jetzt darauf kam und plötzlich stieg Wut in ihr auf. Wie sollte sie ihrer Tochter beibringen, sich zu wehren, wenn sie es selber nicht mal konnte.
»Na, Sie trauen sich wohl nicht, was?«, rief Lisa und lächelte die Polizistin böse an.
Corinna nickte grimmig.
»Alles klar. Wo sind die Umkleidekabinen?«
»Zweimal links und dann die Tür rechts.«
Bernd klappte der Unterkiefer herunter. »Corinna? Was …«
»Ach! Keine Zeit dafür! Ich will irgendwann noch mal nach Hause.« Wütend schleuderte Corinna ihr Sakko weg und knöpfte ihr Hemd auf. Darunter trug sie ein Feinripp-Hemd. Bernd starrte ihre muskulösen Arme an.
Er setzte auf Corinna, obwohl auch Lisa einen athletischen Körperbau hatte.
»Sie dürfen mich aber nicht festnehmen, wenn ich Ihnen wehtue. Versprochen?«, rief Lisa süßlich.
»Versprochen. Und Sie werden mich nicht anzeigen, wenn ich mit Ihnen fertig bin«, knurrte Corinna.
Lisa legte den Kopf in den Nacken und lachte.
»Versprochen.«

Nun standen sich beide im Ring gegenüber. Corinna konnte deutlich die Feindseligkeit spüren, die Lisa ihr entgegenbrachte. Sie fragte sich, was die junge Frau für ein Problem mit ihr hatte. Sie schätzte, dass Lisa in ihrem Alter war, auch wenn sie wie Corinna im Gesicht etwas jünger wirkte. Auch körperlich hatten beide Frauen sich gut gehalten. Lisas hervorvorspringende Bauchmuskeln deuteten darauf hin, dass sie verdammt gut in Form war.
»Sie haben den ersten Schlag frei, wenn Sie wollen, Frau Starke.«
»Nein, Sie zuerst, Frau Freibrodt.«

Das ließ sich Lisa nicht zweimal sagen. Mit einem schrillen Kampfschrei stürzte sie sich auf die Polizistin. Dabei riss sie ihr Knie hoch, um Corinna am Kopf zu treffen. Diese wich in letzter Sekunde aus und Lisa stürzte in die Ringseile.
»Geben Sie auf, Frau Freibrodt. Ich möchte Sie nicht verletzen.«
»Leck mich, du Schlampe«, zischte Lisa und erhob sich.
Da traf sie Corinnas Faust am Kinn. Lisa flog zurück in die Ringseile.
Doch sie war nur kurz benommen. Sie schlug wild nach Corinna. Die Polizistin sah Lisas Faust auf sich zurasen. Knapp wich Corinna aus und verpasste ihr einen Faustschlag in den Magen.
Lisa sackte seufzend zusammen und fiel direkt in Corinnas Arme.
Die Polizistin nahm sie in den Schwitzkasten. »So, Frau Freibrodt. Jetzt habe ich echt die Schnauze voll. Ich …«
Lisa biss Corinna in den Arm.
Die Polizistin schrie auf.
Lisa leckte sich über die Lippen.
»Sie schmecken gut, Frau Starke.«
Corinna erstarrte.
Lisa nutzte den Moment und setzte einen Schulterwurf ein.
Corinna wirbelte durch die Luft und knallte auf den Rücken.
Sie sah Lisas Fuß auf ihren Bauch zurasen und spannte die Muskeln an.
Es tat dennoch weh und Corinna schnappte nach Luft, aber auch Lisa schien Schmerzen in ihrem Fuß zu haben.
Die Frau des Schriftstellers bewegte sich hinkend von Corinna weg.
Die Polizistin sprang gekonnt auf ihre Füße und warf sich gegen Lisa.
Beide hämmerten mit ihren Fäusten eng umklammert aufeinander ein.
»Corinna, was machst du denn da?«, rief Bernd von unten und die Polizistin spürte die durchbohrenden Blicke ihres

Kollegen auf ihrem Körper. Dann die Fäuste von Lisa, die sich in ihre Rippen bohrten.

Corinnas Nase registrierte, dass Lisa ganz schön streng roch.

Fast so schlimm wie mein Kollege, dachte sie bevor ihr Lisa eine weitere Faust in die Rippen rammte.

Corinna japste und Lisa holte zum vernichtenden Schlag aus.

Doch Corinna blockte ab und versuchte Lisa wegzuschieben.

Diese bugsierte ihre Füße hinter Corinnas Beinen und warf sich gegen die Polizistin.

Beide fielen zu Boden.

Corinna sah Fäuste auf sich zurasen, als Lisa auf ihr saß. Ein paar konnte sie abwehren, doch immer wieder durchbrach Lisa ihre Deckung.

Corinna fühlte sich, als würde ein Presslufthammer ihren Kopf bearbeiten und schon wieder hob Lisa die Faust.

Doch auch Lisas Geruch setzte ihr weiterhin zu.

Eine andere Duftnote mischte sich hinein und Corinna fragte sich, ob ihre Gegnerin Verdauungsprobleme hatte. Ihre fauligen Blähungen rochen unheilvoll. Ein Geruch, den Corinna auch bei ihrem ersten Leichenfund gerochen hatte.

Als würde ein Mensch verwesen.

Corinna versuchte ächzend Lisa von sich herunterzustoßen, doch diese packte sie an der Kehle und eine weitere Faust explodierte an Corinnas Schläfe, während die Polizistin in Lisas Augen blanke Mordlust aufblitzen sah.

Wieder holte Lisa aus.

Corinna zuckte zurück und die Faust blieb gnädig in der Luft hängen.

»Gibst du auf, Starke?«, fragte Lisa von oben.

Corinna zog eine Grimasse und nickte.

»Ich bin sehr wütend, verstehen Sie? Warum gehen Sie auf mich los und befragen mich die ganze Zeit. Ich bin hier das Opfer. Ich wurde betrogen und bedroht.«

Immer noch schwang Lisas Faust bedrohlich über Corinnas Gesicht.
»Wer hat Sie bedroht?«, fragte Corinna leise unter ihr.
»Dieser Prediger hatte Probleme mit meinem Mann. Dann hat er uns bedroht. Frank und ich hatten Anzeige erstattet. Es war nichts passiert.«
»Wie heißt er?«
»Korben Applegate.«
Corinna nickte. Den Namen hatte sie schon mal gehört. In anderen Fällen.
»Dieser Evangelikale. Ein bigottes und homophobes Arschloch, das Geld damit verdient, Leuten schlimme Sachen einzureden. Wirklich schlimme Sachen, verstehen Sie? Ich trainiere nicht umsonst hier«, knurrte Lisa.
»Wie meinen Sie das?«
»Der Trainer ist einer von seinen Schafen.«
Corinna lachte gepresst. »Deswegen haben Sie Andy verprügelt?«
»Nein. Nicht der. Der andere. Der junge Typ, der Sie hereingeführt hat.«
Corinna stöhnte. »Könnten Sie jetzt von mir heruntergehen?«
»Sie verhaften mich nicht?«
»Nein, das war privat. Wie versprochen.«
Lisa stieg von Corinna herunter. Sie reichte der Polizistin die Hand.
Gerade als Corinna sich halb aufrichtete und nach Lisas Hand griff, zog diese ihre weg. Corinna landete wieder auf der Matte.
»Aufstehen müssen Sie schon selber.«
»Scheiße«, fluchte Corinna.
Lisa stieg aus dem Ring.
»Euch sollte man mal das Kämpfen beibringen«, sagte sie, ohne dabei Corinna noch mal anzusehen.
»Ich kann den Rückkampf kaum erwarten«, sagte Corinna mit schmerzverzerrter Stimme.
Lisa lachte laut und affektiert auf. »Ich auch nicht.«

Corinna hörte ein Grunzen und registrierte wütend, dass auch ihr Kollege lachte.
Lisa steuerte triumphierend auf ein Laufband zu. Anscheinend war sie mit ihrem Training noch nicht fertig.
»Sie sollten mal eine Darmspiegelung machen«, rief Corinna ihr hinterher.
Nun drehte sich Lisa noch einmal um.
»Machen Sie sich mal um mich keine Sorgen. Ich ernähre mich sehr gesund. Rein biologisch.«

»Was hast du dir denn dabei gedacht?«, fragte Bernd Corinna auf dem Parkplatz vor dem Fitnessstudio.
»Das war eine private Angelegenheit.«
»Ich will in deinen Privatkram aber nicht hineingezogen werden. Wir sind Kollegen, Corinna.«
»Dafür hast du das Ganze aber ganz schön neugierig mitverfolgt, Bernd.«
»Also … Du hast dich einfach mit einer Tatverdächtigen geprügelt. Ich stand unter Schock.«
»Natürlich. Ich muss mir das nicht bieten lassen. Ich bin alleinerziehend und habe eine Tochter, die mich braucht. Trotzdem reiße ich mir für unsere werten Bürger jeden Tag den Arsch auf und werde dafür bespuckt. Ich musste mal Dampf ablassen. Außerdem hat mich diese Frau zum Kampf herausgefordert.«
»Ja!« Bernd lachte und sein Schnauzbart zuckte dabei. »Und du hast verloren. Was für eine Irre war das denn, bitte?«
Corinna stützte sich auf das Dach ihres Dienstwagens. Sie fühlte sich, als hätte sie ein Wagen überrollt. Ihr ganzer Körper tat weh.
»Sie hat auch viel durchgemacht. Da hat sich einiges aufgestaut. Sie wurde von ihrem Mann wegen einer Jüngeren verlassen und wurde bedroht. Und dann bedrängen wir sie auch noch.«
»Von wem wurde sie bedroht?«
»Korben Applegate. Ist Prediger einer Freikirche. Ein Fanatiker.«

Bernd schnaubte. »Ja, hab ich auch schon von gehört. Ist etwas speziell der Typ, aber ich weiß ja nicht …«
»Der hat ziemlich radikale Ansichten.«
»Nur weil sie deinen eigenen nicht gleichen?«, fragte Bernd auf einmal barsch.
Corinna runzelte die Stirn. »Mich würde interessieren, wer damals die Anzeige aufgenommen hat.«
»Was für eine Anzeige?«
»Von den Freibrodts wegen der Drohung, Bernd.«
»Keine Ahnung. Ich werde seine Frau noch einmal befragen. Natürlich ohne Prügelei. Ich lasse meinen Charme spielen«, sagte Bernd und lächelte. Dabei präsentierte er Corinna einige seiner braungelben Zähne.
»Mach, was du willst. Sie hat ein Alibi. Aber ich werde das auch noch mal überprüfen. Wütend genug wäre sie und ein Motiv hat sie ja auch. Aber erst einmal kümmer ich mich um diesen Korben.«
»Wenn du meinst, dass es irgendetwas bringt. Ich wünsch dir viel Spaß.«
Corinna fragte sich, warum Bernd sich so dagegen sträubte, Korben in die Mangel zu nehmen.
»Corinna?«
»Ja.«
»Gehste mit mir heute Abend Essen?«
»Ach. Auf einmal doch Privatkram?« Corinna verdrehte die Augen. Wenn Bernd in Flirtstimmung war, kam sein Ruhrpottdialekt umso deutlicher hervor.
»Gehste oder gehste nicht?«
»Nein«, sagte Corinna.
Wieder einmal.

5

Vier Tage später

Enrico war müde, als er die Tür öffnete. Er hatte sich schon wieder mit Chantal gestritten. Es war ein heftiger Streit gewesen. Sie verstand ihn einfach nicht. Sie konnte die Toten nicht hören, die in seinem Kopf mit ihm sprachen. Wie sollte sie auch?
Immer wieder driftete er ab. Beim Frühstück. Beim Mittagessen. Beim Abendessen und beim Sex. War in seiner Welt unterwegs. Sah die toten Augen. Er war in den Krieg gezogen und hatte ihn mitgenommen. Zurück nach Deutschland. Wie sollte sie denn verstehen, dass er ihn nicht einfach wieder abschütteln konnte. Er war nicht mehr dazu in der Lage. Es war zu spät. Er war nun ein Teil seiner Persönlichkeit. Chantal. Er liebte sie. Er wollte sie nicht anschreien. Er wollte sie nicht einschüchtern. Er wollte sie nicht wecken, wenn er nachts aufschreckte, schwitzend und fiebrig. Wenn er die Augen der Männer und Frauen sah, die er im Eifer des Gefechts für immer geschlossen hatte. Er wollte sie beschützen. Vor dem Krieg und vor sich selbst. Er wusste selber nicht mehr, ob es überhaupt noch einen Unterschied gab. Hatte der Krieg ihn schon eingenommen?
Nach einigem Sturmklingeln öffnete er genervt seine Wohnungstür.
Nun sah er in das Gesicht eines jungen Mannes und einer jungen Frau. Sie war blond, schlank und sehr schön. Große, braune Augen. Hohe Wangenknochen. Er schätzte sie auf Anfang dreißig. Ihn schätzte er jünger. Der junge Mann hatte sich aus seinen braunen Haaren eine Mohawk-Frisur trimmen lassen. Seine Brust und die Oberarme waren muskulös, seine Taille schmal. Er sah aus wie eine jüngere Version von Enrico. Es war fast so, als würde er ihn kopieren wollen. Aber warum sollte er? Wer waren diese Gestalten eigentlich?
Enrico merkte immer wieder, dass er eine ungesunde Skepsis von drüben mitgebracht hatte. Er wurde immer

paranoider. Überall sah er den Feind. Vielleicht sollte er dieses Mal eine Ausnahme machen.
»Äh … Hallo?«
»Sorry, für die Störung. Ich bin Tom. Ich halte ein Referat«, sagte der junge Mann.
»Ja … äh … und?«
»Ja, wie soll ich das sagen … ich meine … wow … ich habe schon viel von Ihnen gehört. Also …«
»Er soll ein Referat über den Krieg halten«, sagte die Frau freundlich.
»Ja … und Sie sind?«
»Entschuldigung. Frau Ziegler. Ich bin die Lehrerin. Ich begleite Tommy.«
Enrico fand, dass der junge Mann dafür doch etwas zu alt aussah.
Warum sollte ihn seine Lehrerin dabei begleiten?
Er hatte so etwas früher selbstständig erledigt.
Geklingelt wurde damals auch zu anderen Uhrzeiten. Wenn überhaupt. Vielleicht hatte der Junge eine Lernschwäche und war sitzen geblieben, oder irgendetwas war neu im heutigen Schulsystem. Vielleicht war er auch einfach nur wieder paranoid? Er ließ die beiden, obwohl er gar keine Lust hatte, über den Krieg zu sprechen, hinein. Es könnte ihm ja auch guttun. Wer weiß? Reden soll ja bekanntlich helfen.
»Na gut. Kann ich Ihnen irgendetwas anbieten?«
»Haben Sie Kakao?«, fragte der Junge und sah Enrico mit großen Augen an. Er sah dabei aus, wie ein kleines Kind.
»Chantal!«, rief Enrico laut. »Komm mal her.«
Alle hörten die Klospülung, dann den Wasserhahn. Schließlich kam Chantal aus dem Bad. »Schrei nicht so herum.«
»Ist ja gut«, knurrte Enrico. »Mach den Jungen mal einen Kakao. Der fällt ja sonst noch um.«
»Das heißt bitte«, sagte Chantal.
»Bitte«, wiederholte Enrico mechanisch. Er wandte sich an die Lehrerin. »Wollen Sie auch was?«
»Haben Sie einen grünen Tee?«

Enrico sah Chantal fragend an. Sie nickte und ging wortlos in die Küche.
Er verschränkte seine muskulösen Arme und betrachtete die beiden. »Na, dann schießt mal los.«
»Haben Sie schon mal jemanden erschossen?«, sprudelte es aus dem Jungen heraus.
»Nicht nur das.«
»Echt? Cool. In den Kopf?«
»Das ist nicht cool, Mann! Wir reden hier über Menschen. Das waren Väter, Söhne und Brüder.«
»Waren etwa keine Frauen dabei?«, fragte der junge Mann. Das war eine eindeutige Fangfrage. Enrico war sich sicher, dass der junge Mann sie ihm ganz bewusst gestellt hatte. Die Naivität von eben war verschwunden.
»Ja … auch.«
»Haben die auch gekämpft?«, fragte die Lehrerin. Doch für Enrico klang sie nicht mehr wie eine Lehrerin. Etwas stimmte hier nicht. Seine Paranoia war nicht unbegründet gewesen.
»Teilweise … ja … natürlich haben sie das.« Enrico wusste selbst nicht, warum er überhaupt noch antwortete. Die Zeit in Afghanistan war schlimm genug gewesen. Wahrscheinlich waren die beiden von der Presse. Oder sie waren Kriegsgegner, die ihn bloßstellen wollten. Als wäre er stolz auf das, was er getan hatte.
»Hören Sie. Ich weiß echt nicht, was das soll. Sie sind doch nicht von einer Schule. Was wollen Sie?«
Die Frau sagte nichts. Der junge Mann seufzte.
»Das ist die Schule des Lebens, Alter.«
»Wie bitte?«
»Ja, wir haben gelogen.«
Enrico war außer sich. »Was soll die Scheiße? Wollt ihr mich verarschen? Was wollt ihr, verdammt noch mal?«
»Bleib locker, Enrico.«
»Was? Wie seit ihr auf mich gekommen?«
»Wir haben von dir gehört.«
»Woher?«
»Das Restaurant unter dir.«

Enrico hatte dieses Restaurant schon immer merkwürdig gefunden. Die Fleischquelle. Er hatte diesen stinkenden Laden nie betreten. Ein komisches Gefühl hielt ihn davon ab.
»Ja, wir haben gelogen. Wir sind nicht von der Schule.«
»Was seit ihr dann? Presse, oder was?«
»Wir sind Schauspieler.«
»Aha.«
»Wir brauchen deine Hilfe.«
»Wobei?«
»Wir wollen bessere Schauspieler werden.«
Jetzt musste Enrico lachen. Der Typ sang so komisch mit seiner hellen Stimme. Enrico dachte immer, die Schauspieler würden direkt sprechen. Nicht so verstrahlt.
»Ach ja? Was für eine Ehre. Und dabei soll ich dir jetzt helfen?«
Der junge Mann nickte eifrig. Seine Augen leuchteten dabei merkwürdig. »Ja!«
»Ich gib dir einen guten Rat, mein Junge.« Enrico ahmte sein merkwürdiges Lächeln nach.
Der junge Mann fasste sich demonstrativ ans Ohr. »Ich höre.«
»Nimm Schauspielunterricht. Wärst du wohl nicht von allein drauf gekommen, was? Muss man dir wohl ansagen. Jetzt verpiss dich aus meiner Wohnung und nimm deine Alte mit, du Banane.«
Plötzlich packte der junge Mann seine Arme. Er war stärker, als Enrico erwartet hatte.
»Hey, ganz ruhig. Wir wollten nicht respektlos sein. Wir haben gelogen. Ja, das haben wir. Ich heiße auch nicht Tom. Wir sind Lügner. Das sind wir immer. Wir wollen ehrlich werden. Endlich wahrhaftig sein. So wie du. Du musst mir helfen, meinen Kokon zu öffnen.«
»Wenn du mich nicht sofort loslässt, brech ich dir deine Flügel ab, Schmetterling«, knurrte Enrico.
Der Mann zuckte zurück, als hätte er sich verbrannt.
»Ganz cool, Enrico. Ich will einfach nur wissen, wie du tickst. Dann kann ich mich entfalten«, sagte der junge Mann. Seine Augen leuchteten wild. Mit einer großen

Geste zerteilte er die Luft. »Magic. Verstehst du?« Dann schnipste er mit dem Finger.

»Nein. Was ist dein scheiß Problem. Hast du keine Hobbys, oder was?«

»Enrico. Du musst dich öffnen. Ich will dein Innenleben studieren. Ich will in dich hineinschlüpfen.« Der junge Mann zwinkerte ihm zu. Enrico zuckte zurück.

»Das wird mir jetzt echt zu ekelhaft. Ich kann deiner Bitte nicht folgen leisten. Hau ab!«

Nun wurde das Lächeln des Mannes unheimlich. »Du verstehst es einfach nicht, Enrico. Ich bitte dich nicht. Ich nehme von dir. Du wirst verschwinden und ich werde neu geboren«, erklärte ihm der junge Schauspieler geduldig. Seine Augen blieben dabei kalt.

Enrico hatte nicht bemerkt, dass die Frau längst nicht mehr im Flur stand.

Sie war bei Chantal.

Ein schriller Schrei ertönte.

Enrico wollte in die Küche.

Der junge Mann versperrte ihm den Weg.

»Geh weg«, sagte Enrico.

Der junge Mann zog ein langes Jagdmesser.

Seine Pupillen waren erweitert.

Für Enrico stellte das Messer kein Problem da.

Er war im Krieg mit härteren Gegnern fertig geworden.

Was ihn verstörte, war das Böse, was er in den Augen des Mannes sah.

Im Krieg hatte Enrico viel Böses gesehen.

Er war gefoltert worden.

Seine Peiniger waren Sadisten gewesen.

Selbst die hatten noch etwas Menschliches gehabt.

Er traf im Krieg auf einen gebrochenen Mann.

Eine Drohne hatte sein Haus in die Luft gesprengt.

Seine ganze Familie wurde in Stücke gerissen.

Dieser Mann hatte sich die Augen trocken geweint.

Seine Schreie klangen regelmäßig in Enricos Ohren.

Vorher war dieser Mann selber ein Instrument des Krieges gewesen.

Hatte andere Familien abgeschlachtet, Menschen gefoltert und getötet.
Männer, Frauen und Kinder.
Zum Schluss war er ein Familienvater, der seine Frau und seine toten Kinder betrauerte.
Ja, Enrico hatte viel Böses im Krieg gesehen, aber immer noch Menschen.
In den Augen des jungen Mannes sah er nichts.
Nur Dunkelheit.
»Ich will wissen, wie du tickst«, sagte dieser.
Dann fing der Schauspieler an zu knurren.
Enrico machte sich bereit.
Bereit für den Kampf.
Jeder Muskel war angespannt.
Nun wusste er, dass der Krieg zu ihm nach Hause gekommen war.

6

Chantal wich zurück, obwohl sie zu ihrem Mann wollte. Sie wollte wissen, was im Flur los wahr. Sie hörte Gepolter, dumpfe Schläge und Schreie. Dazu kam ein kehliges Knurren. Es war schrecklich. Sie wollte zu ihrem Mann, obwohl er geschrien hatte: »Lauf, Chantal! Lauf!!« Sie hatte noch nie so viel Angst in seiner Stimme wahrgenommen. Nicht mal in seinen schwärzesten Träumen. Nicht mal, wenn er aus ihnen aufschreckte und ihre Hand drückte.
Sie entfernten sich schon eine ganze Weile voneinander. Er isolierte sich und war mit seinem Kopf im Krieg geblieben.
Auch sie hatte sich von ihrem traumatisierten Mann zurückgezogen. Es war manchmal schwer, mit ihm auszuhalten.
Nun wollte sie zu ihm. Ihm beistehen. Um jeden Preis. Doch sie schaffte es einfach nicht.
Sie sah, wie Blut ihr weißes Nachthemd tränkte. Die blonde Frau war einfach in die Küche gekommen und hatte ihr den Bauch aufgeschlitzt. Wortlos. Ohne etwas zu sagen. Chantal wusste nicht, warum. Sie sah die Frau zum ersten Mal. Sie hatte ihr nichts getan.
Doch diese Fragen stellte sie sich nur kurz. Sie musste die Frau überwältigen und zu ihrem Mann. Ihm zur Seite stehen.
Scheinbar war die Wunde tiefer, als Chantal gedacht hatte, denn sie konnte sich kaum noch auf den Beinen halten. Die Frau kam langsam auf sie zu. Sie kratzte dabei mit dem langen, blutigen Messer über die Wand. Chantal wich weiter zurück, obwohl sie zu ihrem Mann wollte. Alles schrie in ihr danach.
»Ja, gut so«, sagte die blonde, junge Frau. In ihren Augen lag ein merkwürdiger Glanz.
»Ja, bleib in Bewegung. Es ist wichtig, in Bewegung zu bleiben. Sonst sind wir verloren.«

Das konnte Chantal kaum noch. Sie verlor immer mehr Blut. Sie versuchte, sich auf die Küchenzeile zu stützen, dabei riss sie eine Pfanne zu Boden.
Gleichzeitig hörte sie weitere Kampfgeräusche aus dem Flur. Weitere Schreie und dumpfe Schläge.
Die junge Frau schien ihre Gedanken erraten zu haben.
»Du willst zu deinem Mann, richtig?«, fragte sie mit sanfter Stimme. »Du scheinst ihn wirklich zu lieben. Das ist so schön. So romantisch.« Eine Träne lief der Frau über die Wange. Sie passte nicht zu ihrem kalten Gesicht.
»Glaub mir, du willst dir das nicht ansehen. Dafür liebst du ihn zu sehr. Ich beneide dich. Ich beneide dich um deine Liebe«, sagte die Frau und drängte Chantal weiter mit ihrem Messer zurück.
»Was ... wollen ...«, stammelte Chantal. Ihre Zunge schien am Gaumen kleben zu bleiben.
»Du bist in einer schwierigen Situation, Chantal«, stellte die Frau ruhig fest. Mit großen Augen sah sie Chantal an.
»Trotzdem denkst du nur an ihn. Das ist so romantisch. Das will ich auch haben. Ich will deine Liebe, Chantal.«
Chantal starrte auf ihren Bauch und bemerkte, dass sich der Blutfleck weiter ausbreitete.
Seit seiner Rückkehr war Enrico ein anderer Mensch gewesen. Alle seine Opfer trug er bei sich. Eine schwere Last. Sie hatten sich dadurch entfremdet.
Es gab aber immer noch eine Verbindung zwischen ihnen.
Ein Band, dass sie beide aneinanderhielt.
Die beiden Fremden wollten dieses Band zerschneiden.
Das konnte Chantal nicht zulassen.
Sie griff zum Messerblock auf der Küchenzeile. Es gab genügend Messer zur Auswahl. Sie hatte eine Chance. Ihre Beine knickten ein.
Sie riss den Messerblock mit sich.
»Gut. Sehr gut. Du wehrst dich, Chantal. Das finde ich gut. Du machst es mir damit leichter. Ich werde mich ... mich besser fühlen«, sagte die Frau und weinte.
Chantal waren ihre Gefühle egal.

Sie kniete auf dem Boden.
Schwarze Flecken vor ihren Augen wurden größer.
Dennoch schaffte sie es, ein langes Messer zu greifen.
Sie umklammerte es und mobilisierte all ihre Kräfte, die ihr noch zur Verfügung standen.
Die blonde Frau umklammerte ihr Messer ebenfalls und fing an zu knurren.

7

Es war schon fast Mitternacht. Doch auch am Tage hätte ich hier keinen einzigen Sonnenstrahl gesehen.

Ich war in der Fleischquelle. Das Restaurant war noch geöffnet. Das Restaurant war speziell. Hier bekam ich fast eine Staublunge. Zudem roch es penetrant nach Bodenreiniger. Auch ein anderer Geruch mischte sich darunter. Ich konnte ihn nicht zuordnen. Angenehm war er jedoch nicht.

Die Tische klebten schlimmer als der Esstisch in Leons Küche. Es roch auch nicht viel besser. Letztendlich kein Ort zum Wohlfühlen, aber eine bedrohliche Atmosphäre nahm ich nicht wahr.

Meine Knie schmerzten. Ich bekam meine Beine nicht unter den niedrigen Tisch.

Der Laden war altbacken und schlecht besucht. Ich war der einzige Gast.

Nach der Corona-Pandemie hatten alle Gastronomen mit Elan wieder geöffnet und hießen euphorisch die Gäste willkommen. Davon konnte ich hier nichts spüren. Die Sitze waren dreckig und die Sitzkissen mit einem altmodischen Blumenmuster überzogen. Dicke, grünliche Vorhänge nahmen hier den Gästen jegliches Licht. Aber eine Gefahr oder kriminelle Energie konnte ich hier beim besten Willen nicht entdecken. Der Wille war groß. Ich wollte Lene zurück und das hier alles beenden. Zudem hatte ich Hunger. Das machte mich noch aggressiver. Also hatte ich mir bei so einem Schnösel von Kellner vorsichtshalber einen großen Salat bestellt.

Nachdem ich ihn nach Lene und Justin gefragt hatte. Das neue Dream-Team. Er hatte verblüfft behauptet, die beiden nicht zu kennen. Für mich war er sehr überzeugend gewesen. Ich glaubte ihm. Leon hatte mir Scheiße erzählt. Ich musste ihn mir noch einmal vorknöpfen.

Das Restaurant war vor drei Tagen noch geschlossen gewesen. Ich hatte Stunden vor der Fleischquelle gewartet.

Resigniert suchte ich die anderen Ex-Freunde von Lene auf. Dafür musste ich erst einmal ein paar Notizen hervorkramen. Lenes Werdegang in Beziehungen hatte ich vorsichtshalber dokumentiert. Hätte sie es herausgefunden, dass ich sie observierte, wäre sie ausgerastet. Ich tat es ja nur zu ihrem Besten und nun war der schlimmste Fall eingetreten. Lene war weg und ihre Ex-Freunde wohl auch.

Ich habe sie nicht aufspüren können. Sie waren nicht zu Hause. Keiner wusste, wo sie waren. Sie waren einfach verschwunden.

Zuerst war ich bei den Großeltern von Marco. Sie wohnten in einem Haus in Berlin Zehlendorf mit blühendem Vorgarten. Sie warteten schon eine halbe Ewigkeit auf ein Lebenszeichen von ihrem Enkel. Sie hatten Marco großgezogen. Seine Eltern waren bei einer Reise verunglückt. Sie zeigten mir einige Fotos von dem attraktiven jungen Mann. Die meisten zeigten ihn braun gebrannt beim Angeln, beim Yoga oder auf Urlaubsreisen. Immer ein breites Grinsen auf dem Gesicht. Genau wie Lene es mochte. Bei mir hatte sie eine Ausnahme gemacht. Ich lächelte nicht gerne. Während mir die Großeltern euphorisch Bilder ihres Enkels zeigten, wurde ich mit Tee und Buttercremekuchen abgefüllt.

Strahlend und vor lauter Stolz erzählten die beiden mir von seiner Instagram - Karriere und wie er erfolgreich als Influencer sein Geld verdiente. Ich war mir sicher, sie wussten nicht einmal, was dieses Wort bedeutete. Sie dachten scheinbar, er würde eine medizinische Prävention wegen der Vogelgrippe abhalten.

Zudem bestritt Marco vor Kurzem noch erfolgreich einige Kämpfe im Thai - Boxen.

Deswegen war er öfter in Asien unterwegs und nicht bei ihnen. Jedoch schickte er immer Postkarten. Diese blieben seit längerer Zeit aus.

Während sich der Großvater optimistisch gab und mir einen Verdauungsschnaps einschenkte, umklammerte später die Großmutter mit zitternder Stimme meine Hand.
Sie war sich sicher, dass Marco etwas Schreckliches zugestoßen war.
Ich musste ihr versprechen ihn zu finden.
Mir blutete das Herz, die arme Frau so Leiden zu sehen und ihr ein Versprechen zu geben, dass ich sicher nicht halten konnte.
Dann gab es noch einen Ex-Freund, mit Frau und zwei Kindern. Seine Frau war sich sicher, dass er sich aus dem Staub gemacht hatte.
Sie nannte ihn einen verantwortungslosen Bastard.
Auch die restlichen Freunde waren verschollen.
Niemand ging an die Tür.
Keiner wusste, wo sie waren.
Außerdem wurden sie allesamt sowieso nicht vermisst.
Bis auf Marco.
Meine tagelange Suche war also bis jetzt erfolglos geblieben.
Ich musste noch einmal zu Leon. Er war die einzige Spur neben der Fleischquelle.
Aber erst einmal wollte ich mich stärken. Ich freute mich auf den Salat. Dieser ließ lange auf sich warten, bis er endlich kam.
Die Haare an seinen Schläfen waren ergraut. Zudem hatte der Kellner einen dünnen Oberlippenbart. Er sah aufgemalt aus. Ich kam mir vor, wie in einem schlechten Boulevardtheater. Mein Daumen war schon wundgekratzt. Der Hunger hatte mir so zugesetzt, dass ich dazu bereit war, einen Mord zu begehen. Das bekam der unbeholfene Kellner deutlich zu spüren. Fast schon tat er mir leid.
»Das hat aber lange gedauert.«
Der Kellner hustete. Es klang hochnäsig.
»Tut mir leid. Das ist mein erstes Mal.«
Was für eine Entjungferung, dachte ich und mein Magen knurrte.

»Wir reden hier von einem Salat. Was ist denn daran so schwer?«

»Er soll doch auch schmecken, oder?«, sagte der Mann und klang eindeutig zickig dabei.

Plötzlich hörte ich vom oberen Stock Getrampel. Schreie.

»Was ist da los?«, fragte ich irritiert.

»Wir haben über uns ein Filmtheater«, sagte der Mann steif.

»Was läuft denn gerade?«

»Ein erotisches Drama«, sagte er schnell und wirkte auf einmal unsicher, als hätte er etwas Falsches gesagt.

»Das hört sich aber anders an.«

Wieder hörte ich von oben einen Schrei.

Muss wohl ein spezieller Erotikfilm sein, dachte ich.

»Kann ich jetzt gehen?«, fragte der Kellner.

Ich deutete auf den Salat.

»Das ist American Dressing. Das habe ich nicht bestellt.«

»Was wollten Sie denn für ein Dressing haben?«, fragte der Kellner scheinbar gelangweilt.

»French. Aber das ist nicht weiter tragisch.«

»Dann bin ich ja beruhigt. Lassen Sie es sich schmecken.«

Schon wollte der Mann einen Abgang machen. Ich hielt ihn zurück.

»Stopp. Warten Sie!«

»Stimmt was nicht?« Wieder hörte ich nur Desinteresse in seiner Stimme. Verdammt! Wollte hier keiner mehr arbeiten?

»Gucken Sie sich mal den Salat an.«

Tatsächlich gähnte der Mann, aber er sah ihn sich wenigstens an.

»Ja, sieht doch ganz gut aus. Ich habe noch zu tun. Wenn Sie mich jetzt entschuldigen würden.«

»Soll das ein Witz sein? Was habe Sie denn zu tun? Der Laden hier ist doch leer.«

Ich war fassungslos.

Nun wurde der Mann endlich wach.

»Bitte, das hier ist kein Laden, sondern ein Restaurant«, sagte er steif. »Und ich habe noch einiges zu tun.«

»Jetzt sehen Sie sich den Salat doch mal genau an«, rief ich ungeduldig.
»Sieht ganz gut aus dafür, dass ich zum ersten Mal so einen Salat gemacht habe«, sagte er spitz.
»Mag sein. Rein optisch. Was sehen Sie denn alles auf dem Salat?«
Mir machte das Spiel langsam richtig Spaß.
»Gurken, Karotten, Pinienkerne, Tomaten, Avocado, Krautsalat, Filetstückchen …«, zählte der Mann lustlos auf.
»Genau. Da ist Fleisch drauf«, sagte ich anklagend.
Er zuckte mit den Schultern. So weit es sein steifer Körper zuließ.
»Ja, Putenstreifen.«
»Auch noch weißes Fleisch«, sagte ich fast schon künstlich entrüstet. »Das mag ich nicht.«
Der Mann seufzte, als wäre er sich keines Fehlers bewusst.
Als hätte ich Schuld.
»Das hätten Sie vorher sagen müssen.«
»Ich hab ihn ohne Fleisch bestellt.«
»Pardon. Wie gesagt, ich mache das zum ersten Mal.«
»Man kann doch trotzdem zuhören«, sagte ich bemüht freundlich und lächelte ihn breit an.
»Sie können die Fleischstückchen doch einfach herunternehmen.«
Ganz tolle Idee, dachte ich. Aber das war mir doch etwas zu einfach.
»Warum machen Sie das nicht? Sie sind doch der Kellner.«
»Das ist nicht meine Aufgabe«, sagte er erhaben.
»Das sehe ich aber anders.«
»Habe Sie schon mal irgendwo erlebt, dass der Kellner Ihnen das Fleisch vom Teller nimmt.« Nun lächelte der Mann dünn.
»Sie sind ganz schön schlagfertig dafür, dass es Ihr erstes Mal ist«, sagte ich und hatte dabei wieder komische Bilder im Kopf.
»Wie gesagt. Ich arbeite sonst nicht als Kellner.«

»Was machen Sie denn sonst?« Ich wollte es gar nicht wissen.
»Ich bin Klempner.«
»Und jetzt haben Sie meinen Salat gemacht«, stellte ich fest und hoffte, dass sein letzter Rohrbruch etwas zurücklag.
Nun wollte der Mann sich erklären.
»Ich wohne in der Nachbarschaft und wurde kurzfristig gebeten, hier einzuspringen. Ich mache das hier umsonst, weil meine Nachbarin mich gefragt hat. Das ist eine Gefälligkeit«, sagte er, als würde er von mir dafür dank erwarten.
Ich desillusionierte ihn sofort.
»Ist mir egal. Hauptsache das Fleisch kommt weg.«
»Das müssen Sie mit der Chefin vom Restaurant klären. Ich habe gleich einen Termin.« Demonstrativ hob der Kellner seinen Arm und sah auf eine imaginäre Armbanduhr.
Ich dachte wieder an schlechtes Theater.
»Dann machen Sie schnell. Sonst ist mein ganzer Salat versaut.«
»Tut mir leid. Ich dürfte eigentlich gar nicht hier sein. Lassen Sie es sich schmecken«, flüsterte er mir noch geheimnisvoll zu. Dann ging er einfach und ließ mich mit dieser Pampe von Salat zurück.
»Saftladen!«, rief ich ihm hinterher.
Ich starrte auf das Fleisch.
Obwohl ich aus Überzeugung Pflanzenfresser war, übte es auf mich eine unerklärliche Faszination aus.
Es roch eigenartig. Ich konnte diesen Duft nicht zuordnen.

8

Der Merlot legte sich wohlig auf Lisas Zunge.
»Schließ deine Augen. Denk an ein Erlebnis aus deiner Kindheit, welches du mit dem Wein auf deiner Zunge in Verbindung bringst.«
Lisa dachte an ein Weihnachtsfest, wo sie das erste Mal Wein getrunken hatte. Auch ihre Eltern tranken Wein. Danach stritten sie sich heftigst wegen einer verbrannten Gans.
Dann noch ein Rendezvous, wo sie einen Jungen das erste Mal küsste. Eigentlich wollte sie das gar nicht, aber er hatte sie abgefüllt. Lisa blinzelte die unangenehmen Erinnerungen weg.
»Siehst du alles genau vor dir?«
Sie nickte und zwang sich, die Augen geschlossen zu halten.
»Wie fühlst du dich?«, fragte Justins Stimme.
»Ich … ich fühle mich ausgelaugt.«
»Ja, du bist nicht durchlässig genug, Lisa. Es ist anstrengend für dich. Soll es anstrengend sein?«
Sie schüttelte den Kopf.
»Nein, soll es nicht«, sagte er. »Du sollst entspannt aus der Hüfte schießen.«
Nun platzte es aus Lisa heraus. »So wie du bei der Casterin?«
Sie riss die Augen auf.
»Lisa, schließe deine Augen, bitte. Das ist wichtig. Ich bin im Recall. Ich habe die Casterin überzeugt, weil ich eine Message habe. Genau deswegen werde ich in sämtlichen nationalen wie internationalen Produktionen auf der Leinwand stehen.«
Lisa nickte und schloss die Augen. Sie vertraute ihm.
»Öffne deinen Mund, Lisa.«
Lisa öffnete brav ihren Mund.
Justin schnitt ein Stück von dem blutigen Steak ab und schob es ihr in den Mund.
Lisas Geschmacksknospen explodierten.
Gierig begann sie zu kauen.

»Langsam, Lisa. Langsam. Du musst es kontrollieren können. Sonst kontrolliert es dich.«
Lisa nickte eifrig und zwang sich, das köstliche Fleisch langsam zu kauen.
Ein wohliger Geschmack breitete sich auf ihrem Gaumen aus.
»Bist du empfänglich? Spürst du es?«, fragte Justin.
»Ja«, sagte sie langsam und kauend. »Ja, ich spüre es.«
»Spürst du die Liebe?«
»Ja, ich spüre sie.«
Sie sah einen komplett schwarzen Raum vor sich. Langsam wurde dieser ausgefüllt. Mit menschlichen Gesichtern. Sie riefen nach ihr. Freundlich. Anders als beim letzten Mal, wo sie geschlungen hatte. Da hatten die Gesichter sie angeschrien.
Sie lächelte.
»Wie fühlst du dich jetzt, Lisa?«
»Gut, ich spüre die Liebe.«
»Schön«, sagte Justin. »Jetzt such dir ein Gesicht aus.«
Lisa wählte sich ein Gesicht aus. Sie kannte das Gesicht gut.
»Jetzt stell dir vor, dass Gesicht wäre ein Kleidungsstück.«
Lisa konzentrierte sich. Es war nicht schwer. Nicht so schwer, wie beim letzten Mal.
»Jetzt wickel dir das Gesicht um, als wäre es ein Schal. Oder noch besser. Ein Mantel. Schlüpf hinein.«
Das tat Lisa.
»Mach deine Augen auf, Lisa.«
Sie öffnete ihre Augen.
»Gut, Lisa. Sehr gut. Jetzt sieh mir in die Augen.«
Sie sah Justin in die Augen. Nach wie vor strahlte sie vor Glück, wenn sie in seine schönen Augen sah.
Dieses Mal sollte was Neues hinzukommen. Dieses Mal sah sie etwas in seinen Pupillen.
Das Gesicht, dass sie sich ausgesucht hatte. Es wurde gespiegelt.
»Ich verstehe«, sagte sie langsam.

Justin lächelte sie an und das Herz von Lisa machte einen Sprung.
Sie liebte sein verschmitztes, jungenhaftes Lächeln. Es war wie ein Sonnenstrahl für ihre Seele.
»Das war viel besser als das letzte Mal, Lisa. Du bist viel durchlässiger. Du hast die Rolle gegriffen. Wir müssen das noch ein paar Mal üben, dann wirst du bereit sein. Wir werden beide gemeinsam auf der Leinwand stehen.«
Lisa richtete sich innerlich auf. So viel Lob auf einmal.
»Schließe noch einmal deine Augen und schicke deine Rolle zurück ins Loch. Ich möchte jetzt die authentische Lisa zurück.«
Lisa schloss die Augen und entließ das Gesicht aus ihrer Obhut.
Lisa merkte die Nebenwirkungen von dem Fleisch.
In ihrem Darm sammelte sich Luft.
Sie pupste und die Luft stank noch mehr nach Kadavern.
Justin lächelte wissend.
»Es arbeitet in dir. Das ist gut. Wehre dich nicht dagegen.«
Sie nickte und blähte noch einmal.
Jetzt fühlte sie sich frei.
»Bist du immer noch empfänglich?«, fragte Justin.
»Ja.«
»Gut, dann lass uns Liebe machen.«
Justin streichelte über ihr Gesicht.
Lisa bebte. Sie spürte, wie Justin das warme Blut über ihrem Gesicht verteilte.
Sie hatte endlich Glück.
Endlich eine Beziehung, die sie ausfüllte.
In jedem Winkel ihres Körpers.
Sie hatten so viele gemeinsame Interessen.
Justin konnte alles.
Sie skateten zusammen. Sie surften und schwammen durch die Meere.
Er konnte gut tanzen und sie führen.
Er hatte sie in seine Technik eingeführt.
Seine Methode war der Hammer.
Bald würden sie beide ganz groß rauskommen.

Er trat immer forsch und selbstbewusst auf. Er traf die Entscheidungen. Lisa mochte das. Der scheue Justin von früher war anders gewesen. Abweisender. Nun sah sie einen richtigen Mann vor sich. Ein Mann, der anpackte. Justin zog sein Poloshirt aus. Sie sah seine gewölbte Brust. Die ausgeprägten Bauchmuskeln. Die schmale Taille.
Sie liebte seine Tätowierungen.
Sie fand ihn schon etwas narzisstisch.
Das Tattoo auf seinem Bauch sprach Bände.
Doch das nahm sie bei ihm gerne hin.
Sie kannte das von anderen Männern.
Die waren noch schlimmer gewesen.
Hatten sie ausgenutzt und ausgesaugt.
Das war nun vorbei.
Ihr Herz war nicht mehr gefährdet.
Sie spürte keine Atemnot mehr.
Ihre erste große Liebe war Gerald gewesen.
Der liebte aber eine andere Frau.
Die Zweite war Frank.
Der liebte nur sich selbst.
Ihr Ehemann war nicht ganz weg. Er würde noch bei ihr bleiben. Nun konnte Frank zusehen, wie sie sich mit Justin amüsierte.
In Justin hatte sie ihre wahre Liebe gefunden. Sie kannte ihn schon lange. Seit ihrer Jugend. Er wohnte in der Nachbarschaft. Er war 26.
Sie 35.
Justin war schon immer etwas eitel gewesen.
Doch als Jugendlicher war er schüchterner. Gerade bei Mädchen. Sie hatte ihn in ihrer Jugend nicht besonders beachtet. Ein kleiner, eigenbrötlerischer Junge war er für sie gewesen.
Seine Eltern hatten ihn als Kind wegen eines Vorfalls zu einer Therapie geschickt.
Immer wenn Lisa nachfragte, wurde er böse.
Justin konnte sehr böse werden.
Lisa hatte eigene Nachforschungen angestellt.
Das konnte sie sich nicht verkneifen.

Justin hatte ihr nur grobe Details geschenkt, bevor er wütend wurde.
Aber das reichte schon, um sich ein Bild zu machen.
Doch die Wahrheit wollte sie nicht wahrhaben.
Ab und zu war sie Justin gefolgt, weil sie eifersüchtig war.
Irgendwann stieß sie dabei auf Maik.
Justin stand manchmal vor dem Fitnessstudio, wo Korbens Schaf trainierte.
Doch er ging nie rein.
Dafür liebte ihn Lisa.
Er war stark.
Er blieb ihr treu.
Das war das Wichtigste.
»Lass uns zurück in die Evolution reisen, Lisa.«
Sie spürte seine starken Hände auf ihren Brüsten.
Er riss ihr das Hemd auf. Sie spürte seine Hände überall auf ihr.
Seine Wärme durchfloss Lisa. Sie sah, dass ihre Haut mit Blut beschmiert war.
Justin lächelte sie an. Gier lag in seinen Augen.
Er drückte seine harten Körper gegen ihren.
Zärtlich biss er ihr in den Hals.
Sie wurde von ihm aus der Küche ins Schlafzimmer geschoben.
Nun biss auch sie in seinen Hals.
Beide sanken ineinander verbissen auf das Bett.
Knurrend wälzten sie sich über die blutige Bettdecke.
Schließlich spürte Lisa etwas Unangenehmes in ihrem Rücken.
Es kratzte. Sie schob Justin etwas zurück und zog die abgetrennte Hand unter ihrem Rücken hervor.
Diese hatte lange Fingernägel. Rot lackiert.
Sie legte die Hand auf den Nachttisch und Justin legte sich wieder auf sie.
Lisa spürte sein ganzes Gewicht auf sich, während er mit seinen Zähnen ihr Ohr bearbeitete.
»Sag meinen Namen«, hauchte er.
Sie sagte ihn und stöhnte.

Zwei tote Augenpaare beobachteten das Pärchen beim Liebesspiel. Die beiden Leichen lehnten in aufrechter Position an der Wand.
»Lauter. Wie heiße ich?«, flüsterte Justin.
Dann vergrub er seine Zähne in ihrer Brust.
Sie begann, seinen Namen zu schreien.

9

Ich dachte an Lene, während der eigenartige Duft des Fleisches meinen Geruchssinn überforderte.
Ich dachte an ihre blauen Augen. Immer wenn ich hineinsah, hörte ich den Ozean rauschen.
Das kupferrote Haar, welches immer so angenehm duftete. Fast so wie der Frühling.
Ihr Lächeln, dass mein Herz butterweich werden ließ. Die süßen Grübchen, die dabei entstanden.
Wie wir früher gemeinsam über jeden Quatsch gelacht hatten, dieselben Einfälle hatten und uns Trost und Wärme gaben.
Wie ihr Gesicht im Mondlicht leuchtete.
Ich dachte an ihren verträumten Gesichtsausdruck, wenn sie abends am Fenster stand. Während ich sie von draußen beobachtete.
Zu der Zeit war sie für mich leider schon unantastbar gewesen.
Unschöne Bilder tauchten in meinem Kopf auf. Hässliche Bilder aus der Vergangenheit. Sie stachen in meine Augen.
Meine Brust schnürte sich zu. Mein Magen verkrampfte sich.
Es blieb mir nichts anderes übrig, als mich mit quälenden Fragen abzulenken.
Wo ist sie?
Was macht sie gerade durch?
Geht es ihr gut?
Ist sie noch am Leben?
Ständig musste sie in die Scheiße greifen. Besonders bei der Auswahl ihrer Männer. Auch ich habe meine Fehler gemacht.
Ich wollte mein Leben ändern. Ich wollte einen Neuanfang machen.
Mit Lene.
Ich bemerkte, dass etwas in mein Essen tropfte. Dann begriff ich, dass meine Augen feucht waren.

Ich mochte es gar nicht, wenn ich weinte. Das verbot mir meine Erziehung.
»Ist hier noch frei?«, fragte eine heisere Frauenstimme neben mir.
Sie gehörte einer jungen Frau, die mich anstarrte.
Ich war wütend, dass ich gerade beim Weinen ertappt worden war.
»Was?«, fragte ich laut. Meine Aggressionen konnte ich kaum noch zurückhalten.
»Ob hier noch frei ist«, fragte sie überdeutlich, als würde ich gerade ihre Sprache lernen.
Wütend starrte ich sie an. Sie war ganz hübsch. Braune, lockige Haare. Von einem weißen Stirnband zusammen gehalten. Haselnussbraune Augen. Hohe Wangenknochen.
Sehr sportlich gebaut. Jedoch war sie mir etwas zu dünn. Ich mochte eher den fülligen Typ Frau. So wie Lene.
»Ist hier nun frei oder nicht!«, rief sie ungeduldig.
Ich sah mich irritiert im leeren Restaurant um, dass noch ein Dutzend freie Plätze und Tische anbot.
Allerdings konnte ich Ablenkung gut gebrauchen.
»Na klar.«
»Hätte mich sowieso hingesetzt«, sagte sie patzig.
Als ob mich das interessieren würde, dachte ich.
»Wie schön«, erwiderte ich schnodderig.
Sie zog energisch den Stuhl hervor und setzte sich demonstrativ hin.
Ich fragte mich, was das sollte. Was mit dieser jungen Frau nicht stimmte.
Ich drehte mich weg. Aus den Augenwinkeln sah ich, dass sie mich weiter anstarrte.
»Ich mag deine traurigen Augen«, sagte sie leise.
Ich kratzte wieder meinen Daumen.
Sie wagte es, ihre Finger in meine Wunde zu drücken.
Da hätte sie mich auch gleich beleidigen können.
»Was?«, rief ich laut.
»Ich mag dich nicht«, rief sie zurück.
Ich lachte irritiert. Das klang eben aber anders. Ich war verwirrt.

»Bitte?«
»Ich mag dich nicht.«
»Hä? Wieso?«
»Ganz einfach. Ich mag dich nicht.«
Ich fragte mich, warum sie mir so konsequent auf die Nerven gehen musste.
»Was habe ich denn getan?«
Sie zuckte mit ihren dürren Schultern.
»Gar nichts. Das ist angeboren. Genauso wie ich keine Leber mit Zwiebeln mag, mag ich dich nicht.«
Ich atmete tief aus. »Dann setz dich doch weg.«
»Nein«, sagte sie trotzig. »Das hier ist mein Platz. Ich bin Stammkundin.«
Mein Daumen blutete schon.
»Willst du mir auf die Eier gehen?«
»Ich lasse mir von dir bestimmt nicht sagen, wo ich mich hinzusetzen habe. Ich kann dich ja nicht mal leiden.«
Die Kopfschmerzen verdrängten meine Wut. »Ja, danke. Sonst noch was?«
»Wie heißt du?«, fragte sie plötzlich.
»Per«, antwortete ich instinktiv.
»Nora«, stellte sie sich vor.
»Angenehm ... äh ... hä?«, fragte ich verwirrt und genervt.
»Was?«
»Warum tust du das?«, fragte ich fassungslos.
»Was tue ich?«
»Warum willst du meinen Namen wissen, wenn du mich nicht ausstehen kannst?«
»Damit ich dich kennenlerne«, sagte sie und sah mich böse an.
»Was hat das für einen Sinn?«, frage ich immer verwirrter.
»Ich muss meinen Feind besser kennen als meine Freunde.«
»Dir hat man doch ins Gehirn geschissen! Wie gestört ist das denn bitte?«, fragte ich aufgebracht.
»Ich bin hier schon seit Jahren Kundin. Gehe hier ein und aus. Und du bist ein Fremder. Wie kann es da sein, dass

der feine Herr seinen grünen Busch frisst und ich noch nicht mein Schnitzel habe.«
Ich atmete aus und ignorierte sie. Sollte sie doch an ihrem Schnitzel ersticken.
Ich sah auf den Salatteller. Sah das Fleisch vor mir.
Ich spielte mit dem Gedanken, es ihr ins Maul zu stopfen.
Plötzlich hörte ich wieder Schreie von oben. Diesmal klang es eher nach Pornokino.
Dann zuckte ich zusammen.
Ich war mir sicher einen Namen gehört zu haben.
Jedenfalls meinte ich, gehört zu haben, dass eine Frau inbrünstig seinen Namen rief.
Justin.
Der Mann, den ich suchte.
Kennst du einen Justin?«, fragte ich.
»Ne!«, sagte sie defensiv. Aber ihre Augen leuchteten eigenartig.
»Sicher?«, fragte ich skeptisch.
»Bist du schwul, oder was?«
Ich atmete tief aus und sah auf meinen blutenden Daumen.
Alle wollten, dass ich wütend wurde.
Nur war keiner sich darüber bewusst, dass die Konsequenzen verheerend sein würden.

10

Corinna hasste diese Selbstgefälligkeit mit der Korben F. Applegate ihr ins Gesicht lächelte. Wenn er ihr überhaupt ins Gesicht sah. Der amerikanische Prediger schien ihr die ganze Zeit in den Ausschnitt zu starren. Außerdem fühlte sie sich von Bernd beobachtet, der von außen vor dem Spiegel stand.
Auf einmal war ihr Kollege damit einverstanden gewesen, diesen Prediger zu verhören. Vorher war er immer dagegen gewesen. Hatte den Mann grundsätzlich ausgeschlossen. Da seine Befragung von Lisa Freibrodt anscheinend nichts ergeben hatte, war er nun umgeschwenkt.
»Kannten Sie Frank Freibrodt gut?«, fragte Corinna den Prediger.
»Wir sind uns mal begegnet. Ist lange her.«
»Wann war das?«
Korben überlegte. »Das weiß ich gar nicht mehr so genau. Vor zwei Jahren war das wohl.«
»Wo genau war das?«
»Ich war bei einem Freund zu Besuch. Dieser Herr Freibrodt hat recherchiert für ein Buch. Er hat ziemlich pietätlose Fragen gestellt. Mein Freund hatte gerade seine Tochter beerdigen müssen.«
»Was für Fragen?«
Korben schmatzte.
»Na ja. Fragen von äußerst prekärer Natur.« Korben strich sich seinen Scheitel glatt.
»Was für Fragen?«
»Über ihre Vorlieben in sexueller Hinsicht.« Korben schmatzte wieder und starrte auf Corinnas Brüste. Der Ermittlerin kam es so vor, als würde er jede einzelne Pore ihrer Haut unter der weißen Bluse wahrnehmen. Sie hatte sich extra etwas freizügiger für das Verhör angezogen.
Sie wusste, worauf Korben ansprang. Sie wollte ihn provozieren.

Nun lag sein fischiger Blick auf ihr. Es arbeitete in seinem Kopf. Sie wollte gar nicht wissen, was er in seinen Gedanken mit ihr anstellte.

Sein geringschätziges Lächeln sprach jedoch Bände. Dadurch dachte sie sofort an ihren Kollegen Bernd, der sie ständig mit seinen Blicken auszog. Sie musste ein Schütteln unterdrücken. Sie dachte an Bernds schorfigen Schnauzbart. Sein ewiges Zittern in den Händen, als wäre er von irgendwas abhängig. Das ständige Kratzen. Seine stinkenden Frikadellen, die er in letzter Zeit oft zur Arbeit mitbrachte. Sie sollte ihren Kollegen im Auge behalten. Das war die inoffizielle Order von oben. Er stand unter Verdacht, Verbindungen ins rechtsextreme Milieu zu haben.

Trotzdem konnte sie sich schönere Dinge zum Beobachten vorstellen.

In letzter Zeit jedoch schien Bernd ihr gut zuzuarbeiten. Er war wacher geworden und freundlicher zu ihr gewesen. Hörte ihr mehr zu. Nahm mehr von ihr an. Vielleicht wusste er über seine Überwachung Bescheid? Oder er wollte was von ihr. Letzteres behagte Corinna noch weniger. Nun beobachtete er sie im Verhörraum. Aber wenigstens hatte er sich nicht mehr bei diesem Korben quergestellt. Lisa Freibrodt hatte schließlich ein Alibi.

Corinna fand Korben äußerst widerlich. Natürlich sollten solche Gefühle nicht Einfluss auf ihre Ermittlungen zum Verschwinden von Frank Freibrodt nehmen, aber sie hatte schon genug von diesem Prediger gehört. Er war der Anführer einer Freikirche. Seine Gemeindemitglieder waren radikal. Entweder war es sein Wahnsinn oder das Geld, was er mit seinen Anhängern machte, auf jeden Fall hatte der Mann keine guten Beweggründe. Er ging über Leichen.

»Warum hat er diese Fragen über das Mädchen gestellt?«

»Wegen des Buches, denke ich. Er hat sie für sein Buch benutzt«, sagte Korben. »Ihre Geschichte aufgeschrieben. Nur den Nachnamen von ihr hatte er

verändert. Den Rest hat er eins zu eins übernommen und noch einige schmutzige Dinge über sie reingeschrieben.«
»Es ist uns zu Ohren gekommen, dass Sie ihn mit einem Fluch belegt haben«, sagte Corinna.
»Nun ja. Es sind unschöne Worte in unserem Disput gefallen.« Korben rümpfte seine Adlernase, als hätte er einen unangenehmen Geruch eingefangen.
»Wie alt war die Tochter?«
»Achtzehn.«
»Also volljährig.«
Korben nickte und fuhr sich mit der Zunge über seine Lippen. »Aber noch nicht verheiratet.«
»Das hat Sie gestört?«
»Mich nicht. Aber Gott«, behauptete Korben.
»Sie halten daran fest, dass Sex vor der Ehe eine Todsünde ist?«
»Alles hat seine Konsequenzen. Im Guten wie im Schlechten.«
»Finden Sie auch, dass Frank Freibrodt Konsequenzen verdient hat?«
»Darüber urteilt Gott.«
»Was meinen Sie denn persönlich?«, fragte Corinna ungeduldig.
»Der Herr liebt alle, die ihn lieben«, gelobte Korben und legte eine bedeutungsvolle Pause ein. »Wer in Sünde lebt, wird auch in Sünde fallen.«
»Wie meinen Sie das?«
»Ihm muss wohl etwas Furchtbares zugestoßen sein.«
»Woher wollen Sie das denn wissen? Wissen Sie mehr als wir?«
Etwas Dunkles durchbrach Korbens Fassade. Er mochte es wohl nicht, von einer Frau so ausgespielt zu werden.
»Sie haben mich hierher bestellt oder nicht. Das hier ist doch eine Befragung. Ich bin ohne Anwalt hier.«
»Brauchen Sie einen?«, fragte Corinna und hoffte, dass Korben ausschlug. Dieser Mann konnte sich die besten Anwälte leisten.
»Wozu denn? Ich habe mir nichts zuschulden kommen lassen.«

»Nein, nicht direkt Sie. Sie haben ja auch ein Alibi. Aber viele hören in Ihrer Gemeinde auf Sie und ein paar Ihrer Anhänger haben Herrn Freibrodt bedroht.«

»Nein, das war nur eine Person. Eine gewisse Dame, die wir längst aus unserer Gemeinde entfernt haben. Sie war mit sich im Unreinen. Geistig verwirrt. Hatte ihren Bezug zu Gott verloren. Ansonsten sind wir eine friedvolle Gemeinschaft.«

»So, so. Friedvoll, sagen Sie. Haben Sie nicht auch Verbindungen ins rechtsextreme Milieu?«, rief Corinna extra laut, damit ihr Kollege es deutlich hören konnte.

»Rechtsextrem? Ich bitte Sie.«

»Sie waren auf solchen Versammlungen gewesen. Dafür gibt es Beweise.«

»Wie auch immer«, sagte Korben und lächelte dünn. »Hat das irgendwas mit Herrn Freibrodt zu tun?«

»Sie haben gegen ihn gehetzt. Über ihn vor Ihren Anhängern gesprochen. Ein paar Ihrer Gemeindemitglieder sind psychisch labil. Das haben Sie selbst gesagt.«

»Eine. Über die haben wir eben gesprochen. Wie schon gesagt, die ist raus.«

»Sie machen doch auch Konversionstherapien, wo sie Homosexuellen einreden, dass sie kranke Sünder sind.« Korben fing an, sich Schmalz aus dem Ohr zu pulen. »Sie drücken das falsch aus. Diese armen Menschen suchen bei mir Zuflucht. Sie kommen freiwillig zu mir und schreien nach Hilfe. Ich gebe diesen verirrten Schafen eine neue Chance, zum Herrn zu finden.

»Sie haben auch mit Minderjährigen gearbeitet.«

»Vor längerer Zeit. Das ist leider seit ein paar Jahren gesetzlich verboten. Das sollten Sie als Polizistin eigentlich wissen, meine Liebe.«

»Nennen Sie mich nicht so. Ich habe mich auch darüber informiert. Sie haben ganze Arbeit geleistet«, sagte Corinna sarkastisch.

»Danke«, sagte Korben und lächelte.

»Das diese sogenannten Therapien psychische Auswirkungen haben, ist allgemein belegt. Ihr Institut

sticht dabei besonders hervor. Unter Ihren Schafen gab es Suizid-Tote und Menschen, die anschließend psychologisch betreut werden mussten.«
Korben zuckte mit den Achseln. »Ich kann nicht alle retten.«
»Retten? Ihre Schäfchen denken, sie sind geheilt. Aber sie sind es nicht. Wovon denn auch? Diese Menschen sind nun total verunsichert. Sie können keine Beziehungen mehr eingehen. Ihr eigenes Geschlecht dürfen sie nicht begehren. Das andere können sie nicht lieben. Sie wissen nicht mehr wohin mit sich. Müssen sich für den Rest ihres Lebens verleugnen. Das schürt Frust. Viele werden dadurch schwer depressiv. Bei manchen dieser Menschen entsteht auch Hass. Bei den meisten, die so therapiert worden sind, richtet sich der Hass jedoch gegen sich selbst. Bei Ihren sogenannten Patienten richtet er sich besonders gegen andere. Drei ihrer männlichen Schafe sind wegen Gewalt auffällig geworden. Gewalt gegen Frauen. Eines der Opfer liegt immer noch im Koma.«
Korben schnippte einen Fusel von seinem Pullunder. »Das ist bedauerlich. Aber damit habe ich nichts zu tun. Ich zeige meinen Schafen nur, wie man ein richtiger Mann wird.«
»Spielen Sie hier nicht den Unschuldigen. Bei den anderen Institutionen, die solche Therapien anbieten, waren die psychischen Auswirkungen auch schon sehr schlimm. Solche Therapien können krank machen. Auch zum Suizid führen. Doch Ihre Schafe; Herr Applegate, sind auch eine Gefahr für andere. Weil Sie diese Männer entwurzeln und dann manipulieren Sie sie. Haben Sie Ihre Schafe erst einmal vollkommen verunsichert, nutzen Sie Ihre Chance, um Ihren eigenen Hass auf diese verstörten Männer abzuleiten. Sie züchten Frauenhasser, Herr Applegate!«
Korben faltete die Hände.
»Sie erzählen Märchen. Das sind doch alles nur wilde Geschichten. Haltlose Spekulationen. Ich glaube eher, dass Sie ein Problem mit Männern haben, Frau Starke.

Ich denke, dass Sie einfach frustriert sind. Eine unglückliche Seele. Haben Sie überhaupt einen Mann an Ihrer Seite?«
Corinna dachte an ihren verstorbenen Mann.
»Sie stellen mir hier keine Fragen!«
Korben nickte zufrieden.
»Dachte ich es mir doch. Sie irren einsam und verloren durch das dunkle Tal«, hauchte er und lächelte sie voller Mitleid an. »Wie bedauerlich. Nur kann ich da jetzt auch nichts für«.
Corinna lächelte zurück.
»Mögen Sie Frauen nicht?«
Korben lachte.
»Mögen Sie mich?«, hakte Corinna nach.
Korben starrte wieder in ihren Ausschnitt. »Es geht.«
Die Ermittlerin explodierte.
»Warum starren Sie die ganze Zeit auf meine Titten, Herr Applegate? Wollen Sie sie sehen? Soll ich Sie Ihnen zeigen? Aber das wäre doch eine Sünde. Sie sind doch verheiratet!«
»Eva verführt Adam, den Apfel zu nehmen«, sagte Korben. Dann lachte er wieder.
»Und Sie sind die Schlange!«, rief Corinna.
Korben lachte weiter.
»Sie vergiften die Menschen!«
Die Tür öffnete sich. Bernd stand darin. Rot angelaufen. Sein Schnauzbart zuckte.
»Corinna, es reicht!«, rief er.
Doch sie war noch nicht fertig mit dem Prediger.
»Wie viel verdienen Sie damit, Herr Applegate?«
»Ich verstehe nicht, was das mit diesem Herrn Freibrodt zu tun haben soll«, sagte Korben ruhig.
»Sie haben eine Villa, nicht wahr?«, zischte Corinna.
»Corinna, komm sofort raus! Es reicht!«, schrie Bernd und kratzte sich.
Korben lachte wieder.
Er nickte Bernd zu.
Corinna kam es so vor, als würden die beiden sich kennen.

11

Ich hatte mittlerweile nur noch Kopfschmerzen. Die ganze Zeit brabbelte mich diese Irre voll. Beleidigte mich. Nervte mich.
Doch sie überraschte mich immer wieder.
»Ich bin 25. Wie alt bist du?«, fragte Nora auf einmal neugierig.
»Das sag ich dir nicht«, sagte ich beleidigt.
»Du bist hier ein Fremder. Ich muss dich einschätzen können.«
»Dann schätz doch«, sagte ich müde.
»45.« schätzte sie und lachte mir laut ins Gesicht.
Ich war mittlerweile zu müde, um noch wütend zu werden. Mein Schädel dröhnte. Alles drehte sich.
»Sehr nett. Wirklich. Aber falsch. Ich möchte jetzt einfach nur ungestört meinen Salat essen. Geht das in Ordnung?«, fragte ich mit flehendem Unterton.
»Ich esse aber lieber Schnitzel.«
Ich knallte die Faust auf den Tisch.
Er bebte.
Das war mir früher schon öfter passiert.
Anders als Lene zuckte Nora nicht zusammen.
»Nichts für ungut. War ein Scheißtag. Und jetzt gehst du mir auf den Sack. Könntest du dich bitte verpissen«, zischte ich mit tödlichem Unterton.
»Das ist mein Drecksplatz!«, schrie Nora.
»Hast du ihn gepachtet, oder was? Überall sind hier noch Plätze frei.
Ich dachte, du kannst mich nicht leiden«, sagte ich süßlich.
»Das war doch nur ein Aufhänger, um mit dir ins Gespräch zu kommen.
Ich finde dich interessant.«
Ich stöhnte. Sie hatte eine komische Art das zu zeigen.
»Was ist?« Sie starrte mich wieder mit großen Augen an.
Schönen Augen.
Trotzdem machte ich ein gequältes Gesicht.

»Ich hab schon genug Kisten am Laufen, die übel sind. Alles tickende Zeitbomben«, sagte ich und sah Lene vor mir. Mit ihrem vermeintlichen neuen Freund. *Justin.*
»Dann kommt es doch auch nicht mehr drauf an, wenn eine Beziehung dazu kommt«, sagte Nora und zwinkerte mir kokett zu.
»Du bist nicht mein Typ«, sagte ich kälter, als ich beabsichtigt hatte.
Nora hielt es aber nicht davon ab, mich weiter vollzulabern.
»Das ist doch Schwachsinn. Reine Kopfsache. Man kann sich an alles gewöhnen. Das ist wahre Liebe.«
Irgendwie mochte ich sie langsam. Sie gab nicht auf. War leidenschaftlich. Sie war schön. Unter ihrer forschen Fassade lag Verletzlichkeit. Etwas Weiches, was ich mochte.
»Du bist ganz schön direkt. Und viel zu schnell«, sagte ich, obwohl es mir genau auf die Art gefiel.
»Was machst du beruflich?«, fragte sie.
Ich beschloss, meinen Job im Supermarkt etwas aufzupeppen.
»Security«, sagte ich geheimnisvoll, als wäre ich ein Bodyguard.
Nora lachte aus vollem Hals.
»Du? Wie süß!«
Ich schnappte nach Luft, wie ein Fisch auf dem Trockenen.
Sie lachte unerbittlich weiter.
»Ich dachte, die sind breiter. Stärker. Dich würde doch jeder über den Haufen rennen.«
Ich wischte mir energisch durch meine blonden Haare.
Ich war über zwei Meter groß.
Ich hatte Kampfsporterfahrung.
Zwei Jahre Judo.
Das war nicht viel. Aber immerhin.
Ich war recht schmal für meine Größe.
Aber wenigstens war ich nicht einer dieser Fleischklöpse oder Stiernacken, die sich gar nicht mehr richtig bewegen konnten.

Aber das war ja auch egal.
Jeder hackte auf meinen Defiziten herum. Gnadenlos.
Niemand sah den wahren Per dahinter.
Auch Lene nicht. Ständig musste sie mich stechen.
Ich hatte studiert. Wirtschaftsinformatik. Ich hatte einen Job im Büro gehabt. In einer Werbeagentur für Modeartikel.
Aber dank der Intrigen einiger Kollegen und Kolleginnen war ich ihn schnell wieder losgeworden.
Doch da war ich noch mit Lene zusammen gewesen.
Ich wollte ein Dach über den Kopf. Die Mieten wurden immer teuer.
Ich wollte eine Wohnung. Für mich und Lene.
Also nahm ich den erstbesten Job an. Ohne zu wissen, dass ich dort hängen bleiben würde. Nun stand ich blöd in einem Supermarkt herum mit einem Master in der Tasche.
Lene meinte, ich solle nicht so nett sein.
Nicht alles in mich hineinfressen.
Ich wäre zu introvertiert.
Ich versuchte, mich zu ändern. Wurde entschlossener.
Traf knallharte Entscheidungen. Machte klare Ansagen.
Damit kam Lene jedoch auch nicht klar.
Immer hackte sie auf mir herum, als wäre sie was Besseres.
Genau wie die Kollegen im Büro, die hinter meinem Rücken lachten.
Genau wie Nora vor mir, die mir immer noch lautstark ins Gesicht lachte.
Am liebsten wollte ich ihr das dreckige Grinsen aus der Visage wischen.
»Du kriegst gleich meinen Salat in die Fresse«, sagte ich ruhig, aber äußerst bedrohlich.
Wie gesagt, ich konnte sehr wütend werden.

12

»Ich bin schwach geworden«, stammelte Maik. »Das war das einzige Mal. Ich schwöre es!«
»Was ist passiert?«, fragte Korben den jungen Mann.
Beide saßen draußen auf einer Bank in einem Park nahe der S-Bahnstation Berlin Gesundbrunnen.
Maik schien zu frieren, obwohl er einen Kapuzenpullover trug und es ein warmer Sommerabend war.
Vor ihnen picknickte eine Frau mit Kopftuch. Ihre Kinder tobten lautstark um sie herum.
Normalerweise machte sich Korben keine Mühe, eins seiner Schafe privat zu treffen. Es reichte ihm schon, diese schwachen Menschen in seinen Zeremonien ertragen zu müssen.
Aber er hatte einen Plan. Maik konnte ihm helfen. Er kam ihm durchaus gelegen. Diese Corinna Starke war frech zu ihm gewesen. Er musste sie dafür bestrafen. Der junge Neonazi fühlte sich ihm gegenüber schuldig. Das konnte sich für Korben als nützlich erweisen.
»Da war so ein Paketbote. Ich habe für meine Nachbarin eine Sendung angenommen …«, begann Maik mit dünner Stimme.
»Aber, aber. Das ist doch keine Sünde«, sagte Korben mild und lachte.
»Na ja. Ich hatte dabei auf einmal solche … solche Gedanken.«
»Sündige Gedanken?«
Maik nickte zaghaft und sah seinen Meister mit großen Kulleraugen an.
»Das ist nicht gut, Maik«, sagte Korben und legte bewusst Kälte in seine Stimme. »Erzähl mir, was du gedacht hast.«
»Na ja. Er sah ihm ähnlich«, druckste Maik. »Du weißt schon, wen ich meine. Ich darf den Namen ja nicht mehr aussprechen.«
»Wenigstens das hast du dir gemerkt«, erwiderte Korben trocken. »Ihr hattet damals schon so eine sündige

Verbindung. Du weißt ja, was vorgefallen war. Euer Akt war eine Intrige gegen mich. Eine Intrige gegen den Herrn. Aber eure krankhafte Beziehung ist vorbei. Er will auch nichts mehr von dir wissen.«
Maik schluckte und Korben hegte den Verdacht, dass der junge Mann das nicht hören wollte. Korben war sich sicher, dass es stimmte. Maiks Jugendliebe war erfolgreich abgehärtet worden. Ein Musterbeispiel. Immer wenn Korben an ihn dachte, fühlte er Stolz in sich aufkeimen. Er hatte ein Meisterwerk erschaffen.
Doch Maik war weicher und hegte noch Gefühle für ihn.
»Ich konnte so lange standhaft bleiben. Doch dann kam dieser Paketbote. Er sah ihm so ähnlich. Ich stellte mir vor, wir wären zelten. Er hat kein T-Shirt an. Ich sehe seinen Körper. So wie damals im Zelt in deinem Ferienlager als ich mit ihm …«
»Weiter!«, befahl Korben mit scharfer Stimme.
»Wir ringen miteinander, dann fall ich auf ihn und wir wälzen uns …«
»Stop. Widerlich, Maik. Ich bin sehr enttäuscht von dir. Das habe ich nicht erwartet«, schnitt Korben ihm das Wort ab. Einen Augenblick lang sah er seine beiden Schafe vor sich, wie sie sich über eine blühende Wiese wälzten. Beides junge attraktive Männer. Einen kurzen Moment fand er Gefallen an dem Bild. Angewidert verdrängte Korben den Gedanken. »Absolut krank, mein Junge. Du solltest dich schämen. Denk an deine Eltern. Sie leiden wegen dir.«
Nun erwachte Trotz in Maik.
»Ich bin erwachsen, Korben!«
»Wie du meinst. Dann kann ich ja gehen«, sagte Korben steif und erhob sich. »Wenn du unbedingt brennen willst. Du weißt …«
Maik packte ihn am Arm. »Warte!«
Angewidert schüttelte Korben seine Hand weg. Setzte sich jedoch wieder auf die Parkbank.
»Es tut mir leid.«
»Ich rieche verbranntes Fleisch, Maik.«
»Ich hab doch gesagt, es tut mir leid, Mann!«

»Schon gut«, sagte Korben und lächelte dünn. »Wir kriegen das schon wieder hin.«
»Wie?«
»Du meldest dich freiwillig zu einer Therapie bei uns an. Aber bleib diskret. Du kennst die Preise.«
»Ich habe nicht so viel Geld!«, wimmerte Maik.
»Das sind nun mal die Preise. Wir investieren viel Arbeit in dich und dein Seelenheil. Aber vielleicht können wir eine andere Lösung finden. Arbeitest du noch in der Kameradschaft?«
Maik zog eine Grimasse. »Ja, aber ich will da langsam raus.«
»Warum das denn?«
»Ich weiß nicht ... Zu viel Hass. Es frisst mich auf. Ich will nicht ...«
»Ich glaube, dass du drin bleiben solltest. Ihr leistet wichtige Arbeit.«
»Was denn? Wir saufen und verprügeln Leute.«
Korben deutete auf die Mutter mit dem Kopftuch, die mit ihren drei Kindern spielte.
»Sieh sie dir an. Es werden immer mehr.«
»Wir sind hier in Berlin Gesundbrunnen!«, rief Maik. »Was erwartest du denn?«
»Sie schleppen Krankheiten rein, zwingen uns ihre Perversionen und ihre falsche Religion auf, züchten Sünder und Terroristen.«
»Ja, das alte Lied. Aber es gibt auch genug von denen, die ganz in Ordnung sind und unsere Drecksarbeit machen«, erwiderte Maik.
Korben lachte laut auf. Das waren ja ganz neue Töne. Dieser Neonazi wagte es, ihn zu belehren. Etwas schien in Maik aufzuflammen, was Korben nicht gefiel. Aber wenigstens war er nicht mehr eines dieser jämmerlichen Schäfchen, von denen Korben so angeödet war. Doch genau die waren es, die Geld in seine Kasse spülten. Ihn bei seiner Berufung unterstützten.
Aus Angst vor dem Fegefeuer und weil er ihnen sagte, was sie hören wollten. Sie wollten sich für was Besseres

halten. Besser sein als der Rest der sündigen Menschheit. Genau wie Maik.

Auch er hatte wieder zu ihm zurückgefunden. Er war ihm immer noch hörig, auch wenn er gerade altklug herum bockte. Korben sah die Angst in seinen Augen. Er war schwach und letztendlich wollte er genau das hören, was Korben ihm jetzt sagen würde.

»Maik, jetzt sei doch nicht so oppositionell. Ich will dir doch nur helfen. Mach dich nicht so klein. Du verteidigst unsere christlichen Werte. Du beschützt unser christliches Abendland. Es ist Notwehr, Maik.«

»Ich fühle mich damit nicht mehr …«

Es klatschte laut, als Korben ihm eine schallende Ohrfeige verpasste.

Erschrocken starrte die Frau auf die beiden Männer.

»Mir sind deine blöden Waschweibergefühle scheißegal! Du bist so schwach. Hör endlich auf hier so herum zu heulen. Es widert mich an! Sei ein Mann, oder dein sündhafter Anus wird ewig im Fegefeuer schmoren. Du dienst dem Herrn. Du dienst deinem Land! Sonst wirst du brennen. Auch der andere Sünder wird brennen. Du musst Wiedergutmachung leisten für eure abscheuliche Tat. Deinen Mann stehen. Hast du mich verstanden?«, rief Korben mit bebender Stimme.

Maik wimmerte leise. Alte Erinnerungen aus seiner Kindheit stiegen in ihm hoch.

Korben hielt eine Hand an sein Ohr. »Ich habe dich nicht verstanden, kleiner Sünder. Riechst du schon sein verbranntes Fleisch? Siehst du schon seine Haut aufplatzen?«

Drohend baute sich Korben mit seiner beachtlichen Körpergröße vor ihm auf.

»Ich …«

Wieder schlug Korben ihm ins Gesicht. »Ich verstehe dich immer noch nicht. Sieh mir gefälligst in die Augen, wenn ich mit dir rede, du kleine Schwuchtel!«

Maik wischte sich eilig eine Träne weg und sah ihm schniefend in die Augen.

Die Frau nahm ihre Kinder und suchte eilig das Weite.

Korben scrollte auf seinem Handy, bis er ein Bild von Corinna fand.

»Hier ist jemand, um den du dich kümmern sollst. Du kennst sie. Corinna Starke. Sie war in deinem Studio und hat Fragen gestellt. Das habe ich aus sicherer Quelle. Zeig ihr Mal, was für ein Mann du bist.«

»Warum …?«, fragte Maik, der seine Fassung wiedergewonnen hatte.

Gute Frage, dachte Korben. Er sollte sie besser in Ruhe lassen, schließlich hatte sie nichts gegen ihn in der Hand. Doch sie war ihm gehörig beim Verhör auf die Nerven gegangen und Korben befürchtete, dass sie es weiter tun würde. Außerdem fand er sie auf eine gewisse Art anziehend. So anziehend, dass er sie demütigen wollte. Er wollte sie brechen. Er wollte sie am Boden sehen und Maik war das passende Instrument dafür. Die beiden würden sicher ein hübsches Paar abgeben. Der weich gewordene Maik und die linksversiffte Polizistin. Korben gefiel die Vorstellung.

»Hast du eine Freundin, Maik?«

Maik nickte.

»Wie läuft eure Beziehung?«

Maik zuckte genervt mit den Schultern. Dann schüttelte er den Kopf.

»Also nicht gut«, sagte Korben und legte Mitgefühl in seine Stimme. »Kinder habt ihr wohl auch keine.«

Wieder schüttelte Maik den Kopf.

»So ist das heute. Wir sterben aus. Überall sind nur noch Schlangen und verführen unsere Frauen. Die Frauen und ihre sogenannte Selbstbestimmung. Sie weisen uns ab. Verletzen uns, um Bestätigung zu kriegen«, sagte Korben und dachte an Erika, die zu Hause mit seinem Sohn auf ihn wartete. »Sie belügen uns und sich selbst, um sich ihren Sünden unbekümmert hinzugeben. Sie wissen nicht mehr, was sie tun. Es ist eine kranke Welt geworden, Maik. Kein Wunder, dass du auch krank bist.«

Maik nickte.

»Aber ich werde dich heilen, mein Junge. Wenn du mir hilfst, werde ich auch dir helfen.«

Wieder nickte Maik und sah ihn erwartungsvoll an.
»Kümmere dich um diese Frau. Sie ist gegen uns. Sie will alles zerstören.«
Korben hielt Maik sein Handy unter die Nase. Maik sah sich das Foto näher an. Es stammte aus einem Zeitungsartikel. Corinna in Uniform.
»Warum zeigst du mir das Foto?«, fragte Maik und sah Korben verwirrt an. »Ich kenne sie. Was willst du von mir? Das ist viel zu heiß. Sie ist Polizistin.«
»Mach dir keine Sorgen. Sie ist sehr impulsiv. Sie wird dich bestimmt bald besuchen kommen und dann schlägst du zu. Sag einfach, es war Notwehr. Außerdem hat sie Kollegen, die zu uns halten.«
Bevor Maik noch weitere Einwände einbringen konnte, legte Korben eine Hand auf seinen Kopf. »Jetzt werde ich erst einmal dir helfen. Spürst du den Herrn? Spürst du den Heiligen Geist?«
Maik nickte zaghaft.
»Spürst du Jesus?«
Maik nickte heftiger.
»Gut. Nun spüre seine Liebe und heilende Kraft in dir.«
In alter Gewohnheit fing Maiks Körper an zu zappeln. Er bäumte sich auf und sein Körper machte akrobatische Verrenkungen.
Ein Spaziergänger mit Brille stand auf einmal neben den beiden Männern.
»Alles in Ordnung?«
»Verschwinde, Störenfried«, sagte Korben böse und der Mann tat seinem Befehl sofort Folge.
Maiks Körper machte weiter wilde Tanzeinlagen, während ein paar junge Parkbesucher die beiden irritiert musterten.
Einige fingen an zu lachen.
Ein junger Mann wollte sein Handy zücken, doch Korben starrte ihn wild an und der Mann trat ebenfalls die Flucht an.
Nach der Zeremonie sackte Maik erschöpft zusammen.
»Wie geht es dir, mein Sohn?«

»Gut. Sehr gut«, sagte Maik, obwohl er gar nichts mehr fühlte.
»Denk dran. Wenn du dich nicht änderst, wirst du brennen. Auch der an den du denkst, wird brennen«, sagte Korben mit bebender Stimme. »Du wirst sein verbranntes Fleisch riechen. Ändere dich und befreie dich von allen sündhaften Gedanken. Nur dann kannst du geheilt werden.«
Maik nickte ängstlich.
«Gut. Ich bin stolz auf dich, mein Krieger des Lichtes.«
Dieses Lob schien Maik zu berühren. Etwas Wärme trat in seine toten Augen.
Korben legte eine Hand auf seine Schulter.
»Und jetzt kümmer dich um diese Polizistin.«

13

Ramona las ein Buch. Sie konnte sich einfach nicht auf das Lernen konzentrieren. Sie sah Zahlen, die ihr nichts sagten.
Die Nachbarn machten so einen Krach.
Sie konnte sich nicht mehr auf die Aufgaben fokussieren.
Alles Statistiken.
Sie lernte für ihre Psychologieprüfung.
Sie wusste damals nicht, dass so viel Mathematik in dem Fach vorkam, als sie sich für einen Studienplatz beworben hatte. Sonst hätte sie es wahrscheinlich gelassen.
Ansonsten liebte sie Psychologie. Sie studierte gerne Menschen. Analysierte sie.
Sie war hier neu eingezogen. In diese Zweizimmerwohnung. Sie war möbliert, groß und für Berliner Verhältnisse verdammt günstig. Doch schon jetzt fühlte sie sich nicht wohl.
Ein Schimmelfleck war an der Wand.
Das Restaurant im Erdgeschoss war unheimlich. Es wirkte so alt. So dunkel.
Auch der Name behagte ihr gar nicht. DIE FLEISCHQUELLE.
Sie war nur einmal drin gewesen.
Das hatte gereicht.
Da wurde sie von einer psychotischen Frau fast angefallen.
Eine junge Dame mit braunen Locken hatte Ramona gegen die Wand gedrückt und sie gefragt, ob sie gutes Fleisch mochte.
Sie konnte sich befreien und war geflüchtet.
Manchmal trat aus den Räumlichkeiten des Restaurants ein komischer Geruch aus. Sehr penetrant. Sehr süßlich.
Als würde irgendetwas verschimmeln.
Oder verwesen. Sie konnte es oft bis in die Wohnung riechen.
Dann die Nachbarn. Erst dachte sie, sie müsste die Polizei rufen. Es hörte sich nach häuslicher Gewalt an.

Die schrillen Schreie einer Frau.
Gepolter.
Dann die verzweifelten Rufe eines Mannes.
Dann seine Schreie. Auch sehr schrill.
Sie hatte es gelassen. Warum auch immer.
Sie kannte die Nachbarn sowieso nicht.
War wohl auch besser so.
Dann passierte eine Weile nichts.
Dann kamen wieder Geräusche.
Wieder Geschrei.
Ein Name wurde von einer Frau geschrien.
Justin.
Immer wieder. Immer lauter.
Dann Gestöhne.
Und ein Knurren.
Es klang sehr animalisch.
Ein sehr merkwürdiges Liebesspiel. Fand Ramona.
Vielleicht sollte sie es mit ihrem Freund auch mal probieren.
Wenn sie jetzt so darüber nachdachte, würde sie ihre Nachbarn gerne mal kennenlernen.
Konnte sie sicher einiges lernen.
Auch für ihr Studium.
Ramona legte das Buch beiseite. Sie machte ein paar Hantelübungen. Sie war gut in Form. Schaffte viele Sätze.
Dann ging sie auf den Balkon, um frische Luft zu schnappen.
Rauch stieg ihr in die Nase.
Sie blickte sich um. Der Balkon der Nachbarn grenzte direkt an ihrem Eigenen an.
Nun eine dünne Trennwand sorgte für etwas Privatsphäre.
Sie sah, dass sie ein junger Mann beobachtete.
Seine Augen leuchteten dabei komisch.
Seine Arme waren mit verstörenden Tattoos verziert.
Schreiende Gesichter und Totenköpfe verzierten seine sehnigen Oberarme.

»Hi«, sagte sie etwas unsicher und strich sich eine schwarze Haarsträhne aus ihrem Gesicht.
»Hi«, sagte er tonlos und zog an seiner Zigarette.
Er starrte sie weiter an.
Er trug eine Baseballcap auf dem Kopf. Der Schirm zeigte nach hinten. Ansonsten nur eine Unterhose.
Ramona fand ihn attraktiv, wenn auch ein bisschen unheimlich.
Er war sehr muskulös und hatte viele Tätowierungen.
Ramona mochte tätowierte Männer.
Aber sie hatte ja einen Freund.
»Wie heißt du?«, fragte der Typ. Seine Stimme klang mechanisch.
»Ramona. Und du?«
»Ich bin Enrico. Wir sind wohl Nachbarn.«
»Freut mich. Alles Okay?«, fragte Ramona.
»Ja, natürlich. Was sollte denn sein?«, fragte der Mann.
In seiner Stimme lag nun Schärfe.
Schon ärgerte sich Ramona über ihre Frage. »Na ja. Ich habe so Geräusche gehört.«
»Ach so. Ja. Ich hatte einen Albtraum.«
»Klang heftig.«
Enrico lächelte gequält. »Na ja. Wenn ich … also … ich habe eine PTBS.« Er sah sie bedeutungsvoll an.
»Posttraumatische Belastungsstörung.«
»Oh. Darf ich fragen, wie …«
»Auslandseinsatz. Afghanistan. Ich bin Berufssoldat. Bin gerade zurückgekommen.«
Ramona wusste nicht, was sie sagen sollte. Eigentlich fand sie das spannend, aber sie war auch irgendwie eingeschüchtert.
»Du hast doch nicht etwas die Bullen gerufen, oder?«, fragte Enrico.
Wieder lag Schärfe in seiner Stimme. Auf einmal wirkte er sehr beunruhigt.
Ramona wunderte sich, warum ihn das so beunruhigte. Er war Berufssoldat und hatte einen Albtraum gehabt.
Darüber wollte er sicher nicht mit der Polizei sprechen,

aber es war ja nicht illegal zu träumen. Er hatte ja nichts zu verbergen. Oder doch?
Sie schüttelte den Kopf.
»Nein. Habe ich nicht. Aber ich war kurz davor«, sagte sie und lachte nervös.
»Okay. Cool. Ich rede nicht gern mit der Polizei.«
»Rauchst du schon wieder, Enrico?«, kam eine Frauenstimme aus der Nachbarwohnung.
Enrico stöhnte genervt auf und machte die Zigarette aus. Ramona starrte auf seine Bauchmuskeln. Dort stand ein Name tätowiert.
Justin.
Hatte sie beim Liebesspiel nicht diesen Namen gehört?
Enrico folgte ihrem Blick.
»Ein gefallener Kamerad«, sagte er. »Ich halte ihn so in Ehren.«
Sie nickte. Sie verstand nur nicht, warum die Nachbarin den Namen eines toten Soldaten stöhnte.
Enrico redete munter weiter. »Die Toten verschwinden nie. Sie sind immer bei mir. Ich sehe sie die ganze Zeit. Sie reden mit mir. Es ist wie eine Gemeinschaft«, sagte er mit traurigen Augen.
Ramona wollte mehr über die posttraumatische Belastungsstörung herausfinden. Aber sie war von Enricos Anwesenheit überfordert. Er hatte so eine aufdringliche Präsenz. Sie fand es auch merkwürdig, wie er sein Kreuz durchdrückte und ihr alles unaufgefordert erzählte. Er musste ihr anscheinend demonstrieren, dass er ein Soldat war. Vielleicht wollte er sie damit beeindrucken?
Zugleich wirkte er auf sie wie ein rohes Ei, was sie nicht beschädigen wollte. Er sah noch sehr jung aus und hatte schon so viel hinter sich.
»Ich muss wieder rein. Wir müssen uns noch was zu Essen besorgen«, sagte Enrico und nickte ihr noch zu, bevor er in seiner Wohnung verschwand.
Auch Ramona ging wieder in ihre Wohnung.
Die Balkontür ließ sie offen.
Sie wollte den Schimmel auslüften.

Ihr war schon schwindelig vom Büffeln.
Sie ging ins Schlafzimmer und ließ sich aufs Bett fallen.
Ihr fielen die Augen zu.
Sie fiel schnell in einen Tiefschlaf.
Einmal schreckte sie kurz auf.
Ein Geräusch. Es kam vom Balkon.
Sie dachte sich nichts dabei und schlief wieder ein.
Die Schlafzimmertür war angelehnt.
Sie hörte nicht, wie der Mann in ihr Schlafzimmer krabbelte.
Erst als er ihr ins Ohr knurrte, wachte sie auf.

14

Nora erkannte die bevorstehende Gefahr und ging in die Defensive.
»Ganz ruhig. Du bist wahrscheinlich eher der sehnige Typ.«
»Was machst du denn?«, fragte ich gereizt.
»Ich mache nichts«, sagte sie feuchtfröhlich.
»Und wie kannst du dir dann dein Schnitzel leisten?«
»Meinen Eltern gehört das Restaurant«, antwortete Nora und schien tatsächlich vor Stolz zu platzen.
Ich war fassungslos. »Das nennst du ein Restaurant?«
Nun wurde Nora wütend.
»Wie würdest du es denn bezeichnen? Was ist eigentlich dein Problem?«
Nun lachte ich ihr ins Gesicht.
»Ich schaffe es einfach nicht einen zweitklassigen Salat aufzuessen, weil du mich volllaberst.«
Irgendwie mochte ich es, mich mit Nora zu streiten. Bei Lene eskalierte das immer so schnell. Dann weinte sie. Sie war so verletzlich.
»Du bist immer so abgeklärt und sarkastisch. Das ist voll nervig. Und cool bringst du das auch nicht rüber«, sagte Nora wütend. Eigentlich war sie ganz süß.
Ich lachte immer noch. »Mir doch egal. Kannst dich ja wegsetzen oder geh zu deinen Eltern.«
»...oder geh zu deinen Eltern«, äffte Nora mich nach.
»Kannst ja auch mal arbeiten gehen«, sagte ich bissig.
»Dann nimmt man dich auch wieder als Kundin ernst.«
Nun wurde Nora rot. »Du bewertest alles nach Leistung nicht nach Menschlichkeit.«
Du hast ja nur gerade meinen Job abgewertet, dachte ich.
»Hast du noch irgendetwas zu meckern? Als wären wir verheiratet.«
»Ist doch okay«, sagte Nora leichthin.
»Wir kennen uns doch noch gar nicht«, stellte ich fest.
Plötzlich hörte ich wieder Schreie von oben. Dieses Mal aber aus einer anderen Richtung.
»Was ist denn da los?

Nora verdrehte die Augen. »Das ist ein Pornokino.«
Das hatte der Kellner aus schon gesagt. Es schien zu stimmen.
Aber die schrillen Schreie waren doch etwas zu verstörend für mich.
Nora sollte mich wieder überraschen.
»Wie hast du es am liebsten.«
»Was?«
Sie streckte sich. Ich sah ihren flachen Bauch. Sie lächelte mich an und strich über ihren tellerförmigen Nabel.
»Oben die Treppe rauf ist ein Zimmer. Wir könnten da hochgehen.«
Mir klappte der Unterkiefer herunter. Fast hätte ich auf meinen Salat gesabbert.
»Was soll das denn jetzt?«
»Du bist so angespannt.«
»Na und«, fragte ich. War doch kein Wunder. Als ob ich mich in diesem Restaurant entspannen könnte.
»Ich könnte dir den Kopf frei pusten«, flötete Nora.
»Danke für das Angebot«, sagte ich kühl. Obwohl ein gewisser Körperteil von mir durchaus interessiert war. Meine Suche nach Lene hatte meine Nerven strapaziert. Ich konnte etwas Zerstreuung gut gebrauchen.
»Es steht«, sagte sie und lächelte mich an.
Ich war mit ihrer offensiven Art überfordert. Das kannte ich so nicht.
»Darüber muss ich nachdenken«, sagte ich steif.
Wieder Schreie von oben. Lauter und noch verstörender. Als würden sich ein paar Wichser einen Snuff-Porno reinziehen.
Ich wollte schon aufstehen und nach dem Rechten sehen, da packte mir Nora in den Schritt. Volltreffer. Ich blieb sitzen. Der Liebesentzug von Lene hatte mich schwach werden lassen. Ich ließ mich gerne von Nora ablenken, obwohl sich ein dumpfes Gefühl in meinem Magen ausbreitete. Denn ich befürchtete, dass sie mich ablenken sollte. *Justin.*

Ihre Aufgabe erfüllte sie mit leidenschaftlichem Engagement.
Die Schreie wurden leiser.
Wie ein sterbender Schwan.
Es waren die Schreie einer Frau.
Nicht Lene, das war das Wichtigste.
Ihre Schreie klangen anders.
Ich wusste es.
Aus eigener Erfahrung.
Vielleicht war es ja auch wirklich nur ein Pornokino, wo es einfach hart zur Sache ging?
Noras Hand lag immer noch in meiner Intimzone.
»Oh, er steht«, sagte sie.
Ich war mir da nicht so sicher. Ihre Eigeninitiative kam doch etwas unerwartet.
»Das ist sexuelle Belästigung«, sagte ich, obwohl ich mich nicht wirklich belästigt fühlte.
»Sicher?«, hauchte Nora süßlich.
Verlegen schob ich ihre Hand beiseite.
»Lass das. Wir kennen uns doch gar nicht.«
»Ich versuch doch die ganze Zeit, dich kennenzulernen«, sagte sie und zog eine beleidigte Schnute.
Ich kam mir vor wie in einem billigen Erotikstreifen.
»Auf eine ziemlich plumpe Art.«
»Willst du damit etwa sagen, ich bin billig?«, fragte Nora mit gespielter Empörung.
»Du hast mir bis jetzt noch keinen Preis gemacht«, antwortete ich und bereute es sofort.
»500 Euro.«
Meine Wut war schlagartig wieder da. Ich pulte am Daumen.
»Willst du mich verarschen!«
»Der Preis ist soeben gestiegen«, erwiderte Nora kalt.
»Geben dir deine Eltern etwa nicht genug Taschengeld?«, fragte ich säuerlich.
Nora sprang auf.
»Fick dich!«
Ich lachte.
»Ja, das wäre wohl die beste Alternative.«

»Du weißt nicht, was dir entgeht.«
»Sollte ich es etwa herausfinden?«, fragte ich müde. Ich hatte ihre Spielchen satt.
Dann sollte sie ihr Geld eben bekommen. Ich brauchte tatsächlich mal etwas Entspannung.
Nora atmete wollüstig ein und aus. »500 Euro.« Sie hielt die Hand auf, als würde ich die Summe einfach mit mir herumschleppen.
»Geht auch Kartenzahlung?«
»Nein. Dann müssten wir es hier im Restaurant über die Kasse regeln. Meine Eltern würden Fragen stellen. Das ist mir zu stressig, sorry.«
Ich stöhnte.
»Die Bank ist zu weit weg.«
»Du bist zwar nicht der Netteste, aber ich glaube, ganz seriös. Ich kann es dir auch vorstrecken.«
Ich lächelte sie an und versuchte, dabei verführerisch auszusehen. Ich war nicht sicher, ob es mir gelang.
»Wenn ich mit dir fertig bin, wirst du mich bezahlen wollen.«
»Wieso das? Du bist doch Wachmann.«
»Security«, sagte ich genervt.
Ein junger Mann betrat das Restaurant. Er hatte kurze braune Haare. Sein Haarschnitt sah militärisch aus. Er trug ein weißes Poloshirt. Darunter zeichneten sich breite Muskeln ab.
Ich sah rote Flecken auf seinem Shirt. Sofort ging bei mir der Alarm an.
Er nahm bewusst weit weg von uns Platz. Dann beobachtete er uns aus schmalen Augen.
Nora war hin und weg. Sofort hatte sie mich vergessen.
»Ein neuer Kunde«, quietschte sie.
Dann verließ sie mich und steuerte auf ihr neues Opfer zu.
»Hey, wir sind noch nicht fertig«, rief ich.
Doch sie belagerte bereits ihren neuen Gast.
Sie stützte sich auf seinen Tisch.
Dabei drehte sie mir den Rücken zu.
»Hallöchen.«

Der Mann sah zu ihr auf. Nicht sonderlich interessiert.
»Hallo.«
»Wer bist du denn?«
»Enrico. Ich wohne über euch. «, sagte er.
»Ich bin Nora.«
»Ich habe Hunger«, sagte er dann barsch, als wäre Nora an seinem Zustand schuld.
Das beeindruckte sie nicht.
»Freut mich«, hauchte sie feuchtfröhlich.
»Ganz meinerseits«, knurrte Enrico. »Gibt es hier auch einen Service?«
Nun war Nora in ihrem Element.
»Worauf du einen lassen kannst«, hauchte sie. Jeder Eisberg wäre geschmolzen.
Außer Enrico.
Er betrachtete sie kalt.
Ich hingegen war nicht mehr so kalt.
In mir brannte alles.
Mein Daumen tat nur noch weh.
Mein Körper zitterte.
Ich musste meine langen Glieder unter Kontrolle halten.
Wieder wurde ich verarscht.
Erst von Lene.
Jetzt von Nora.
Wollte sie mich eifersüchtig machen?
Immer dasselbe.
Aber vielleicht war sie auch einfach nur ein Miststück.
Immer wurden meine Erwartungen enttäuscht.
Wenn ich es nicht selbst schaffte, schaffte es jemand anderes.
Lene und ich wollten ein Kind.
Wir hatten darüber gesprochen.
Mir gefiel der Gedanke.
Lene und ich in einem neuen Leben vereint.
Ich hatte mich so darauf gefreut.
Es funktionierte nicht.
Ich wusste nicht, an wem es lag.
Wahrscheinlich war es meine Schuld.
Nun war Lene weg.

Ich freute mich auf sie.
Sie entfernte sich weiter von mir.
Alles Lügen.
Alles Enttäuschungen.
Genau wie diese Schlampe vor mir.
Ich ballte die Fäuste.
Knirschte mit den Zähnen.
Meine Wut war wieder da.
Keiner ahnte, was sie anrichten konnte.

15

Corinna kochte.
Vor Wut.
Zornig baute sich die Ermittlerin vor Bernd im Besprechungszimmer auf.
Ihr Kollege saß auf einem Stuhl und kaute unbeeindruckt eine Bulette.
»Warum musstest du mich daraus holen! Ich hatte diesen Korben fast so weit!«
»Wie weit?«, fragte Bernd und schmatzte.
»Ich wollte es aus ihm herauslocken!«
»Was denn?«
»Seinen Frauenhass, Bernd! Diese Therapien richten immer große Schäden an! Doch seine Behandlungen sind noch viel, viel schlimmer! Er überträgt seinen Frauenhass auf die Männer. Er richtet sie ab!«
»Nun mal langsam, Corinna«, brummte Bernd kauend.
»Ja. Dir ist das sowieso egal. Wahrscheinlich habt ihr einiges gemeinsam!«, fauchte sie ihn an.
Wenn dich Leute ärgern, stell sie dir nackt vor. Das hatte sein Papa immer zu Bernd gesagt.
Bei Corinna tat Bernd das ganz gerne.
Er mochte sie wütend. So wie jetzt. Die Adern, die aus ihrem schmalen Hals hervortraten.
Ihre schwarzen, lockigen Haare, die dabei wild durch die Gegend flogen.
Ihre funkelnden blauen Augen.
Ihre schnelle Atmung.
Sie war sehr sportlich und gut gebaut.
Sie beobachtete ihn.
Bernd wusste nicht, warum.
Ihm war klar, dass er nicht der Schönste war.
Aber es gefiel ihm manchmal.
Er vermutete jedoch einen anderen Grund.
Er war sich sicher, dass sie ihn ausspionieren sollte.
Bernd kratzte sich eine Schuppe von seinem Schnauzer.
Dann nahm er einen weiteren Bissen von seiner Bulette.
Er war endgültig auf den Geschmack gekommen.

»Musst du denn die ganze Zeit diese Scheißdinger fressen?«
Bernd seufzte.
Er wollte ihr die Antwort ersparen.
Das Fleisch war so köstlich.
Sein Magen konnte sich noch nicht daran gewöhnen.
Sein Darm erst recht nicht.
Schon wieder machte sein After einen Hubschraubereinsatz.
Corinna wich entsetzt zurück.
»Meine Fresse, Bernd!«
Sie riss zwei Fenster auf.
Dann stellte sie sich in eine Ecke.
Ganz weit weg von Bernd.
»Was machen wir den jetzt?«, fragte Corinna mit gequältem Gesicht.
»Keine Ahnung. Die Spur ist erst einmal kalt«, sagte Bernd und war redlich bemüht, seine Zufriedenheit zu unterdrücken.
Er war über seinen Instinkt gestolpert.
Er war auf der richtigen Spur gewesen.
Leider.
Hatte Lisa befragt.
Der Schauspieler war dabei gewesen.
Justin.
Dieser Hampelmann.
Wie ein Clown sprang er hin und her.
Aber seine Technik hatte es in sich.
Seine neue Methode.
Sie hatte alles verändert.
Im Guten wie im Schlechten.
Bernd brauchte mehr Fleisch.
»Wie dicht ist das Alibi von Lisa Freibrodt?«
»Wasserdicht«, sagte Bernd.
Corinna seufzte.
»Ich bleib an diesem Korben dran. Er muss gestoppt werden. «
Mach doch, dachte Bernd und nickte.

Er hatte nichts gegen diesen Prediger. Er teilte seine Ansichten in gewissen Dingen.
Doch war es ganz gut, wenn seine Kollegin beschäftigt war.
Er mochte sie.
Sie hatte Leidenschaft.
Ein großes Herz.
Bei dem Gedanken knurrte sein Magen.
Bernd fragte sich, wie seine Kollegin wohl schmecken würde.

16

»Wo ist denn die Bedienung?«, fragte Enrico.
Nora lehnte sich weiter vor. Enrico hatte nun den besten Ausblick.
»Ich stehe zur Verfügung«, hauchte sie.
»Gut. Dann hätte ich gerne eine Karte.«
»Ich kann sie auswendig.«
Enrico runzelte die Stirn.
»Auch gut. Wenn auch ungewöhnlich. Was ist denn heute das Mittagsmenü?«, fragt er.
»Rahmschnitzel mit Champignons, Kroketten und Buttergemüse«, sagte Nora, als würde sie aus einem erotischen Thriller vorlesen.
»Welches Fleisch?«
Komischerweise schien Nora diese Frage zu irritieren.
»Wie bitte?«
»Na, von welchem Tier kommt das Schnitzel?«, fragte Enrico mit Nachdruck.
»Schwein oder Geflügel.«
Nun wurde Enrico neugierig.
»Und welches Geflügel?«
»Huhn«, flüsterte Nora.
»Ich will das Schwein«, befahl Enrico.
»Alles klar.«
Enrico musterte sie.
»Schöne Stimme.«
»Danke«, flötete Nora und fuhr sich durch die Haare.
Nun klang Enrico weicher.
»Habe ich dich schon mal im Radio gehört?«
Nora tänzelte von einem Bein aufs andere.
»Ich glaube nicht.«
»Egal, ich mag deine Stimme.«
Nora zog einen Schmollmund und lehnte sich weiter vor.
»Und ich mag dich.«
»Wow, die Bude hier gefällt mir immer besser.«
»Bitte, das ist ein Restaurant mit besonderem Service, mein Süßer«, hauchte Nora wieder.

»Was soll das denn heißen?«, frage Enrico und starrte in ihren Ausschnitt.
»Wir haben die Treppe rauf ein Zimmer …«, begann Nora und flüsterte ihm den Rest ins Ohr.
Enricos Ausblick wurde immer besser.
Ich hingegen stand hinter den beiden und wurde die ganze Zeit ignoriert. Ganz besonders von Nora, die mir immer noch eiskalt den Rücken zudrehte.
Der Tresen roch streng nach Desinfektionsmittel.
Ich fragte mich gerade, wie die beiden das aushielten, da wurde ich von Enrico bemerkt.
»Guten Tag.«
Ich ignorierte ihn.
»Was soll das?«, fuhr ich Nora an, die sich mit einem genervten Seufzer zu mir umdrehte.
»Wovon redest du?«
Ich war fassungslos.
»Das weißt du ganz genau.«
»Ich habe Guten Tag gesagt«, sagte Enrico streng zu mir.
Ich ignorierte ihn immer noch.
»Was soll die Scheiße?«, blaffte ich Nora an.
Enrico zog eine dumme Grimasse. »Hä?«
Nora setzte sich neben Enrico.
»Geh wieder an deinen Platz«, sagte sie zu mir.
Aber ich war noch nicht fertig mit ihr.
»Wieso sitzt du jetzt hier bei dem?«
»Das ist mein Stammplatz.«
»Du bist ja eine«, murmelte ich, ohne den Satz zu beenden.
Nun sah mich Nora wieder an. »Was soll das denn heißen?«
Auch Enrico sah mich an.
»Hören Sie auf die Dame zu belästigen.«
Ich lachte trocken.
»Das ist keine Dame.«
»Hallo!«
Enrico hatte auf einmal einen unheimlichen Gesichtsausdruck.
»Werd mal nicht frech. Bürschchen.«

»Gehts noch?«, rief Nora dazwischen.
Ich bekam Kopfschmerzen.
»Jetzt quasselt doch nicht alle durcheinander.«
»Ich rede, wann ich will.«
»Ich auch.«
Ich wusste gar nicht mehr, wer von beiden redete. Beide hatten ähnlich helle Stimmen.
Ich setzte mich zu den beiden.
»Du hast mir doch ein Angebot gemacht.«
Enrico schaute uns beide wieder dämlich an.
Nora lachte quietschend auf.
»Das du dir nicht leisten kannst.«
»Wovon redet ihr?«, fragte Enrico.
»Du solltest mir dankbar sein«, sagte ich zu ihm. »Du wärst beinahe einer Nutte auf den Leim gegangen. Die wollte dich abzocken.«
»Ist das wahr?«
»Das ist alles ein Missverständnis«, sagte Nora und warf mir einen bösen Blick zu.
Enrico wurde immer neugieriger.
»Dann klär mich doch auf.«
»Die lügt doch eh«, rief ich empört. »Sie hat mir Sex auf dem Zimmer angeboten.«
Wieder Enricos dumme Visage. »Was?«
»Was?«, fragte Nora fast synchron.
Ich war schon sehr wütend. Dementsprechend drückte ich mich auch aus.
»Gib es doch einfach zu, du Nutte!«, schnauzte ich Nora an.
Enrico hob belehrend seinen Finger.
»Hey, nicht in diesem Ton, ja. Das ist hier immerhin ein staatlich anerkannter Ausbildungsberuf.«
»Schön, für die Nutte«, zischte ich Nora ins Ohr.
»Prostituierte, bitte«, sagte Enrico erhaben.
»Du Schwachkopf!«, schrie Nora.
Nun nahm ich, ein bedrohliches Flackern in Enricos Augen war. Scheinbar fühlte er sich angesprochen. Ich konnte es ihm nicht verübeln.
»Was hast du gesagt?«

»Schwachkopf!«, wiederholte Nora unbeirrt.
»Schlampe«, knurrte Enrico. Es sah auf, als würde er ihr gleich ins Gesicht schlagen.
Ich machte mir Sorgen um Nora. Enrico sah wirklich gefährlich aus. Ich spürte wieder den Beschützerinstinkt in mir wachsen.
Doch sie schaffte es erfolgreich, dass ich wieder wütend wurde.
»Nicht du! Er!« Sie zeigte auf mich. »Und nenn mich nicht so.«
»Ach so. Sorry«, sagte Enrico und lächelte milde.
»Ich bin weder eine staatlich anerkannte Nutte, Schlampe oder Prostituierte. Ich bin Masseurin.«
»Das ich nicht lache. Was massierst du denn?«, fragte ich und dachte an meinen malträtierten Schwanz.
»Vollidiot. Ich bin selbstständige Physiotherapeutin und nebenbei schmeiße ich den Laden hier. Also ein bisschen mehr Respekt, bitte.«
Ich war nun vollkommen verwirrt.
»Du hast doch noch vorhin gesagt, dass du nur herumgammelst.«
»Ja, und weißt du warum? Weil ich diese ganzen Vorurteile satthabe, wenn ich erzähle, dass ich Masseurin bin.«
Ich glaubte ihr kein Wort, aber ich hatte jegliche Diskussion satt. Resigniert schüttelte ich den Kopf.
Enrico sah mich fast mitleidig an.
»Oh Mann. Der hat sich das Happy End wohl anders vorgestellt.«
Nora verdrehte wieder die Augen. »Genau das meine ich.«
»Du hast dich trotzdem wie eine Nymphe benommen«, erinnerte ich sie und dachte wieder an meine Massage.
»Ja, und du wie ein Arschloch!«
Enrico hielt sich mit beiden Händen den Schädel.
»Jetzt hört doch mal auf so laut zu plärren. Meine Güte, da wo ich herkomme, wärt ihr beide längst erschossen worden.«
»Wieso, wo kommst du denn her?«, fragte Nora.

»Aus dem Auslandseinsatz. Ich bin Berufssoldat«, antworte Enrico.
Für mich klang er dabei merkwürdig geschwollen.
Nun war Nora wieder neugierig.
»Oh, wie interessant. Soldaten sind gut bestückt.«
Ich platzte fast. »Was für ein dämliches Vorurteil ist das denn bitte?«
»Du sei mal ganz still. Mr. Happy End«, sagte Nora zu mir und sah mich an, als wäre ich ein Totalversager.
Enrico haute auf den Tisch und lachte schallend. »Der war gut.«
Nora zeigte mit dem Daumen auf mich, als wäre ich gar nicht da. »Und unser Per ist Wachmann.«
»Security. Wie oft denn noch«, knurrte ich.
»Wo?«, fragte mich Enrico.
Ich konnte nicht widerstehen, dick aufzutragen.
»Kommt immer auf meine Klienten an.«
Doch Enrico hatte mich durchschaut.
»Laber doch nicht. Du bewachst irgendeinen Supermarkt, wo eh keiner klaut.«
Ich fragte mich, woher er das wusste.
»Du scheinst mich ja bestens zu kennen.«
»Da lege ich nicht gerade wert drauf. Sag mir mal Bescheid, wo du arbeitest.«
»Warum?«, fragte ich.
»Dann nehme ich deinen Laden aus.« Das klang aus seinem Mund, wie eine ernsthafte Drohung.
Dennoch entschied ich mich, dagegen zuhalten. »Das schaffst du nicht.«
»Natürlich schaffe ich das.« Er musterte mich abfällig. »Du bist viel zu schmal und zu intellektuell, um irgendjemanden aufzuhalten. Du denkst über jeden Schritt tausend Mal nach und der Dieb hat dich schon längst plattgemacht.»
»Das habe ich auch schon gesagt«, rief Nora.
»Ach, leck mich doch«, zischte ich Nora an. Ich hatte genug von ihr.
»Tut, was ihr nicht lassen könnt«, sagte Enrico und erhob sich. »Ich geh schiffen. Wegen diesem nervigen Quatsch,

den ich mir hier die ganze Zeit geben muss, habe ich Kopfschmerzen.«
»Soll ich dir den Weg zeigen?«, fragte Nora frivol.
Doch Enrico fand sich alleine zurecht.
»Mach lieber Schnitzel«, befahl er und steuerte zielgerecht das Klo an, als würde er den Weg kennen.
»Ich muss in die Küche.«
Nora verließ mich auch. Sie sah mich gar nicht mehr an.
»Ja, wie schön für dich!«, rief ich ihr noch nach, bevor ich wieder zu meinem Tisch ging. »Lasst mich doch alle alleine.«
Dann sah ich wieder das Fleisch auf meinem Salat. Es stank immer noch bestialisch.

17

Enrico sah sich vor dem Spiegel. Er sah, wie wenig noch von ihm übrig war.
Der Besucher hatte ihn in ein dunkles Loch gezwängt.
Enrico versuchte, wieder hinaufzusteigen, aber der junge Mann drückte ihn ins schwarze Loch zurück.
Enrico versuchte, mit dem Mann zu sprechen, doch dieser schien seinem eigenen Plan zu folgen.
Der junge Mann hatte schon längst die Macht übernommen.
Enrico war von schreienden Gesichtern umgeben. Sie waren überall.
Nur das Knurren des jungen Mannes über ihnen übertönte die schrillen Schreie.
Der junge Mann knurrte schon die ganze Zeit über. Er hatte ein klares Ziel.
Es war der Mann, der im Restaurant saß. Per.
Auch Enrico war er aufgefallen.
Dieser riesige Mann suchte etwas. Seine Augen waren überall. Gierig stachen sie in alle Richtungen.
Er war eine Gefahr für die Gesellschaft und musste bekämpft werden.
Enrico hatte solche Menschen im Krieg gesehen. Sie waren die schlimmsten Sadisten.
Solche Männer waren zu allem fähig, wenn sie erst einmal Blut geleckt hatten.
Der junge Mann war ihm sehr ähnlich. Es brodelte in den beiden Männern. Sie waren wie stillgelegte Vulkane, die jederzeit ausbrechen konnten. Wenn ihr Hass erst einmal entfacht war, konnte die Wirkung verheerend sein.
Enrico hörte, wie der junge Mann seinen Namen schrie, als er seine Faust gegen den Spiegel rammte.
»Ich bin Enrico.« Dann knurrte er wieder. »Ich bin Enrico. Ich bin Enrico. Ich bin Enrico.«
Der junge Mann zog Grimassen vor dem Spiegel.
Es schmerzte Enrico, wenn der Mann seinen Namen rief.
»Ich bin Enrico!«, brüllte der Mann.
Dann rammte er seinen Kopf gegen den Spiegel.

»Ich werde euch alle ficken. Ich werde euch alle töten«, zischte der junge Mann und fletschte die Zähne. »Der Feind ist überall.«

18

Ich wollte mich gerade mit meinem Salat beschäftigen, da stand schon wieder eine Dame vor mir. Sie war blond, trug eine blaue Bluse und hatte haselnussbraune Augen. Sie war auch sehr dünn, wirkte etwas älter als Nora und hatte auch mehr Kurven vorzuweisen.
»Hi«, sagte sie und lächelte, was ihrem schönen Gesicht gut stand.
»Hi«, erwiderte ich vorsichtig. Ich wollte nicht schon wieder enttäuscht werden.
Sie sah sich um. »Ist ja ziemlich leer hier.«
»Gerade war hier noch genug los.«
»Eigentlich habe ich was anderes erwartet«, sagte sie.
Das konnte ich mir gut vorstellen.
»Was denn?«, fragte ich dennoch. Ich wollte im Gespräch bleiben.
»Wenn ich essen gehe, möchte ich das Gefühl haben erwünscht zu sein. Hier ist aber keiner, der mich in Empfang nimmt.«
»Habe ich das nicht?«, versuchte ich einen Scherz zu machen.
»Ja, aber du arbeitest ja nicht hier, oder?«
»Nein.«
»Ein allein gelassener Kunde«, stellte sie fest.
»Unhöflich.«
Ich schüttelte den Kopf und zog eine gequälte Grimasse.
»Von der willst du nicht bedient werden.«
»Also arbeitet hier eine Dame.«
Ich stöhnte.
»Ja, und was für eine.«
Dennoch ließ sie sich nicht beirren. »Wo ist sie denn?«
»In der Küche. Sie macht Schnitzel.«
Sie zuckte zurück, als hätte ich ihr ins Gesicht gespuckt.
»Igitt. Hast du dir das bestellt?«
»Nein. Das hier ist mein Hauptgang.« Ich deute auf den Salat.
Sofort war sie in meinen Salatteller verliebt. »Oh, das sieht gut aus. Das bestell ich mir auch.«

»Ja, ist wohl das Beste hier. Obwohl … ich musste erst mal einen Berg Fleisch herunterkratzen.«
Sie starrte auf die großen Fleischklumpen am Tellerrand. »Igitt.«
»Ja, der Klempner wollte es nicht entfernen«, sagte ich laut und hoffte, er war noch in der Nähe.
»Der Klempner?«, fragte sie entsetzt.
»Ja ein Klempner hat meinen Salat garniert. Sagte, er wäre eingesprungen.«
»Was ist das denn hier für ein Laden?!«, rief sie laut.
»Das habe ich gehört!«, hörten wir Noras aufgebrachte Stimme plötzlich aus der Küche.
»Vorsicht«, flüsterte ich. »Die solltest du wirklich nicht provozieren, falls du dir hier was bestellen willst.«
»Wieso?«
»So, wie ich die kenne, spuckt sie dir aufs Essen.«
»Soll sie doch«, rief die Kundin aufgebracht. »Ich mache mir schon lange keine Gedanken mehr darum, was die in der Küche mit unserem Essen anstellen. Da würde man ja wahnsinnig werden.«
Ich nickte und wollte nicht weiter darüber nachdenken. »Auch wahr.«
»Und der Klempner wollte dir keinen neuen Salat bringen?«
»Er sagte, es wäre sein erstes Mal«, sagte ich und sah sie dabei vieldeutig an.
»Hallo, wir reden hier von einem Salat«, rief die Kundin und lachte. Sie hatte ein schönes Lachen. »Nicht von einer Entjungferung. Wie unprofessionell ist denn dieser Laden bitte?!«
»Gelbe Karte!«, schrie Nora aus der Küche.
Die Frau ignorierte sie. »Ich stehe hier schon die ganze Zeit so blöd vor deinem Tisch. Darf ich mich dazusetzen?«
Manchmal war ich so charmant wie eine Klobürste.
»Wieso? Sind doch genug Tische frei«, sagte ich und bereute es sofort.
»Entschuldigung für die Belästigung.«

Ich hob die Hände. Ich brauchte Ablenkung. Vielleicht auch mehr.
Einen Neuanfang.
Ohne Lene.
War vielleicht das Beste für uns beide. »Ist Ok. Du belästigst mich nicht.«
»Ich will halt nicht alleine sitzen.«
»Kein Problem«, sagte ich nun sanft. »Kannst dich auch hier her setzen.«
Sie lächelte wieder. Es war entwaffnend. »Danke.« Dann nahm sie Platz.
Ich sah mir genauer ihre Augen an. Ich bemerkte, dass ihre Wimperntusche verschmiert war. Sie hatte vor Kurzem geweint. »Alles Ok?«
»Wieso? Ist irgendwas?«, fragte sie brüsk zurück.
»Du siehst traurig aus.«
»Sieht man mir das an?«, frage sie mich erschrocken.
»Ich hab dafür ein gutes Gespür«, log ich.
»Bist du etwa auch oft traurig?«
Ich redete nicht gerne über meine Gefühle, aber ich war momentan kompromissbereit. »Manchmal. Dann versuche ich mich, zum Lachen zu bringen.«
»Du hast auch viele Lachfalten. Finde ich schön.«
Ich fand die Frau auch schön. Ohne Lachfalten.
»Trotzdem lache ich eigentlich wenig von Herzen. Aber ich habe mir das Lächeln angewöhnt.«
»Anstrengend, oder?«
»Für mein Gesicht die reinste Vergewaltigung«, sagte ich.
»Warum musst du denn ständig lächeln?«
»Um meine Umwelt zu schonen«, sagte ich. Da war sogar was dran. Niemand mochte meinen bösen Blick.
»Was machst du?«
»Security«, sagte ich wieder bedeutungsvoll.
»Muss man da lächeln?«
Ich wollte lieber das Thema wechseln. »Warum bist du traurig?«
»Wegen meinem Freund.«
Das war eine resignierende Neuigkeit für mich. »Ah.«

»Ich war mit ihm verabredet. Aber er ist nicht da. Eigentlich ist er nie da.«

»Beschäftigt?«, fragte ich und hoffte, dass er im Ausland arbeitete.

»Na ja. Aber gerade nicht beruflich. Momentan bin ich für alles zuständig. Ich füttere ihn fast schon. Ich bring das Geld nach Hause. Ist auch halb so wild. Ich habe eine gute Position in einer Werbeagentur. Nebenbei studiere ich noch Germanistik. Ich bin dabei den Master zu machen. Trotzdem bin ich für ihn da, wenn er mich braucht. Und obwohl ich den ganzen Stress am Hals habe, ist er derjenige, der nie da ist.«

»Vielleicht hat er eine andere?«, fragte ich und merkte, dass ich unfair wurde.

»Das glaube ich nicht!«, rief sie und sah mich scharf an. So gefiel sie mir noch besser. »Entschuldigung. Manchmal bin ich sehr direkt.«

»Das macht doch nichts. Mir ist der Gedanken auch schon gekommen. Er kommt ja auch viel herum. Aber ich glaube, das ist es nicht.«

»Woher weißt du das so genau?«

»Ich glaube nicht, dass er jemand anderes lieben kann«, sagte sie überzeugt.

»Dann ist doch alles gut«, sagte ich und ärgerte mich. Doch sie war noch nicht fertig.

»Eben nicht. Er kann niemanden lieben. Am wenigsten sich selbst. Er hasst alles. Alles macht ihm Angst.«

»Inwiefern äußert sich das.«

»Er hat letztens jemandem die Nase zertrümmert.«

Nun war ich doch ganz froh, dass sie an ihrem Freund festhielt. Einen rachsüchtigen Ex-Freund mit psychischen Problemen musste ich nicht an der Backe haben. »Oh je.«

»Ist ihm mit dem Kopf direkt ins Gesicht gesprungen«, erzählte sie mir eifrig. Es sah fast so aus, als wäre sie stolz darauf.

Mir tat schon von der Vorstellung die Nase weh. »Klingt übel.«

»Weil Chris mich am Arm berührt hat, war er eine Bedrohung für meinen Freund.«
»War die Berührung so intim?«
Ich war drauf und dran, mich von ihr wegzusetzen.
»Vielleicht ja, aber Chris ist schwul. Also nun wirklich keine Bedrohung für ihn.«
»Wer weiß.«
»Ich meine, es gab keinen Anlass zur Eifersucht.«
Ich dachte an Lene, Nora und eine Reihe anderer Frauen, die mir das Herz gebrochen hatten. »Ich hasse es auch, eifersüchtig zu werden. Und viele machen das ganz bewusst mit mir. Aber ich würde trotzdem keinem die Nase brechen.«
»Welcher normale Mensch tut denn auch so was?«, fragte sie empört.
Ich dachte an meinen Schlagring und dass ich vielleicht auch nicht viel besser war als dieser Psycho. »War dein Freund schon immer so aggressiv?«
»Das war nicht immer so. Er war schon immer etwas eigenbrötlerisch und musste immer den harten Mann markieren. Aber das war nur Fassade. Er hatte auch viele weiche Seiten. Jetzt ist das irgendwie anders. Er muss alles zerstören. Besonders sich selbst.«
»Warum?«
Sie seufzte.
»Wie gesagt, er ist viel herumgekommen. Obwohl er ein paar Jahre jünger ist als ich. Und ich habe das Gefühl, dass er an jedem Ort einen Teil von sich zurückgelassen hat.«
»Das klingt so, als wäre er nicht mehr gut für dich«, stellte ich fest.
»Aber er braucht mich.«
Ich fragte mich, warum manche Menschen alles aushielten, um einem anderen gutzutun. »Möglich. Aber so, wie er sich verhält, hat er sich anders entschieden.«
»Wie heißt du eigentlich?«
»Oh, wie unhöflich. Per. Und du?«
»Ich bin Chantal.«

»Wie heißt dein Freund?«, frage ich und kam mir im nächsten Moment bescheuert vor.
»Lass uns über deinen Salat reden.«
Ich konnte bis jetzt kaum etwas von ihm essen.
»Er ist okay.«
»Dressing?«
»Honig – Senf«, sagte ich.
»Das mag ich nicht so gerne. Haben die auch American Dressing?«
»Ich meine auf der Karte eine große Auswahl an Dressings gelesen zu haben.«
»Gut. Irgendetwas werde ich da schon finden. Wenn mal jemand kommen würde. Aber dein Salat sieht gut aus. Wie ich sehe mit Avocado und Pinienkernen.«
Ich dachte an das stinkende Fleisch, was die ganze Zeit auf meinem Salat gelegen hatte.
»Das ist korrekt..«
»Super. Hast du eine Freundin?«
Jetzt war ich überrascht. Das kam wie aus der Pistole geschossen.
Ich dachte an Lene. Ich liebte sie, doch sie war nicht mehr da und wollte wahrscheinlich gar nicht mehr gefunden werden. Dafür hatte sie auch gute Gründe. Ein kleiner Flirt konnte ja nicht schaden.
»Einige und du?«
Chantal legte den Kopf nach hinten und lachte.
»Eine ganze Gang. Obwohl, das hat sich auch verändert.«
»Warum?«
»Mein Freund, halt.«
Langsam nervte mich ihr Freund.
»Lass ihn los.«
»Hast du niemanden, an den du hängst?«
Lene wurde wieder in mein Bewusstsein gespült.
»Doch. Sehr lange. Aber ich weiß nicht, ob sie noch gut für mich ist.«
»Wie heißt sie?«
Schon allein ihr Name quälte mich. »Lene.«
Die Augen von Chantal leuchteten eigenartig.

Ein komisches Gefühl beschlich mich. Aber sie war zum ersten Mal hier. Woher sollte sie Lene kennen?
Ihr Fuß stieß gegen meinen. Zunächst hielt ich das für einen Zufall.
»Bist du monogam?«, fragte sie dann.
Ich quetschte Lene zurück in mein Unterbewusstsein.
»Kommt darauf an, was so los ist?«
»Wie meinst du das?«, fragte Chantal und lächelte.
»Na ja, wenn jemand mir wehtun will, lasse ich das Fallgitter runter.«
»Wir tun uns doch alle mal gegenseitig weh. Das ist menschlich.«
Nun ging mir auch Chantal langsam auf die Nerven.
»Und von mir ist es menschlich, wenn ich darauf keinen Bock habe.«
»Eben hast du richtig böse geguckt, als du das gesagt hast«, hauchte sie ähnlich wie Nora.
»Echt?«
Sie musterte mich.
»Ja, da war kein Lächeln mehr im Gesicht. Sonst lächelst du sehr oft, aber deine Augen meistens nicht.«
»Vielleicht sollte ich gar nicht mehr lächeln.«
»Das wäre aber auch schade. Du hast ein schönes Lächeln, wenn deine Augen lächeln«, sagte sie und wischte sich eine blonde Haarsträhne aus der Stirn.
Ich war geschmeichelt. Das war das Netteste, was ich, seit Tagen gehört hatte.
»Und sonst?«, fragte ich neugierig.
»Sonst ist es gruselig«, sagte sie.
Das fand ich wiederum nicht so nett.
»War mein böser Blick auch gruselig?«
»Nein, der war sexy«, sagte sie und ich fühlte mich wieder besser.
»Ich entspanne einfach nur mein Gesicht.«
»Warst also entspannt, als ich hier reinkam?«
»Weiß nicht. Habe ich da auch böse geguckt, oder was?«, fragte ich und wusste es nicht mehr.
»Du hast sexy geguckt.«

Ich bekam immer mehr Lust auf die Frau vor mir. Ich fragte mich, was mit mir los wahr.
Eigentlich war ich auf der Suche nach meiner Ex-Freundin, die eventuell in Gefahr schwebte.
Nun klebte schon die zweite Frau an mir und ich war bereit, mich auf sie einzulassen.
»Was passiert, wenn dein Freund uns jetzt sieht?«
»Er würde dich töten«, sagte Chantal ernst.
»Shit«, sagte ich und dachte, dass es immer ein Risiko gab im Leben.
»Er ist ja nicht da«, flüsterte sie. Dabei schob sich ihr Mund weiter in meine Richtung.
Doch dann wurde sie durch ein schepperndes Geräusch abgelenkt.
Nora knallte den Schnitzelteller auf Enricos Tisch.
Sie sah nun noch amouröser aus. Komplett bauchfrei und aufdringlich geschminkt.
»Das ist also die Bedienung. Arbeitet die auch als Klempnerin?«, fragte mich Chantal und lachte.
»Physiotherapeutin«, flüsterte ich bedeutungsvoll.
Chantal kreischte auf.
»Die! Nie im Leben!«
Nora sah auf Enricos leeren Stuhl.
»Der braucht aber lange.«
»Entschuldigen Sie?«, rief Chantal und schnippte mit ihren manikürten Fingern.
Nora trat an unseren Tisch.
»Was gibt es denn?«, fragte sie lustlos.
»Ich hätte gerne auch so einen Salat wie … ah, sorry … wie war noch mal dein Name?«, fragte mich Chantal plötzlich.
»Per«, sagte ich steif.
»Also, so einen Salat wie Per.«
»Kommt demnächst«, sagte Nora und spannte ihre ausgeprägten Bauchmuskeln an. »Und jetzt würde ich Sie bitten, meinen Stammplatz zu räumen.«
»Wie bitte?«
»Setzt dich woanders hin.«
Chantal war entsetzt.

»Nichts bei denken, Chantal. Die ist total gestört«, sagte ich zu ihr.
Doch Chantal ignorierte mich. Sie wollte sich lieber aufregen.
»Was fällt Ihnen ein?«
»Du sitzt ja immer noch hier«, sagte Nora bedrohlich.
»Mann! Du hast doch überall deinen Stammplatz!«, stöhnte ich.
»Das hier aber ist mein Lieblingsstammplatz!«, rief Nora.
»Geh in die Küche und mach der Dame Salat!«, befahl ich ihr, als wäre sie meine Dienerin.
»Lustig. Wusste gar nicht, dass du hier der Geschäftsführer bist«, zischte Nora mich an.
»Was für ein unhöfliches Verhalten! Unprofessionell«, empörte sich Chantal.
Nora baute sich drohend vor ihr auf.
»Wen nennst du hier unprofessionell?«
»Sie!«
»Dann geh doch«, fauchte Nora. »Das ist jetzt die Rote Karte.«
»Ich bestehe auf meinen Salat!«, schrie Chantal.
»Heute ist aber Schnitzeltag! Also, hau ab.«
Chantal lachte ihr abfällig ins Gesicht.
»Was sind Sie eigentlich für eine dumme Bedienung.«
»Pass auf, was du sagst, Bitch«, knurrte Nora.
Ich bekam wieder Kopfschmerzen.
»Beruhigt euch. Nora, bitte, mach ihr doch einfach einen Salat.«
Nora schüttelte entschieden den Kopf. »Ganz bestimmt nicht.«
»Ich weiß gar nicht, ob ich von der noch einen Salat will.« Nora lächelte sie bissig an.
»Tja, weißt gar nicht, was du verpasst.«
Ich wollte es endlich wissen. Demonstrativ spießte ich mir einen Happen auf die Gabel und schob ihn mir in den Mund. Dabei unterlief mir ein fataler Fehler. Ein großes, stinkendes Fleischstück lag unter einem Salatblatt. Erst als ich das rohe Ding kaute, merkte ich, was mir passiert war.

Ich wollte es ausspucken.
Da bemerkte ich es.
Das Fleisch schmeckte fantastisch.
Es war eine Wonne.
Es umschmeichelte meinen Gaumen.
Ich hatte noch nie so ein Fleisch gegessen.
Noch nie hatte so ein Geschmack meine Zunge versüßt.
Fast hätte ich vor Glückseligkeit das Gekreische von den beiden Frauen vergessen. Fast.
»Hört auf, euch wie kleine Kinder zu benehmen«, sagte ich entspannt und kaute genussvoll. »Selbst die wären mir gerade lieber.«
»Genau. Nora, du bist wie ein Kind!«, rief Chantal.
»Besser als so eine alte, verschrumpelte Tante!«
»Hallo! Geht es noch? Ich bin 32!«, schrie Chantal empört.
»Oh, da ist das halbe Leben vorbei«, rief Nora süßlich.
»Und jetzt musst du Sachen aufholen, die du gar nicht mehr aufholen kannst. Belästigst meine Kunden ...«
»Also ich habe mich bis jetzt ganz wohl gefühlt«, sagte ich schmatzend.
»Ja, der Per weiß, was gut für ihn ist«, sagte Chantal und lächelte Nora böse an.
Nora schüttelte den Kopf. Sie sah fast traurig dabei aus.
»Eben nicht.«
»Auf jeden Fall braucht er nicht so eine unreife und ungebildete Flachbrustgöre wie dich.«
Selbst ich war schockiert, aber Hauptsache das Fleisch schmeckte.
Nora stampfte davon. »Bin gleich wieder da.«
»So ein Miststück«, rief Chantal laut. »Hättest du mich nicht vorwarnen können, Per?«
Sie sah mich vorwurfsvoll an.
Ich versuchte, die Situation mit einem sexistischen Witz aufzulockern.
»Tja, ich dachte, sie bleibt da, wo sie hingehört.«
»Ich mag solche patriarchalischen Sprüche sonst überhaupt nicht. Aber bei ihr passt das. Die hat bestimmt nicht studiert. Wahrscheinlich hat sie nicht mal Abitur«,

rief Chantal laut und lachend, als wäre das ein Garant für gutes Essen.
Ich winkte ab. Da Fleisch lag noch immer auf meiner Zunge.
»Ist doch egal. Hauptsache der Salat kommt.«
»Ne, die ist jetzt bestimmt am Heulen, weil ich ihr gezeigt habe, wo ihr Platz ist«.
Sie brüllte Richtung Küche: »Kommt der Salat jetzt bald!?«
Ich hatte langsam die Schnauze voll von der schlechten Stimmung. Ich wollte mein Fleisch genießen.
»Bestimmt. Jetzt beruhige dich.«
Doch Chantal kam gerade erst richtig in Fahrt.
»So ein unfähiges Ding. Und das ganze Zeug, dass sie sich in die Augen klatscht. Man kann es auch übertreiben.«
Ich wollte das nicht länger unterstützen. Schließlich war mir eine Delikatesse serviert worden. »Ach, ich finde, es steht ihr ganz gut.«
»Sicher. Hier läuft der Laden ja sowieso nicht. Bestimmt muss sie sich auf dem Straßenstrich was dazuverdienen.«
Ich hatte genug. Ich wollte essen. »Chantal, jetzt komm mal wieder runter.«
Sie sah mich an, als hätte ich ihr gerade ins Gesicht geschlagen.
»Was soll das denn jetzt? Stehst du etwa auf dieses flache Ding? Die hat bestimmt Hepatitis!«
Ich war schockiert. So etwas Widerwärtiges hörte ich mir sonst nur von sexuell frustrierten Männern an.
Und das beim Essen.
»Was soll denn das, Chantal?«
»Du nimmst sie die ganze Zeit in Schutz.«
»Das stimmt doch gar nicht!«, rief ich mit vollem Mund.
»Natürlich tust du das!«, schrie Chantal mich an.
Chantal war mir mittlerweile sehr unsympathisch geworden. Außerdem sollte sie mir nicht den Appetit verderben.
»Du hast sie doch schon genug runtergeputzt. Bist du immer noch nicht zufrieden? Soll sie vor dir auf dem

Boden kriechen, weil sie nicht deinem Standesdünkel entspricht?«
Jetzt lachte sie. Ihr schönes Gesicht sah nun wie eine Fratze aus.
»Als ob du gerade nett zu ihr gewesen wärst.«
Sie legte anscheinend viel Wert auf Bildung.
Ich wollte sie loswerden.
»Ich hab übrigens auch kein Abitur, stell dir vor«, log ich.
»Das überrascht mich jetzt nicht.«
»Dafür habe ich mein eigenes Leben und bin nicht von meinen Partnerinnen abhängig. Und ich breche auch keinem die Nase!«
»Willst du jetzt etwa meinen Freund schlecht machen?«, kreischte Chantal empört.
Ich lächelte sie dünn an, bevor ich mir ein weiteres Stück Fleisch aufspießte. »Das hast du bereits gemacht.«
»Du weißt gar nicht, was er für ein Potenzial hat. Er würde dich wegbrennen.«
Ich lachte und kaute bewusst mit offenem Mund.
»Der brennt doch schon in der Hölle. Oder habe ich das falsch verstanden?«
»Wie alt dürfen deine Freundinnen denn sein, wenn ich fragen darf?«
Für mich nahm das Gespräch immer mehr eine hässliche Richtung an.
»Das geht dich einen Scheißdreck an«, zischte ich.
Chantal lachte affektiert auf.
»Wahrscheinlich schön anfüttern, bis sie volljährig sind, und dann werden sie entsorgt.«
Das Fleisch war nun in meinen Magen gesunken und richtete dort Chaos an, bis es an meinen Darm weitergeleitet wurde. Dieser kam mit dem Input nicht zurecht.
Mein After fing an, heiße Luft auszustoßen.
Chantal roch das sofort.
»Du bist ja total krank. Mir ist der Appetit vergangen«, sagte sie angewidert.
Ich musste den Tisch wechseln. Trotz der guten Speise fing der Zorn in mir an zu wachsen. »Ich gehe jetzt.«

»Damit kann ich gut leben, du stinkender Psychoclown. Absolut widerlich. Und nicht vergessen. Immer schön lächeln.«
Ich nahm meinen Salatteller samt Besteck und wechselte den Tisch.
»Tickende Zeitbombe«, murmelte ich, ohne Chantal noch eines Blickes zu würdigen.
»Hallo!«, hörte ich Chantal Richtung Küche brüllen.
»Wann kommt mein Salat?! Oder stirbst du vorher!?«
Nora kam sofort mit entschlossen Schritten herangeeilt. Sie hielt zwei Tuben mit Dressings umklammert.
»Entschuldigen Sie die unangenehmen Umstände. Selbstverständlich ist der Salat so gut wie fertig«, sagte sie zu meiner Verwirrung sehr förmlich.
Chantal klatschte und Nora verbeugte sich.
»Bravo. Super«, rief Chantal spitz.
»Noch eine Frage. Welches Dressing darf es denn sein. American ...« Nora zeigte die orange Flasche.
»Klingt schon mal gut«, sagte Chantal zufrieden.
»Oder Knoblauch?«, fragte Nora und zeigte die weiße Flasche, bevor sie den Inhalt in Chantals Gesicht spritzte.
Chantal kreischte auf. »Ah! Schlampe!«
»Oder doch lieber American?«, fragte sie höflich und spritzte Chantal den Inhalt der orangenen Tube in die Haare.
»Ah! Hilfe!«
»Was denn?! Ist doch wie ein Gedicht. So ist es dir wahrscheinlich noch nie besorgt worden, du alte Schrulle!«, presste Nora wütend hervor und bespritzte Chantal gnadenlos weiter.
»Ah! Hör auf!«, kreischte Chantal.
»Knoblauch ziemt der Dame wohl besser.«
Nora spritzte Chantal Knoblauch-Dressing auf ihre Bluse.
»Igitt!«, schrie Chantal und riss sich die Bluse vom Leib, als würden Termiten über sie herfallen. Nun sah ich ihren wohlgeformten Körper samt Sport-BH.
Das Kino gefiel mir immer besser. Dazu noch das leckere Fleisch. Ich lehnte mich zurück und sah mir die Show an.

Chantal stieß Nora zu Boden. »Na warte«, knurrte sie.
Aber Nora rappelte sich wieder auf.
Doch Chantal hatte nun die Dressingflaschen und bespritzte Nora.
Nora wich zurück.
Doch Chantal packte sie brutal an den Haaren und riss ihr den Kopf zurück, um ihr weiter Dressing einzuflößen.
Nora rammte ihr den Ellbogen in die Rippen und warf Chantal zu Boden.
Chantal packte ihren Fuß und Nora stürzte.
Sie wollte sich aufrappeln, doch Chantal hatte sie wieder an den Haaren gepackt und drückte sie mit ihrem ganzen Gewicht zu Boden. Nora versuchte, sich zu befreien.
Doch Chantal, die rittlings auf ihr saß, fing an, sie zu würgen.
»Hättest du mir nicht einfach meinen Salat bringen können! Es hätte alles nicht sein müssen! Wie wenig IQ muss man haben. Jetzt gebe ich dir mal Nachhilfe, du Miststück! Ich werde deinen Schädel auf knacken wie eine hohle Nuss!«
Nora gelang es nicht, Chantal von sich herunter zuschieben und den Griff zu lösen.
Ich hörte sie röcheln, während ich noch einen Furz lassen musste.
Mein Magen blähte sich auf, als hätte ich einen Parasiten verdaut, der nun seine Klauen in das Organ schlägt. Wieder musste ich blähen. Ich erstickte fast selbst an meinem eigenen Gestank.
»Das reicht jetzt!«, rief ich schmerzerfüllt und zog Chantal von Nora herunter.
»Fass mich nicht an! Du Schwein!«, keifte sie mich an.
»Beruhige dich doch!«, rief ich verzweifelt. Über meinen Magen zog ein Gewitter.
Chantal kreischte hysterisch auf.
»Lass mich los!«
Ich konnte nicht mehr. Auch mein Darm konnte die Last nicht mehr in sich halten. Nun furzte ich einen beträchtlichen Inhalt des Essens in meine Unterhose.

Es wurde warm unter meinem Hintern. Gleichzeitig ärgerte ich mich darüber, dass ich eine weiße Boxershorts angezogen hatte.
Enrico lenkte mich schmerzvoll von meinem Unmut ab, als er mir wuchtig ins Gesicht schlug.
»Vergewaltiger!«, schrie er mir ins Ohr.
Mein Kiefer pochte. Dann sackte ich auf einen Stuhl.
»Nein!«, rief Nora entsetzt.
Doch Enrico war bereits in seinem Element.

19

»Ich habe viel zu tun. Hätten wir das nicht am Telefon besprechen können?«, fragte Georg Corinna genervt und zog an seiner Zigarette.
»Ich will den Menschen beim Reden in die Augen sehen«, sagte Corinna.
»Wir haben schon zweimal mit der Polizei gesprochen«, brummte Georg unwillig und sah sie mit zusammengekniffenen Augen an. Er zog wieder an seiner Zigarette. Der Schauspieler lehnte an einer Mauer und versuchte, dabei lässig auszusehen.
Corinna hatte nicht den Eindruck, dass es ihm gelang.
Sie hatte Georg vor einer halben Stunde angerufen. Erst war der Schauspieler nicht zu einem Treffen mit ihr bereit gewesen. Wilde Schimpftiraden ließ er von sich und weigerte sich zunächst beharrlich, sich mit der Polizistin zu treffen. Nach ein paar deutlichen Worten von Corinna lenkte Georg schließlich ein.
Beide standen etwas abseits von der Tür zur Fleischquelle. Sie lag unscheinbar versteckt, hinter ein paar Hallen im Gewerbegebiet von Wedding, in einer kleinen Seitenstraße neben der Voltastraße.
»Ja, ich weiß. Aber es gibt ein paar Unklarheiten bezüglich des Alibis von Frau Freibrodt«, log Corinna.
Georgs Augen wurden noch schmaler. »Was denn bitte für Unklarheiten?«, fragte er mürrisch.
Er zog noch mal an seiner Zigarette und schien sich nicht bewusst zu sein, dass er bereits den Filter mitrauchte.
»Differenzen in den zeitlichen Angaben. Sie gaben ja meinem Kollegen 18 Uhr an.«
»Ja. Das ist richtig. Und?«
»Na ja. Ein Kollege von Ihnen meinte, es wäre 19 Uhr gewesen.«
Georg sah sie skeptisch an.
»Wer?«
Corinna kramte in ihrem Gedächtnis. Nicht sie, sondern Bernd hatte den anderen Schauspieler befragt.
Doch Georg kam ihr unverhofft entgegen.

»Sie meinen Justin? Wir haben in unserem Ensemble keinen weiteren Mann.«
»Ja. Genau der«, erwiderte Corinna schnell.
Georg fing an, rot anzulaufen.
»Also ... äh ... ich bin mir ziemlich sicher, dass es 18 Uhr war. Ich kann mir schon die Zeiten merken.«
»Vielleicht hat sich ja auch ihr Kollege geirrt. Es wäre ganz gut, wenn ich noch einmal mit ihm sprechen könnte. Spielt er auch hier?«
Corinna deutete auf die Fleischquelle, die bis zur Mauer einen eigenartigen Geruch ausströmte, der sie auf unangenehme Weise an den Kampf mit Lisa Freibrodt erinnerte.
Sie verspürte immer weniger Lust, das Restaurant zu betreten.
Georg hielt es wohl auch nicht für so eine gute Idee.
Mit einem gequälten Lächeln sah er sie an.
Für Corinna sah es eher wie eine Grimasse aus.
Außerdem schien sich der falsche Schnurrbart von seiner Oberlippe abzulösen und sie fragte sich, warum der Mann so ins Schwitzen kam.
»Sorry, aber das ist keine gute Idee. Wir geben dort gerade eine Vorstellung.«
»Sie spielen nicht mit?«
»Ich habe nur eine kleine Rolle.«
»Verstehe«, sagte Corinna gedehnt und Georgs Gesicht färbte sich nun dunkelrot.
»Dafür war ich ausschlaggebend an der Regie beteiligt«, rechtfertigte er sich und setzte wieder ein schiefes Lächeln auf.
»Was spielen Sie denn mit ihrer Gruppe.«
»Unser Ensemble spielt interaktives Guerilla-Theater.«
»Heißt?«
Nun war Georg in seinem Element.
»Ursprünglich stammt die Kunstform vom Straßentheater. Genauso wie andere Ensembles vor uns haben wir uns auf räumliche Spielorte spezialisiert. Wir haben nicht direkt ein fertiges Stück, das wir spielen. Wir improvisieren und bauen den Zuschauer mit ein. Wir

reagieren auf seine Reaktionen und dementsprechend läuft dann das Stück fort«, sagte er mit leuchtenden Augen.

»Das hört sich spannend an.«

»Ist es auch! Wir spielen uns die Bälle zu. Auch der Zuschauer beteiligt sich. Dementsprechend müssen wir reagieren und agieren. Jeden Ball müssen wir parieren, auch wenn ihn uns jemand ins Gesicht schmettern will.«

»Sind Sie gut besucht?«

Georg lachte. »Bei dieser Show nicht. Wir haben nur einen Zuschauer.«

»Einen Zuschauer?«

Georg zog eine neue Zigarette aus der Schachtel. Corinna vermutete, dass die meisten der herumliegenden Kippenstummel wohl von dem Schauspieler stammten.

»Einen Zuschauer. Dieses Stück ist nur für ihn konzipiert.«

Das schiefe Grinsen schien nicht aus seinem Gesicht zu verschwinden. Corinna sah dadurch deutlich seine Falten.

»Der hat es ja gut.«

Georg lachte laut und scheppernd, bis ein Hustenschwall folgte.

»Na ja. Er wird ganz schön gefordert.«

»Und wie macht er sich?«

»Erstaunlich gut. Er gibt uns ganz guten Input. Ich habe meine Kollegen selten so lebendig spielen gesehen und ich habe ein gutes Auge, wissen Sie. Ich habe europaweit an den renommiertesten Schauspielschulen unterrichtet«, sagte Georg und sein Lächeln wurde immer breiter.

»Vielleicht komme ich auch mal vorbei.«

»Machen Sie das! Sie bekommen eine grandiose Darbietung und ein erstklassiges Menü inklusive.«

Er zwinkerte ihr zu.

Nun zog Corinna eine gequälte Grimasse.

»Na ja. Ich bin Vegetarierin. Und der Name Ihres Spielortes klingt schon sehr nach Fleisch.«

»Glauben Sie mir«, sagte Georg und sein Lächeln wurde

unheimlich. »Ich hatte am Anfang auch so meine Bedenken. Ich war sogar Veganer, wissen Sie. Ich sage Ihnen, dieses Fleisch werden Sie lieben. Keine Sorge, es ist auch sehr umweltschonend. Die Produktion und Zubereitung des Fleisches läuft absolut klimaneutral ab, da können Sie sich todsicher sein. Sie nehmen damit auch viele Proteine zu sich. Es ist etwas ganz Besonderes. Das haben Sie noch nie gegessen, glauben Sie mir. Allein der Geschmack ist eine Wonne.«
Die Duftnote des Restaurants erzählte Corinna eine andere Geschichte.
Sie wollte nicht weiter den beißenden Gestank inhalieren.
»Leider haben wir ein paar Tanzchoreografien rausgestrichen. Schade eigentlich, ich und meine Kollegen können uns ganz gut bewegen. Anders als die jungen Schauspieler heutzutage. Da kann man ja gar nicht mehr hinsehen. Kein Körpergefühl. Nichts. Zu meiner Zeit lief das noch anders. Ich habe jahrelang Ballett getanzt. Gelernt habe ich in Paris bei …«
»Das ist ja ganz spannend. Aber was ist denn jetzt mit der Uhrzeit? Wer hat nun recht? Sie oder Ihr Kollege.«
»Ich glaube immer noch, dass ich recht habe«, sagte Georg nun um einiges selbstbewusster und machte damit Corinnas Bluff zunichte. »Glauben Sie mir, der Justin hatte sehr viel Stress in letzter Zeit. Wir haben viele Premieren in den letzten Monaten gespielt. Die Proben der einzelnen Projekte sind parallel abgelaufen. Und Justin wirkt in jeder Produktion mit. Er ist das Zugpferd unseres Theaters. Er war mal mein Schüler, wissen Sie?«
»Ach?«, rief Corinna und versuchte Faszination in ihre Stimme zu legen.
Langsam bekam sie von seinem Gerede Kopfschmerzen. Seine anfängliche Wortkargheit und Nervosität war mit einem Mal verschwunden.
»Ja. Er hat richtige Fortschritte gemacht. Vor ein paar Jahren war er noch so unsicher gewesen. In letzter Zeit ist er regelrecht über sich hinausgewachsen. So eine enorme Entwicklung kostet Kraft.«

»Ich dachte Schauspieler können sich alles merken. Da sollte doch eine Uhrzeit kein Problem darstellen.«
»Wir haben hier einen künstlerischen Vollzeitjob, der im hohen Maße anspruchsvoll ist. Es ist unsere Berufung. Unsere Passion. Da können wir nicht einfach Mal abschalten, wie in anderen Tätigkeiten. Unser Kopf arbeitet auch im Schlaf weiter, wissen Sie. Das zerrt am Körper wie im Geiste.
Da kann man schon mal mit den Uhrzeiten durcheinander kommen. Ich hoffe, Sie verstehen das«, sagte Georg in einem geduldigen Tonfall, als ob die Ermittlerin gar nichts verstehen würde.
Nun sieht er mich schon fast so selbstgefällig an, wie die Freibrodt, dachte Corinna.
»Natürlich verstehe ich das. Dann wünsche ich Ihnen noch viel Erfolg bei Ihrer Produktion.«
Georg lächelte sie gnädig an. »Werden wir haben. Kommen Sie gerne Mal vorbei und kosten Sie von dem Fleisch«, sagte er und zwinkerte wieder. »Sie werden es lieben.«
Corinna verabschiedete sich schnell von ihm und lief zu ihrem Wagen.
Leider war Georg nicht von seiner Version abgewichen. Auch Justin hatte dieselbe Uhrzeit angegeben.
Das Alibi von Lisa Freibrodt war somit weiterhin wasserdicht.
Trotzdem war hier etwas faul. Das roch Corinna. Und das lag nicht nur an dem beißenden Gestank der Fleischquelle. Dennoch würde sie jetzt erst einmal Maik einen Besuch abstatten.
Sie musste beide Spuren weiterverfolgen.
Corinna stand zu weit entfernt, um die plötzlichen Schreie aus der Fleischquelle zu hören.

20

»Vergewaltiger! Frauenhasser! Der Feind ist überall!«, brüllte er und sah mich mit wilden Augen an.
»Enrico!«, kreischte Chantal.
Dieser ließ plötzlich von mir ab.
»Ja, ich bin da. Alles Okay, Baby?«, sagte er sanft zu Chantal mit seiner hellen Stimme.
Chantal lachte wieder affektiert. »Alles Gut. Alles lächerlich hier. Hier ist nichts passiert.«
Doch Enrico glaubte ihr nicht.
»Hier ist viel zu viel passiert. Ich wollte mir gerade den Arsch abwischen. Da höre ich dich herumkeifen wie so eine Marktfrau. Was soll denn das? Kann man nicht mal in Ruhe Schnitzel essen gehen? Ist das zu viel verlangt!?«
»Ich bin okay! Das hier war nur ein kleiner Streit. Er hat mir nichts getan«, sagte Chantal mit zitternder Stimme.
»Ich entscheide hier, wer was tut!«, brüllte Enrico. »Der lungert hier doch schon die ganze Zeit herum mit seinen frauenfeindlichen Diskriminierungen. Ich höre mir die Scheiße nicht länger an. Der labert mir zu viel.«
»Mir ist nichts passiert!«
»Das ist mir doch egal! Die gehen mir auf die Nerven!«, schrie Enrico und griff sich theatralisch an den Kopf.
»Wo warst du die ganze Zeit? Du hast mich hängen gelassen!«, jammerte Chantal. »Ich war ganz alleine hier und hab auf dich gewartet.«
»Na, weil ich auf dem Klo war. Hast du nicht zugehört, oder was?«, bellte Enrico.
Doch Chantal ließ nicht locker.
»Was hast du denn da so lange gemacht? Ich habe mir Sorgen gemacht!«
Enrico stöhnte laut auf.
»Meine Gute! Muss ich noch deutlicher werden? ICH WAR KACKEN! DU VERSTEHEN? OKAY?!«
»So lange?«
»Oh Verzeihung, dass es Eurem Zeitplan nicht angemessen war, Eure Majestät.«
Enrico verbeugte sich vor seiner Freundin.

Ich fand den Streit fast absurder als meine Blähungen. Stumm folgte ich dem Schauspiel. Nur mein Magen machte beunruhigende Geräusche.
»Der Arzt hat doch gesagt, du sollst nicht so viel Fleisch essen.«
»Ja, Verzeihung. Mit Verlaub, ich werde Eure Durchlauchten Füße lecken, Eure Hoheit«, rief Enrico und fuchtelte dabei wild mit seinen Händen.
Dann wandte er sich an mich.
»Den ganzen Tag wird man dicht gelabert. So ist das mit den Weibern. Nicht wahr, Wachmann?«
»Ja, ja«, sagte ich mit Krämpfen.
»Das heißt JA!«, brüllte er mir ins Gesicht. »Aber ich glaube, ich spreche mit dem Falschen. Ein Frauenversteher biste ja nicht gerade, kleiner Wachmann.«
»Security«, stöhnte ich, während mir von innen der Garaus gemacht wurde.
Enrico lachte mir direkt ins Gesicht. Ich bekam ein paar Spucketropfen ab.
»Meinetwegen auch kleiner Piepmatz. Wie auch immer. Du hast es nicht wirklich zu etwas gebracht.«
»Wenigstens bin ich kein Berufskiller, dessen Job es ist die ganze Zeit auf Leute zu ballern«, wehrte ich mich, obwohl die Schmerzen mir kaum noch Kraft dazu ließen.
Nun war Enrico hellwach. Bedrohlich baute er sich vor mir auf.
»Was war das, Wachmann?«, knurrte er.
»Berufskiller«, wiederholte ich.
Ohne Vorwarnung schnellte sein Kopf vor und traf meine Schläfe. Die Kopfschmerzen vermischten sich mit meinem Magenorchester und ließen mich fast blind werden.
»Hör auf!«, schrie Nora.
»Halts Maul! Das gefällt mir gar nicht, was du da sagst, kleiner Wachmann. Du hast keine Ahnung.«
Ich wollte deeskalieren, obwohl ich auch sehr wütend war. Doch mit meinem angeschlagenen Magen hatte ich gegen diesen Wahnsinnigen keine Chance.

»Ja, ist ja gut.«
Doch Enrico ließ sich nicht mehr beruhigen.
»Gar nichts ist gut! Du weißt nicht, wovon du sprichst. Als würde ich jetzt die ganze Zeit auf Leute ballern. Am besten noch aus Spaß. Meine berufliche Passion. Stimmt aber, dass es ab und an schon vorkam. Aber das war nicht die Regel. Unser Job bestand hauptsächlich aus Warten. Ich war eigentlich auch so was wie ein Wachmann. Allerdings mit mehr klasse, einem viel höheren Maß an Stellenwert und einem höheren Ziel dienend. Nämlich um euch alle zu beschützen. Ihr miesen kleinen Fotzen!« Er schlug mir wieder ins Gesicht. Mein Kopf wurde nach hinten gerissen und ich schmeckte Blut auf meiner Zunge.
»Bitte, hör auf! Er hat es doch kapiert«, hörte ich Nora flehen.
»Enrico, bitte«, sagte auch Chantal.
Er äffte sie nach.
»Enrico, bitte! Was denn?! Ich will doch nur reden. Das ist gut für mich. Hat auch der Doc gesagt. Weißt du, Wachmann. Ich weiß, dass ich dich jetzt im hohen Maße überfordere. Du bekommst jetzt ganz schön viel Input von mir in deine kleine enge Wachmannmöse. Ich nehme dich mit in mein Universum und werde deine engen Grenzen dabei sprengen. Wie gesagt, ich habe auf Menschen geschossen, ja. Ich habe mit so was ja auch nicht gerechnet. Ich habe da wohl etwas verpasst. Ich habe das nicht gewusst«, erklärte er mir auf einmal ruhig. Doch ich konnte mal wieder nicht die Schnauze halten.
»Komm laber nicht. So blöd kann man doch nicht sein. Natürlich hast du das vorher gewusst. Das kannst du mir nicht erzählen. Damit hättest du rechnen müssen.«
Wieder traf mich sein Schädel. Meine Augenbraue platzte auf. Blut lief in mein Auge. Ich musste blinzeln. Selbst das viel mir schwer. Ich spürte mein Gesicht kaum noch.
»Wow! Das kleine Stück Scheiße weiß wohl alles besser!«, rief er und lachte irre. »Halt den Rand, Wachmann. Sonst stech ich dich ab.«

»Enrico! Lass dich nicht provozieren!«, schrie Chantal mit schriller Stimme.
Wieder äffte er sie nach.
»Enrico! Lass dich nicht provozieren! Aber ja, Wachmann, ich gebe ja zu: Natürlich muss man mit so was rechnen. Was soll ich da bloß schön reden. Trotzdem bin ich mit einem gewissen Idealismus an die Sache herangegangen und habe mir gesagt, das passt schon. Sie haben mir ja vorher auch gesagt, dass es hauptsächlich darum geht ein Gebiet zu sichern, zu bewachen, so wie du deinen kleinen Supermarkt. Ich habe eigentlich vorher von nichts gewusst. Zudem habe ich nicht viele umbringen müssen und ich hatte auch sehr schnell genug vom Töten.«
Nun mischte sich Chantal ein.
»Blödsinn! Du bist immer wieder in Einsätze gezogen. Du hast nicht genug bekommen! Und jetzt sie dich an, was mit dir passiert ist!«
»Halts Maul, Frau!«, schrie Enrico sie an. »Also, kleiner Wachmann, bevor sie mich unterbrochen hat, wollte ich sagen, dass ich mir manche Dinge nicht so vorgestellt habe, wie sie dann gelaufen sind. Dann habe ich ein paar abgerichtete Hunde von ihrem Elend erlöst, die geschickt wurden, um uns zu vernichten. Es kamen nicht nur Männer, sondern auch Frauen und Kinder. Aber es waren nicht sehr viele. Ich habe mir übrigens jedes Gesicht gemerkt, bevor der Schädel aufgeplatzt ist. Na, juckt es jetzt im Schritt? Richtet sich jetzt dein kleiner Piepmatz auf, wenn die großen Leute Krieg spielen? Oder hast du immer noch nicht genug?«, fragte er mich.
Ich hatte längst genug. Die Schmerzen. Das taube Gefühl in meinem Gesicht. Die Demütigungen. Meine Wut. Nur brachte mir Letzteres nicht viel. Denn ich konnte sie nicht entfalten. Mein Magen und mein verklebter Anus hinderten mich daran.
»Schon gut, ich hab es kapiert«, sagte ich resigniert.
Enrico konnte mit mir machen, was er wollte.
»Gar nichts hast du kapiert, Wachmann. Gar nichts! Unterbrich mich bloß nicht noch mal. Es ist keine

Routine geworden, sonst hätte ich mir ja wohl nicht jedes Gesicht merken können. Ich wusste gar nichts vorher. Gar nichts! War fast so naiv wie du. Ich wollte mein Land sichern und dabei auch ein bisschen Geld verdienen für mich und meine Kleine. Ich habe da einfach eine andere Einstellung als du.«
Seine Einstellung war mir scheißegal. Der Soldat ging mir nur noch auf die Nerven.
»Schon verstanden. Ist es mit dem Töten jetzt vorbei?«, fragte ich hoffnungsvoll. Ich sah mich schon als Nächster auf der Liste.
»Nichts ist vorbei! Es liegt uns doch allen im Blut! Sonst hätte das schon vor Tausenden von Jahren aufgehört! Du willst es einfach nur nicht wahrhaben. Ihr wollt es nicht wahrhaben! Da müsste man ja mal ehrlich zu sich selbst sein. Der Krieg ist längst unter uns. Jeder kann der Nächste sein. Du bist bestimmt einer der Nächsten, Wachmann!«
»Das glaube ich nicht«, entgegnete ich und versuchte, dabei selbstbewusst zu klingen. Es war hoffnungslos. Ich konnte ja nicht mehr richtig artikulieren. Enricos Schläge hatten ganze Arbeit geleistet.
»Ich schon. Es passieren immer wieder schlimme Dinge. Ich zum Beispiel. Oder ein Terrorist. Vielleicht bist du ja selbst einer?«
Er sah mich prüfend an.
»Ein Terrorist?«, fragte ich und war verwirrt. Ich suchte eigentlich nur meine Ex-Freundin und wurde von allen dabei dicht gelabert.
»Ganz genau. Ich hab bei dir ein komisches Gefühl. Deshalb werde ich dich jetzt foltern«, sagte er leichthin. »Bin gleich wieder da.«
Es dauerte nicht lange. Er holte einfach nur seinen Schnitzelteller samt Besteck vom Tisch.
»Igitt«, sagte ich.
»Wie ich sehe, gefällt dir mein Schweineschnitzel nicht. Du wirst es jetzt fressen. Dann weiß ich, dass du einer von uns bist und keiner von denen.«
»Nein«, sagte ich entschieden trotz Bauchschmerzen.

Enrico zog ein langes Jagdmesser und hielt es mir unter mein Gesicht.
»Ich schneide dir sonst die Nase ab. Dann bist du noch hässlicher.«
Dann ließ er sich auf meinen Schoss plumpsen. Mein wunder Hintern wurde dadurch in den Stuhl gedrückt. Er brannte höllisch.
Er schnitt ein Stück von dem Schnitzel ab. Es stank widerlich. Es roch, als wäre jemand gestorben.
»Warum lässt du dir das gefallen, Wachmann! Du bist doch viel größer als ich. Kannst du dich nicht wehren? Bist du zu dumm dafür? Bist du überhaupt ein Mann? Vielleicht gefällt es dir ja auch?«, rief Enrico und machte einen Kussmund.
Ich drehte mich angewidert weg. Er lachte. »Komm schon, Wachmann!
Er fing an, auf meinem Schoss herumzuhopsen. Die Schmerzen an meinem Anus ließen mich fast besinnungslos werden.
Die Gabel mit dem Schnitzel näherte sich bedrohlich meinem Gesicht.
»Schön aufmachen, Wachmann. Jetzt kommt ein Flugzeug. Und schön kauen.«
Er hielt mir das Stück Schnitzel unter die Nase. Sein Messer wäre mir lieber gewesen.
Das Stück Fleisch stank bestialisch.
Tränen stiegen mir bei dem beißenden Geruch in die Augen.
Enrico verstand das fälschlicherweise als Gefühlsausbruch.
»Nanu«, sagte er. »Was haben wir denn da? Ist das nicht süß, Mädels? Na guckt, er weint!«
Nun starrte mich Enrico angewidert an.
Nora sah betreten weg. Zu meinem Entsetzen konnte sich Chantal nur mühselig ein Schmunzeln verkneifen.
Ich versuchte, mein Gesicht von dem stinkenden Fleischstück wegzuhalten.

Enrico hielt mir das Messer ans Auge. »Ich werde es dir aus der Höhle pellen, wenn du die Scheiße nicht frisst!«, knurrte er.
Brav öffnete ich meinen Mund. Er schob ein großes Stück hinein.
»Jetzt kau, du Bastard!«
Ich befolgte seinen Befehl.
Er war zufrieden. Ich auch. Denn auch dieses Fleisch schmeckte anders, als es roch. Es war eine Delikatesse. Es begann auf meinem Gaumen zu segeln.
»Schön gemacht. Kleiner Wachmann. Brav«, lobte er mich, bevor er mir weiter auf den Sack ging. »Denk dran, auch schön den Saft herunterzuschlucken. Sicher kennst du das schon, du kleine Schwuchtel, du.«
»Das reicht jetzt! Lass ihn doch endlich in Ruhe!«, rief Nora.
Ich war verwundert, dass sie sich so für mich einsetzte.
»Ich weiß gar nicht, was ihr habt«, rief Enrico.
»Schweinefleisch ist wie ein Elixier. Das Schwein ist dem Menschen sehr ähnlich. Egal, um was es geht. Auch deswegen sind wir überlegen, stärker und weiter als die anderen und immer einen Schritt voraus.«
Ich konnte nicht glauben, dass dieses Fleisch von einem Schwein stammte. Mein Stiefvater hatte in der Metzgerei gearbeitet. Ähnlich wie Enrico musste er mir sämtliche Fleischsorten aufdrängen. Schweinefleisch war auch dabei gewesen. Es hatte mir nie geschmeckt. Ich hatte es gehasst.
»Aber jetzt reicht es auch. Ich will ja auch noch was abhaben. Kau auf und halt die Schnauze«, sagte Enrico drohend zu mir, bevor er sich das Schnitzel auf den Teller griff und es sich mit bloßen Händen in den Mund stopfte.
»Ist bestimmt kalt jetzt, aber dennoch ein Fest!«, rief er mampfend, bevor er entgeistert das Schnitzel zurück auf den Teller spuckte.
»Was ist denn das für eine Scheiße?! Nora, willst du mich verarschen?! Das ist ja widerlich! Per hatte recht. Ich habe seine Menschenkenntnis unterschätzt. Wie dilettantisch! Du bist wirklich eine verlogene Nutte, die

seines Gleichen sucht. Das Schnitzel ist ein Fertiggericht aus dem Kühlregal vom Supermarkt! Was musstest du tun? Es in die Mikrowelle legen? Billig! Verpackt gewesen in irgend so einer Plastikscheiße! Nichts frisch, alles tot! Billig, so wie du!«
Enrico sprang von meinem Schoss. Das war eine Erleichterung für meinen Po. Das Brennen ebbte ab.
Enrico raste auf Nora zu.
Meine Wut kehrte zurück.
»Das reicht jetzt!«, brüllte ich.
Doch Enrico ignorierte mich eiskalt.
»Tja ja, wahrscheinlich noch von dem Supermarkt, wo unser kleiner Wachmann arbeitet. Was läuft denn da für eine Nummer zwischen euch!? Was treibt ihr für Psychospielchen?! Macht euch das an, oder was? Ihr seid doch krank. Alle! Wollt ihr mich vergiften?! Das ist der Dank dafür, dass ich alles für dieses Land geopfert habe!«, schrie er die arme Nora an.
»Tut mir leid. Ehrlich. Ich kann einfach nicht kochen«, sagte sie mit kratziger Stimme.
»Du kannst gar nichts! Vollkommen wertlos! Du bist wie ein leiser Furz! Nur dicke Luft und die ganze Zeit am Stinken! Aber dafür wirst du jetzt bezahlen. Mach den Dreck sauber!«
Er drückte Noras Kopf auf den Teller. Sie schnappte nach Luft. Ich stürzte mich auf ihn. Er rammte mir den Ellbogen gegen die Nase. Es knackte.
Ich sackte zu Boden. Sofort musste ich seine Fußtritte abwehren.
»Von dir habe ich auch die Schnauze voll. Du bist ein Nichts. Du kleine Fotze! Ich werde auf deine Leiche pissen!«
Nora sprang ihn von hinten an und grub schreiend ihre Fingernägel in sein Gesicht. Er schlug sie brutal zu Boden.
Nun kam ich wieder auf die Füße.
Er drehte sich um. Ich zog mein Knie hoch und rammte es in seinen Magen.

Meine Kniescheibe schmerzte. Er blieb gerade stehen.
Sein Bauchtraining hatte er wohl nicht vernachlässigt.
Er packte mich am Hals und drückte zu. Mir blieb die Luft weg.
Ich sah schwarze Flecken auf mich zurasen. Ein schwarzer Raum tat sich vor meinem geistigen Auge auf.
Ich sah Gesichter darin. Sie riefen mir etwas zu. Schrien mich an.
Dann verließ mich diese merkwürdige Vision.
Stattdessen sah ich mich auf den Boden liegend vor.
Enrico stand über mir. Hob seinen Fuß, um mich zu zertreten.
Eine Rotweinflasche explodierte auf seinem Schädel.
Nun schwankte er. Das war das Werk von Nora.
Chantal stürzte sich schreiend auf sie.
Nora schickte sie mit einer Ohrfeige zu Boden.
Ich rappelte mich benommen auf.
Auch Enrico erholte sich wieder.
Wir standen uns gegenüber.
Er hielt wieder sein Jagdmesser in der Hand.
»Moment. Was ist hier los? Einen falschen Schritt und ich stech euch ab. Euch alle! Der Feind ist überall!«, rief er hysterisch und fuchtelte wild mit seinem Messer herum.
Chantal, Nora und ich rührten uns nicht.
»Habt ihr Waffen? Leert eure Taschen aus. Na los!«, befahl Enrico.
Auch wenn ich es vollkommen sinnlos fand, krempelte ich meine Hosentasche um. Meine kleine Geldbörse fiel zu Boden. Die beiden Frauen folgten meinem Beispiel. Eine kleine Nagelfeile fiel aus Noras umgekrempelter Tasche. Enrico stieß einen Pfiff aus. Zufrieden war er dennoch nicht.
»Ihr könnt auch woanders Waffen versteckt haben. Zieht euch aus.«
»Enrico bitte. Ich bin auf deiner Seite«, flehte Chantal.
»Halt die Schnauze und tu, was ich dir sage. Zieht euch aus! Na, los!«, brüllte Enrico.
»Nein!«, wimmerte Nora.

»Jetzt seit ihr fällig«, stieß Enrico zwischen seinen Zähnen hervor.
Ich hatte endgültig genug. Durch das Gewimmer der Frauen stiegen Bilder in mir herauf. Schreckliche Bilder aus der Vergangenheit, die ich nicht mehr sehen wollte. Mein Sichtfeld verengte sich. Mein berühmter Tunnelblick kam.
Ich griff die Gabel vom Teller.
Ich war zu allem bereit.
»Ich werde das nicht zu lassen«, sagte ich mit dumpfer Stimme.
»Ich glaube nicht, dass du eine Wahl hast, Wachmann«, sagte Enrico mit einem irren Grinsen auf dem jungen Gesicht.
»Ich habe eine Wahl«, entgegnete ich entschieden. »Hier wird sich keiner ausziehen.«
Enrico lachte wie ein Wahnsinniger. Zähnefletschend sah er mich an.
»Du hast hier nichts zu melden. Du bist schon längst abgeschrieben.«
»Enrico. Was ist bloß aus dir geworden?«, rief Chantal.
Enricos Stimme wurde schrill.
»Ich habe das Gefühl, das hier alle gegen mich sind. Ihr wollt mich vernichten. Der Feind ist überall! Wenn ihr mein Blut wollt, na bitte. Das könnt ihr haben.«
Blut tropfte in sein Auge. Die Wunde, die Nora ihm am Kopf zugefügt hatte, war tiefer als erwartet.
Er wischte sich über sein Gesicht. Betrachtete neugierig das Blut in seiner Hand.
Dann drehte er vollkommen durch.
Er zog sein Poloshirt hoch und präsentierte seine ausgeprägten Bauchmuskeln.
Er begann, sich das Messer über den Bauch zu ziehen. Statt Schmerzen sah ich nur Wahnsinn in seinem Gesicht. Plötzlich erstarrte er. Er betrachte seinen blutenden Bauch. Dann ließ er das Messer fallen.
»Was ist hier los? Schon wieder überall Blut. Das habe ich nicht gewollt. Nicht schon wieder. Ich will euch nicht

wehtun. Ich wollte nie jemandem wehtun!«, wimmerte er mit seiner hellen Stimme.
Ich fand diesen ruckartigen Bruch in seiner Stimmung eigenartig. Wie ein schlechter Film. Vollkommen sinnlos. Meine blutende Augenbraue hatte ihn noch nicht gestört.
Dann fiel er zu Boden, wie ein sterbender Schwan.
Er fing an zu wimmern und rollte sich zusammen.
Chantal eilte zu ihm, um ihn zu trösten.
»Alles wird gut, Baby.«
»Was habe ich bloß getan. Was stimmt nicht mit mir? Ich kann mir das nicht erklären. Ich wollte nie jemandem wehtun! Keiner sollte verletzt werden«, wimmerte Enrico.
Das fällt ihm ja früh ein, dachte ich.
Chantal kraulte seinen Kopf.
»Ist gut, mein Schatz. Ist gut.«
»Ich will endlich weg. Mach meinen Kopf auf. Hol mich aus der Hölle raus. Ich will nach Hause.«
Er kauerte auf dem Boden in Embryo Haltung und wippte hin und her zu einem unbestimmten Takt. Chantal streichelte ihn.
»Du bist zu Hause«, sagte sie.
»Ich habe nichts gewusst, aber alles getan. Immer. Ich will weg. Hol mich aus der Hölle raus. Lass mich nicht los. Halte mich.«
Für mich klang sein Gelaber wie Sülze.
Pseudodramatisch und aufgesagt. Mich beschlich das Gefühl, dass hier irgendetwas nicht stimmte.
»Ich lass dich nicht los, Baby«, hauchte Chantal.
»Ich liebe dich«, sagte Enrico schmalzig.
Ich musste mich schütteln. Ihre Liebesbekundungen waren noch schleimiger als das Fleisch in meinen Magen.
»Ich liebe dich auch, Baby. Komm, wir fahren jetzt zu Dr. Martens. Steh auf«, sagte Chantal und zog Enrico ächzend hoch.
»Auf zum Doc«, sagte Enrico auf einmal fröhlich.
Er trat auf mich zu. Musterte mich.
»Ich habe dir wehgetan. Alles Okay?«
»Schon gut«, sagte ich mit schmerzendem Kiefer.

Er starrte mich mit Augen an, die so groß wie Teller waren.

»Du bist so blutig. Siehst aus wie dieser eine Junge ...«

»Er ist älter als du, Schatz«, ging Chantal schnell dazwischen.

Nun fiel Enrico Nora in die Arme.

»Es tut mir leid. Ich wollte dir nicht wehtun. Was ich dir angetan habe ...«

Seine Hand glitt dabei langsam ihren Rücken hinunter.

»Alles Okay, Enrico«, sagte Nora und versuchte seine Hand von ihrem Po zu lösen.

»Sicher?«

»Du kannst mich wieder loslassen.«

Er ließ sie los und starrte an die Decke.

»Nichts für ungut, Nora«, sagte Chantal freundlich, aber ihre Augen blitzten. »Aber ich glaube, das Restaurant werde ich nicht noch mal betreten.«

»Das ist auch vollkommen in Ordnung«, erwiderte Nora ebenfalls freundlich.

»Vielleicht bis irgendwann, Per«, sagte Chantal zu mir, bevor sie sich abwandte.

»Was ist mit Per?«, frage Enrico wieder scharf. Seine Stimmung schien zu kippen.

Chantal zog ihn eilig mit sich.

»Komm, Schatz. Wir fahren jetzt ins Krankenhaus. Alles wird gut.«

Beide verschwanden durch die Tür.

Ich atmete auf.

»Ich dachte schon, die gehen nie«, stöhnte Nora.

»Ich sollte mir eine Waffe besorgen«, überlegte ich.

»Bloß nicht. Chantal wird das schon regeln.«

Ich fragte mich, wie Nora sich da so sicher sein konnte.

»Das will ich auch hoffen. Ich wäre fast erstickt. Ich werde den Geschmack von diesem ekelhaften Schnitzel nicht mehr los«, sagte ich, obwohl es mir ganz gut geschmeckt hatte.

»Na, das war es dann wohl mit dem Schnitzeltag. So ein durchgeknallter Psycho.«

Nora holte einen Besen aus der Küche und fing an, die Scherben aufzufegen.
»Was für ein Desaster. Das reinste Chaos.«
»Ein absoluter Scheißtag. Total krank.«
Die Suche nach Lene hatte mich keinen Schritt weiter gebracht. Ich war gefoltert und gedemütigt worden.
Mein Hintern brannte immer noch.
Das war die Zwischenbilanz.
»Es gab auch schöne Momente.«
Ich sah sie fragend an.
»Na ja. Der Salat war ganz okay.«
»Danke«, sagte sie. »Geht es dir gut?«
Mir tat alles weh.
»Ja, besser als ich wahrscheinlich aussehe. Mach dir keinen Kopf. Und dir?«
»Überraschend vital«, rief sie.
»So, so. Vital. Das wird wohl das Adrenalin sein.«
Nora lachte. Sie sah dabei umwerfend aus.
»Ja, da gab es ja genug von.«
Ich sah ihr blaues Auge und drängte wieder eine alte Erinnerung weg.
»Es tut mir leid«, sagte ich leise.
»Was?«
»Das alles hier. Ich hätte ihn nicht so provozieren dürfen. Er hätte dich fast umgebracht.«
»Ich habe euch alle die ganze Zeit provoziert«, erwiderte Nora etwas kleinlaut.
»Stimmt. Warum eigentlich?«, fragte ich.
Sie zuckte mit den Schultern.
»Na ja. Heute war irgendwie ein besonderer Anlass.«
»Was?«
»Ich habe viel gelogen.«
Ich war mir sicher, dass ich noch nicht mal einen kleinen Anteil der Wahrheit kannte.
»Welche Version ist denn jetzt richtig. Deine Erste oder die Zweite?«, fragte ich hoffnungsvoll.
»Komplett die Zweite. Ich bin tatsächlich Physiotherapeutin. Und ich schmeiße den Laden hier

alleine. Meine Eltern sind tot. Ich versuche nur, die guten Geister am Leben zu halten.«
»Das tut mir leid«, sagte ich.
»Muss es nicht«, sagte Nora wieder unbeschwert.
»Allerdings bin ich hier oft alleine. Eigentlich immer. Das Restaurant läuft gar nicht. Und dann saßt du plötzlich hier. Ich habe mich gefreut.«
Ich musste schmunzeln, auch wenn es wehtat.
»Du hast eine komische Art, deine Freude auszudrücken.«
Sie machte eine hilflose Geste.
»Ich bin halt asozial.«
»Macht nichts. Ich auch.«
Sie kam mir etwas näher.
»Ich dachte, du hast da immer was am Laufen mit deinen tickenden Zeitbomben.«
»Na ja, sind meistens Blindgänger oder recht schnell entschärft«, sagte ich.
Außer Lene.
»Bin ich auch ein Blindgänger?«, fragte sie und sah mich merkwürdig an.
»Nein, du bist meine erste tickende Zeitbombe, die sich nicht entschärfen lässt.«
Außer Lene.
»Und du meine. Wie du da vorhin mit der Gabel Enrico gegenüber standest. Das war irgendwie sexy.«
»Ich musste was tun.«
Wir standen direkt voreinander. Guckten uns tief in die Augen. Sie trat einen weiteren Schritt auf mich zu. Da platzte der Kellner in die Szene.
»Ich habe Schreie gehört. Alles Okay?«, fragte er außer Atem.
»Etwas spät, Georg, aber ja. Alles in Ordnung.«
Entsetzt zuckte der Kellner zusammen.
Auch in Noras Gesicht nahm ich ein verräterisches Zucken wahr.
»Sag nicht meinen Namen!«, zischte er ihr zu.
Doch ich hatte ihn schon gehört.

Nun fing der Kellner an, einen Monolog herunter zu rattern:
»Da war so ein junger Mann draußen auf der Straße. Hat geweint, als würde es kein Morgen mehr geben. Der hat überall geblutet. Ich habe ihn aus dem Fenster gesehen. Ich dachte schon, ich gehe raus und biete meine Hilfe an. Aber da war auch so eine Frau dabei, die hat sich wohl um ihn gekümmert. Also, es geht mich ja auch nichts an. Ich bin ja auch nicht die Mutter für alle Probleme und ich habe auch andere Sachen zu tun. Da muss ich mich nicht auch noch reinknien.«
»Ich weiß, Georg. Danke, dass du heute Morgen ausgeholfen hast«, sagte Nora zu ihm und klang dabei giftig.
»Halt die Schnauze«, flüsterte er ihr drohend zu.
»Aber gerne doch. Hat doch Spaß gemacht. Kam der Junge aus dem Restaurant?«, fragte er dann laut und deutlich, als hätte ich seine Drohung vorher nicht mitbekommen.
»Ja, er hat sich geschnitten, Georg«, sagte Nora und lächelte ihn an.
Georg lief knallrot an. Er erinnerte mich an eins dieser Würstchen aus dem Supermarkt.
Dennoch redete er tapfer weiter. Dabei sah er mir fest in die Augen.
»Aber ganz schön übel geschnitten. Merkwürdig. Jedenfalls hat er mich an einen bekannten jungen Fußballer erinnert. Leider komm ich nicht auf den Namen … Aber jedenfalls … ich … äh … ah! Scheiße! Fuck! Ich hab einen Hänger!«, schrie er plötzlich.
Dann funkelte er mich hasserfüllt an, bevor er hinausstürmte und die Tür hinter sich zuknallte.
»Das macht nichts, Georg«, rief Nora ihm mit süßlicher Stimme nach.
Ich war nun zutiefst verwirrt.
Nora trat wieder an mich heran.
»Wo waren wir?«
»Bei den … äh … Zeitbomben«, stammelte ich.

»Wir sollten zur Polizei«, sagte Nora dann zu meiner Überraschung.
Das war eigentlich keine schlechte Idee. Nur war ich über Leon auf das Restaurant aufmerksam geworden. Diesen hatte ich vorher mit meinem Schlagring vermöbelt, nachdem ich unbefugt in sein Haus eingedrungen war.
»Wozu denn? «, fragte ich also und zog eine Grimasse.
»Wegen Enrico. Er ist auch eine Zeitbombe. Das nächste Mal bringt er jemanden um.«
»Wenn es ein nächstes Mal gibt«, sagte ich unbeschwert.
»Die haben doch den Doc.«
Sie sah mich forschend an.
»Warum willst du nicht zur Polizei?«
Ich fragte mich, was das sollte. Sie hatte sicherlich mehr zu verbergen als ich.
»Mir reicht es, dass ich die Scheiße erlebt habe. Ich will nicht auch noch darüber reden müssen«, sagte ich dann brüsk.
Doch Nora gab sich komischerweise immer noch nicht zufrieden.
»Die wären im Knast gut aufgehoben. Enrico und seine durchgeknallte Leihmutti.«
»Ist mir doch egal, was er mit seiner Milf macht«, sagte ich abfällig. »Ich habe keine Lust darauf. Die Bullen werden mit uns jeden Bissen noch mal durchkauen. Wieder und wieder.«
Nach meinen letzten Worten bekam ich wieder Hunger.
»Es könnte Tote geben.«
Das war möglich, aber nicht mein Problem. Die Polizei könnte mich bei meiner Suche nach Lene behindern.
»Mir doch egal. Ist nicht mein Krieg.«
»Du bist ignorant«, sagte sie und sah erleichtert aus.
»Und du bist immer am Meckern«, stellte ich fest.
Sie strich über meinen Arm. Es fühlte sich gut an. Endlich mal wieder eine zärtliche Berührung. Ich war wie ein Suchender in der Wüste, der endlich Wasser gefunden hatte.
»Wollen wir aufräumen?«, frage sie mich.
»Gerne.«

Ich half ihr, die Scherben zu entsorgen, und machte den Abwasch. Dann wischten wir noch das Blut weg.
Nora klopfte mir auf die Schulter.
»Der Salat geht aufs Haus.«
»Danke«, sagte ich.
»Was ist denn jetzt mit der Massage. Willst du eine oder nicht?«
Sie trat so dicht heran, dass ich ihren Körper an mir spürte.
»Steht das Angebot denn noch?«
»500 Euro«, sagte sie und lachte.
»Mit Happy End?«, fragte ich und lachte auch.
»Leck mich.«
Ich drängte Lene wieder in mein Unterbewusstsein.
»Gute Idee.«
Auch Nora schien es für eine gute Idee zu halten.
»Aber ich würde dir preislich entgegenkommen. Wenn du mich darum bittest.«
»Hast du denn überhaupt Kunden?«, fragte ich etwas besorgt.
»Sehr viele«, hauchte Nora.
Ich versuchte einen Scherz, sonst würde ich gleich wegschmelzen.
»Glaub ich nicht.«
»Ich mag dich nicht«, sagte sie wieder.
»Das hatten wir doch schon, ne?«
»Du sprichst sehr süß. Wo kommst du eigentlich her?«
»Aus dem hohen Norden«, sagte ich.
»Mag ich nicht.«
»Dann geh doch weg.«
Sie nahm meine Hand. »Ich muss in dieselbe Richtung.«
»Dann geh ich halt weg.«
Sie fing an, meine Hand zu drücken.
»Nein. Da müssen wir jetzt durch. Gemeinsam.«
»Gemeinsam«, wiederholte ich.
Dann küssten wir uns.
Ihre Lippen schmeckten mir.

21

Sie zog mich in ihre Wohnung. Wir mussten zuerst durch die Küche.
Sie war äußerst aufgeräumt, steril und roch ebenfalls nach Desinfektionsmittel.
Dann gingen wir durch einen langen, dunklen Flur. Am Ende des Flurs lag ihre Wohnung. Sie bat mich hinein. Es herrschte liebevolles Chaos.
Wir küssten uns wieder. Plötzlich stieß sie mich weg.
»Geh mal duschen, Alter! Das Bad ist links.«
Ich befolgte ihren Befehl.
Das Badezimmer war sehr dunkel und niedrig. Ich musste meinen Kopf einziehen.
Ich zog mich aus und sah viele blaue Flecken. Enrico hatte mir den Arsch aufgerissen.
Ich stieg unter die Dusche und fing an, meinen Anus zu waschen. Danach folgte das getrocknete Blut.
Als ich wieder heraus trat, stand Nora nackt vor mir.
Ich betrachtete ihre schmale Taille.
Die wohlgeformten Brüste, die nicht besonders groß waren, aber der Schwerkraft durchaus trotzen konnten.
Sie half mir beim Abtrocknen, während wir uns küssten.
Dann zog sie mich ins Schlafzimmer, dass gegenüber lag.
Auch da herrschte keine Ordnung.
Wir küssten uns wieder. Ich ließ mich fallen. Wir sanken aufs Bett.
Sie biss zärtlich in mein Ohr, als sie auf mir lag. Ich war mir nicht sicher, aber knurrte sie?
Ich fand das Ganze etwas merkwürdig, aber egal.
Sie war schön.
Ich mochte sie.
Sie tat mir gut.
Gab mir Kraft und Ruhe.
Der Sex war wunderbar.
Dennoch sah ich nicht sie.
Ich sah nicht ihr hübsches Gesicht.
Ich sah nicht ihr warmes Lächeln.
Ich sah Lene vor mir.

Die ganze Zeit.
Es hatte sich nichts geändert.
Ich sah nur Lene.
Lene.
Lene.

22

»Nimm deine Schultern nicht so hoch«, sagte Maik.
»Was?«
Er drückte sie sanft in das Gerät zurück. Corinna machte gerade die Brustpresse.
Zu ihrer Überraschung war ihr seine Berührung nicht unangenehm.
»Du machst außerdem ein Hohlkreuz. Versuch, gerade zu bleiben. Die Schultern zurück.«
»Besser?«
Maik nickte zufrieden. »Viel besser.«
Sie war noch einmal ins Studio gegangen. Das Sportzeug hatte sie schon zu Hause angezogen. Schnell wollte sie Dampf ablassen. Sie war gereizt und hatte gehofft, dass sie noch einmal Lisa hier vorfinden könnte.
In der Hoffnung, dass diese ihr eine zweite Runde schenken würde.
Stattdessen war sie auf Maik gestoßen.
Sie hatten sich lange unterhalten. Sehr lange. Brav beantwortete er jede ihrer Fragen.
Es war so, als hätte er nur darauf gewartet, sich alles von der Seele zureden.
Er erzählte ihr von seiner Vergangenheit in Korbens Gemeinde und von seiner Karriere als Mitläufer in einer Kameradschaft.
Er war dort einer der schlimmsten Neonazis gewesen, gestand er ihr und schaute sie mit traurigen Augen an.
Die Zeit bei Korben brachte ihn so durcheinander, dass er verzweifelt versucht hatte, irgendwo Anschluss zu finden.
Er sagte ihr, dass es ihm immer noch sehr schwerfiel, dem Einfluss des Predigers zu widerstehen.
Corinna zollte ihm höchsten Respekt, für den Mut sich so vor ihr zu reflektieren.
Dennoch musste sie Dampf ablassen. Maik half ihr dabei.
Das Studio sollte schon seit einer halben Stunde zu sein, doch Maik schien bereitwillig Überstunden für sie zu machen.

Er gab ihr ein Einführungstraining. Nun waren sie bei der letzten Übung.
Corinna beendete ihren letzten Satz und Maik lobte sie noch einmal.
»Kannst hier auch anfangen.«
»Keine schlechte Idee. Bevor ich als Polizistin noch einen Burnout kriege«, sagte sie und lachte.
Sie nahm ihr Handtuch. »Danke, Maik. Wo war noch mal die Umkleide? Ich brauche dringend eine Dusche.«
Maik lachte. »Ja, ich weiß. Schwer zu finden. Die Bauarbeiter haben die Schilder abgenommen. Zweimal rechts und dann links.«

Das warme Wasser prasselte auf Corinnas Rücken. Alle Verspannungen lösten sich von ihr. Sie fing an, sich einzuseifen. Sie dachte an Maik, während sie sich ausgiebig wusch.
Sie mochte ihn.
Seine jugendliche Ausstrahlung.
Die Grübchen, wenn er lachte.
Er war wohl ein paar Jahre jünger als sie, doch eben war er ihr so reif vorgekommen, als er sich vor ihr reflektierte.
Sie fragte sich, warum er bei Korben gelandet war. War er homosexuell? Sie war sich nicht so sicher. Die Blicke, die er ihr manchmal verstohlen zuwarf, sagten etwas anderes.
Sie schätzte wohl eher, dass er bi war.
Aber sie wollte noch etwas abwarten, bevor sie ihn fragen würde.
Sie vermisste ihren Mann Martin immer noch, aber sie brauchte auch mal wieder Nähe.
Auf jeden Fall wollte sie hier öfter trainieren.
Das nahm sich Corinna vor.
Sie trocknete sich ab und trat an ihren Spind.
Die Schränke versperrten ihr die Sicht zum Spiegel, so ahnte sie nicht, dass noch jemand in der Umkleidekabine stand und auf sie wartete.

Sie schlüpfte in BH und Jogginghose und trat vor den Spiegel, um ihre nicht vorhandenen Problemzonen zu begutachten.
Doch wieder wurde ihr die Sicht versperrt.
Dieses Mal von einem muskulösen Rücken, auf dem ein riesiges Hakenkreuz gestochen war.
Nicht gerade dezent, dachte Corinna, während sie die Luft anhielt.
»Na du«, sagte er mit fröhlicher Stimme.
»Ich dachte, du bist ausgestiegen.«
Maik drehte sich grinsend zu ihr um. Nur ein Handtuch war um seine schmale Taille gebunden.
»Da hab ich wohl gelogen.«
»Wohl in allem«, sagte Corinna resigniert. Wieder hatte Maik ihren Eindruck von ihm erfolgreich zerstört. »Was machst du hier?«
»Was machst du hier?«
»Maik. Verschwinde sofort. Das ist die Damenumkleide.«
Maik lachte wie ein aufgedrehter Teenager.
»Nein. Du bist falsch. Das ist die Herrenumkleide«, sagte Maik feixend und um einen souveränen Ton bemüht. Doch Corinna sah, dass jeder Muskel bei ihm angespannt war.
»Du hast gesagt, zweimal rechts und dann links.«
»Nein, habe ich nicht«, lachte Maik. »Ich meinte zweimal links und dann rechts.
Corinna seufzte. »Ich hab dich ganz klar verstanden.«
»Ne. Du hast nicht richtig zugehört, weil du scharf auf mich bist. Machst mich ja schon die ganze Zeit an«, sagte Maik und lächelte sie böse an. »Du willst mich. Hier bin ich.«
Maiks muskulöser Körper machte ein eindrucksvolles Tänzchen, dann nahm er das Handtuch von seinem Unterleib und warf es schwungvoll auf den Boden.
Automatisch blickte Corinna in seine Intimzone.
Auch hier enttäuschte Maik ihre Erwartungen.
»Jetzt siehst du einen richtigen Mann.«

Corinna musste über seine Zaubershow lachen. Sie verstand selbst nicht warum, aber die Situation war nicht nur verstörend. Sie war schlichtweg absurd.
Nach diesem Übergriff war sie nicht mehr bereit, die Situation diplomatisch zu beenden.
»Oh, wie süß!«, rief sie lachend und brachte somit den Neonazi endgültig auf die Palme.
»Lachst du etwa?«, fragte er mit bebender Stimme.
»Ja. Und ich lache nicht mit dir.«
»Dafür fick ich dich.«
»Wie soll das denn gehen? Mit deinem Ringelschwänzchen«, rief Corinna und brach erneut in schrilles Gelächter aus. »Außerdem stehe ich nicht auf Schweine.«
»Du linksversiffte Schlampe. Ich mach dich platt«, knurrte er.
Dann stürzte er sich auf sie.
Corinna sah ihn auf sich zurasen und spannte ihre Muskeln an.
Nun würde sie ihre zweite Runde bekommen.

23

Wir lagen im Halbdunkeln. Die Nachttischlampe brannte. Nachdem wir äußerst bissigen Sex gehabt hatten, lag ihr warmer Körper an meiner Seite. Ihr zartes Gesicht schmiegte sie an meine Brust. Ich spürte ihren regelmäßigen Atem an meiner Seite. Es beruhigte mich. Normalerweise nahm ich sofort Reißaus, wenn eine Frau bissig wurde. Aber dieses Mal machte ich eine Ausnahme. Ich biss zurück. Ihr schien das gefallen zu haben.
Nun kraulte sie über meine Brusthaare.
Dabei sah sie mich an. Lange und intensiv.
»Ich muss dir was sagen.«
»Was denn?«, fragte ich und genoss immer noch die innere Ruhe in mir.
Doch sie bekam sofort Risse.
»Ich heiße nicht Nora.«
»Was?«
»Ich heiße Roswitha. Ich bin Schauspielerin.«
Ich musste das erst einmal verdauen. Nach dem Fleisch war das ein ganz schöner Brocken.
»Wieso belügst du mich?«, fragte ich mit erstaunlicher Ruhe.
Bei Lene wäre ich schon längst ausgerastet.
Mann, die Frau tat mir wirklich gut.
Roswitha fing an zu weinen. Ihr ganzer Körper bebte. »Es tut mir so leid.«
Mir tat es auch leid. Mir tat es im Herzen weh, dass sie so traurig war, obwohl ich sie kaum kannte.
»Ich ... ich habe schreckliche Dinge getan.«
»Was denn für Dinge?«
»Ich ... ich kann es gar nicht sagen. Aber ich will da raus. Ich weiß auch nicht. Ich war da voll drin, aber ... als ... als ich dich sah ... deine traurigen Augen ...«
Sie schluchzte auf. Ich streichelte ihr durchs Haar.
Sie redete unbeirrt weiter.
»Ich ... also ... ich weiß auch, dass du schreckliche Dinge getan hast. Aber ich sehe in dir was Gutes. Die anderen

nicht ... aber ... aber ich schon. Warum auch immer. Ich mag dich sehr, Per.«
Ich musste schlucken. Das war auch wieder ein Brocken.
»Wer sind die anderen?«
Ich dachte an Lene. Wo sie war. Ob sie in Gefahr schwebte.
Roswitha schwieg und schluchzte weiter.
»Was ist mit Enrico?«
»Das war nicht Enrico.«
Mir lief ein Schauer über den Rücken.
Justin.
Aber überrascht war ich nicht. Den Soldaten hatte ich ihm nie abgenommen, auch wenn er ein gewalttätiges Arschloch war.
Ich fragte mich dennoch, was das alles sollte.
»Was wird hier gespielt, Nora ... ah ... äh ... Roswitha?«
Sie heulte auf. »Du bist gerade Zeuge einer ziemlich abgefuckten Schauspielmethode geworden. Justin wendet sie an. Er will auch dich einweihen.«
Ich seufzte auf. Das war wirklich eine ziemlich geschmacklose Form von Schauspielkunst, die er mir da geboten hatte. Bis auf das Fleisch vielleicht.
»Ich will doch kein Schauspieler werden. Ich will wissen, wie es Lene geht.«
»Ist egal. Such nicht mehr nach ihr. Bitte. Wenn du sie findest, bist du verloren«, flehte Roswitha mich an.
Irgendetwas sagte in mir, dass sie recht hatte. Aber ich wollte es nicht wahrhaben.
»Ich kann nicht anders. Ich muss sie finden«, sagte ich leise.
»Dann wirst du in die Hölle hinabsteigen müssen.«
»Dann ist das eben so!«, rief ich bestimmt.
»Überlege es dir, Per. Du kannst neu anfangen. Alles hinter dir lassen. Wir können das zusammen tun. Ich glaube, wir würden uns gegenseitig guttun. Du musst von deinen Dämonen loskommen. Ich kann dir dabei helfen. Wir können uns gegenseitig helfen«, sagte sie etwas ruhiger und sah mich eindringlich dabei an.
Ich glaubte ihr jedes Wort.

Die Frau würde mir guttun.
Sie würde einen besseren Menschen aus mir machen, auch wenn sie selber wohl nicht unschuldig war. Bei Weitem nicht.
Dennoch würde sie mir guttun. Sie meinte es ernst mit mir. Das spürte ich mit jeder Faser meines Körpers.
Aber ich wollte das haben, was ich nie haben konnte. Das war schon immer so gewesen. Es würde sich nie ändern.
Also schüttelte ich den Kopf. »Ich habe eine Mission. Die heißt Lene.«
»Bist du sicher?«, fragte sie tonlos.
»Todsicher«, sagte ich und entschied mich dafür, in die Hölle hinabzusteigen.
Sie drehte sich von mir weg.
»Ich werde es den anderen sagen. Morgen früh wird ein Wagen dich abholen«, sagte sie, ohne mich dabei anzusehen.

24

Corinna konnte sich gerade noch mit einer Rolle zur Seite retten. Maik, der mit dem Kopf voran auf sie zusprang, knallte gegen die Schränke.
Stöhnend sackte er zu Boden.
Die Polizistin nutzte die Gelegenheit und packte ihn an seiner Mähne. Dann rammte sie seinen Kopf noch einmal gegen den Schrank.
Sie versuchte, ihm den Arm auf den Rücken zu drehen.
»Das einzig große an dir ist dein hässliches Tattoo, du dummes Nazischwein«, zischte sie ihm ins Ohr.
Maik wurde so wütend, dass er sich aus ihrem Griff befreien konnte. Er schlug nach ihr. Doch sie blockte ab und verpasste ihm einen schwungvollen Haken. Wieder sackte Maik seufzend zu Boden.
Corinna wollte aus der Kabine raus, aber der Neonazi packte sie am Fuß.
Ihr anderer Fuß krachte in sein Gesicht, bevor sie sich überschlug und auf dem Boden landete.
Maik flog nach hinten und Corinna rappelte sich auf. Doch er kam auch schnell auf die Füße und warf sich auf sie.
Dieses Mal konnte Corinna nicht ausweichen.
Sie knallte hart mit dem Rücken auf den Boden und Maik krabbelte auf sie.
Er packte ihre Unterarme und drückte sie nach unten.
Maiks Gesicht kam ganz nah an Corinnas.
Triumphierend grinste er sie an.
»Jetzt bist du fällig.«
»Maik, hör bitte auf. Das bist nicht du. In dir steckt viel mehr. Ich glaube nicht, dass du vorhin nur gelogen hast.«
Einen kurzen Moment lang verschwand das Grinsen aus Maiks Gesicht und ein anderer verletzlicher Ausdruck blitzte in seinen Augen auf.
Sein Griff auf ihren Armen lockerte sich.
Doch dann lächelte er wieder böse.

Dennoch reichte der Moment aus. Corinna konnte ihre rechte Hand befreien.
Sie bohrte ihm ihren Daumen ins Auge.
Maik brüllte auf und verpasse ihr eine Ohrfeige.
Corinnas Kopf krachte auf den Boden. Maik drückte ihren Arm wieder nach unten und verlagerte sein ganzes Gesicht auf ihr.
Dann legte er seine Hände um ihren Hals und fing an, sie zu würgen.
Corinna zerkratzte panisch sein Gesicht.
Ihm schien es nichts auszumachen.
Corinna sah den blanken Wahnsinn in seinen Augen.
»Du wirst brennen!«, brüllte er sabbernd.
Corinna sah dunkle Flecken vor ihren Augen, die größer wurden.
»Was ist hier los!«, schrie eine andere männliche Stimme von draußen.
Maik ließ wieder etwas locker.
Corinna rammte ihm ihr Knie in die Weichteile.
Maik riss schmerzverzerrt die Augen auf.
Sie holte aus und schlug ihren Handballen gegen seinen Kehlkopf.
Maik japste nach Luft und krabbelte von ihr herunter.
Corinna sprang auf und trat ihm schreiend ein paar Mal in die Nieren, bevor Andy sie von hinten packte.
»Hören Sie auf! Was machen Sie da?«
»Diese Psychopathin ist einfach hier reinkommen. Ich habe ihr mehrmals gesagt, dass hier die Herrenkabine ist. Die irre Nutte ist voll ausgerastet und hat mich angegriffen!«, schrie Maik und gab theatralisch schmerzende Laute von sich.
»Sei still!«, fuhr der alte Trainer Maik an. »Sei froh, dass ich mein Handy hier vergessen habe. Was machst du denn noch hier?«
»Ich wollte Feierabend machen und sie befragt mich«, presste Maik mit leidender Stimme hervor. »Und kaum zieh ich mich hier um, greift die Bullentante mich an.«
Andy drückte Corinna auf die Bank.

»Was haben Sie dazu zu sagen?«, frage er die Polizistin anklagend.
»Das stimmt nicht. Er hat mich angegriffen!«
»Ach ja? Sie haben doch schon eine Kundin verprügelt, nicht wahr?«
»Sie hat mich …«, wollte Corinna protestieren.
»Ja, ja. Natürlich«, schnitt Andy ihr das Wort ab. »Immer sind es die anderen. Ich werde Beschwerde bei Ihrer Dienststelle einreichen.«
Maik lächelte wieder.
Doch Corinna nahm ihm schnell den Triumph.
»Dann können sie denen ja gleich von dem Symbol auf seinem Rücken erzählen.«
Maik erstarrte.
»Verschwinden Sie«, knurrte Andy.
Corinna ließ sich das nicht zweimal sagen. Sie brauchte frische Luft.
»Wir sehen uns noch«, rief Maik ihr nach.
»Ja, spätestens in der Hölle«, sagte Corinna, bevor sie die Umkleidekabine verließ.

25

Mir wurden am nächsten Morgen in Roswithas Wohnung die Augen verbunden. Dann hörte ich, wie sich die Wohnungstür öffnete.
Stimmen.
»Er ist im Wohnzimmer«, sagte Roswitha.
Ein Grunzen als Antwort.
Sanft wurde meine Hand genommen und ich wurde ins Treppenhaus geführt.
»Vorsicht mit den Stufen«, sagte eine andere Frauenstimme, die mir bekannt vorkam.
»Chantal?«
»Nein. So heiße ich nicht mehr.«
»Wie heißt du?«
»Stell nicht so viele Fragen«, knurrte eine männliche Stimme hinter mir.
Es klang nach dem Kellner. Nach Georg.
Dann hörte ich, wie die Haustür aufging.
»Beeil dich. Na los«, knurrte Georg hinter mir.
Das war nicht so einfach. Ich passierte immer noch die Treppenstufen und konnte nichts sehen.
Einer von beiden ging vor.
Die Haustür ging auf.
Endlich war ich draußen.
Ich hörte die Schiebetür eines Vans.
»Was macht ihr da?«, fragte die Stimme eines Kindes. Ich schätzte, es war ein Mädchen.
»Wir spielen blinde Kuh. Willst du mitspielen?«, fragte Chantal.
»Nö!«
Dann hörte ich schnelle Trippelschritte.
»Steig ein. Wir fallen zu sehr auf.«
Ich stieß mir den Kopf. Mit verbundenen Augen war das keine große Kunst. Das passierte mir grundsätzlich bei meiner Größe.
»Vorsichtig«, sagte Chantal sanft und schob mich anschließend unbeschadet ins Auto.

»Rück auf!«, sagte die Stimme des Kellners und stieß mich grob auf die andere Seite der Rückbank.
Die Tür des Vans knallte zu.
Fragen brannten mir auf der Zunge. Zuerst die wichtigste.
»Wo ist Lene?«
Der Schlag kam unerwartet und riss mir fast den Kopf ab.
»Halt die Fresse!«, schrie mir Georg ins Ohr.
»Georg!«, schimpfte Chantal von vorne.
Der Kellner grunzte etwas, während mein Kiefer pochte.
Trotzdem konnte ich nicht widerstehen.
»Geht es ihr gut?«
Eine Faust rammte meine Rippen. Ich knickte zur Seite ein und schnappte nach Luft.
»Maul halten, hab ich gesagt!«
»Ach, Georg! Komm runter«, rief Chantal und klang dabei auch sehr entspannt. »Keine Sorge, Per. Du wirst sie gleich wiedersehen.«
Dann wurde das Radio angedreht.
Es lief ein Song, der auch öfter in Musicals eingebracht wurde.
Chantal sang leise mit. Sie hatte eine schöne Stimme und ein gutes Gefühl für die Tonleiter.
Was ich von dem Kellner nicht gerade behaupten konnte. Schrill und laut stieg er mit ein und zerfetzte das Lied gnadenlos mit seiner schiefen Gesangseinlage.
»Kannst du mich nicht lieber noch mal schlagen?«, fragte ich spitz und spürte schon, wie sich die Luft neben mir zerteilte.
»Georg. Nicht!«, rief Chantal und der Mann schien innezuhalten.
Der Sender wurde gewechselt.
Ich hörte die Nachrichten.
Es ging unter anderem um einen Schriftsteller, der unter mysteriösen Umständen verschwunden war. Auch eine Großfamilie aus Niedersachsen wurde vermisst.
Der Sender wurde erneut gewechselt.
Ich driftete in meine Gedanken ab.
Wieder öffnete sich ein schwarzer Raum.

Zunächst blieb er leer und ich kam mir verloren vor.
Dann schossen Gesichter auf mich zu.
Ich sah Enrico vor mir. Den Wahnsinn in seinen Augen.
Die Verzweiflung. Er hämmerte sich gegen den Kopf.
Jedoch sah der Enrico in meinem Kopf ganz anders aus,
als der, dem ich im Restaurant begegnet war.

26

Ich atmete frische Landluft ein, bevor mir die Binde abgenommen wurde. Chantal und Georg waren verschwunden. Neben mir stand Roswitha und sah mich aufmerksam an.
»Wir sind da. Herzlich willkommen.«
Vor mir war eine herrliche Aussicht. Weite Felder und eine große, umzäunte Weide, auf der ein paar Pferde grasten. Dahinter ein großer Wald.
Ich drehte mich um. Hinter mir lag ein kleiner Gutshof. Neben mir ein Landhaus und eine Scheune.
Das interessierte mich jedoch alles nicht.
»Wo ist Lene?«
»Sie ist ausgeritten.«
Ich nahm einen tiefen Zug von der Landluft. Jedoch konnte ich meine Wut nur mühsam zurückhalten.
»Ich habe es langsam satt, dass ihr mich vertröstet. Ich will endlich Lene sehen!«
Roswitha schien von meinem kleinen Ausbruch nicht sonderlich beeindruckt zu sein.
Sie pflückte etwas Gras und begann die Pferde zu füttern.
»Sieh dir diese wunderbaren Pferde an. Stell dir vor, es gibt Menschen, die diese armen Tiere essen.«
»Ihr esst doch auch Fleisch.«
»Ja, aber keine Pferde. Außerdem jagen wir unser Essen selbst. Keine Massenindustrie.«
Ich seufzte. Das war ja alles sehr nett, aber deswegen war ich nicht hier.
Roswitha drehte sich zu mir um.
»Denk dran, was ich dir gesagt habe. Bei mir hast du einen Platz gefunden.«
»Du willst sie unbedingt ersetzen? Du kennst mich doch gar nicht.«
»Ich kenne dich besser, als du denkst. Ich sehe etwas in dir, was die anderen nicht sehen. Ich weiß, dass du gute Seiten hast.«

»Woher willst du das wissen? Lene weiß das wohl auch nicht. Sonst wäre sie jetzt hier.«
Sie trat an mich heran und nahm meine Hände.
»Wut kann nützliche Energie sein. Aber du wirst damit nicht weiterkommen. Hier erst recht nicht. Du musst endlich begreifen, was gut für dich ist. Dann wird es auch Lene gut gehen.«
Ich lachte bitter. »Du willst sie mir unbedingt ausreden. Hast du sie zum Reiten rausgeschickt?«
»Lene weiß selbst ganz genau, was sie will und was nicht.«
»Und mich will sie nicht? Was wird hier gespielt, Roswitha?«
Sie ging zum Van. »Das wirst du schon herausfinden. Ich habe dich gewarnt. Mehr kann ich nicht für dich tun.«
Ich deutete mit dem Kopf zum Haus. »Ist Justin da?«
Sie nickte. »Ja, er ist im Haus. Er macht Yoga. Ich glaube, du findest den Weg alleine.«
Dann stieg sie in den Van. Sie fuhr weg, ohne sich von mir zu verabschieden.
Ich konnte es kaum erwarten, Justin zu treffen und ihm seinen Schädel einzutreten.
Ich sah vor mir, wie dieser Schmarotzer meine Lene mit seinen dreckigen Flossen betatschte.
Sie umgarnte.
Eine schleimige Spur um sie legte.
Sie bespielte, wie ein Instrument.
Die Eifersucht stieg wie Säure in mein Herz und ließ alles Dunkel werden.
Meine Zähne begannen zu knirschen.
Blut schoss in meinen Kopf.
Meine Hände ballten sich zu Fäusten.
Ich lief auf das Haus zu und dachte, ich würde Lene retten und mit ihr in den Sonnenuntergang reiten.
Dabei lief ich nur in mein eigenes Verderben.

27

Das Haus war spartanisch. Es sah sehr gemütlich aus mit seinen antiken Möbeln. Als würde dieser Ort aus einer anderen Zeit stammen.
Doch das war mir egal. Ich war wütend auf den Architekten von diesem winzigen Haus. Ich hatte mir erneut den Kopf gestoßen. Auch noch an derselben Stelle. Ich war wütend auf Justin, obwohl ich ihn nicht mal kannte. Ich war wütend auf Roswitha, obwohl sie es wohl gut mit mir meinte. Und ich war wütend auf Lene, obwohl sie hier ganz sicher nur ein Opfer war.
Doch in letzter Zeit wurde mir oft der Wind aus den Segeln genommen. Dauernd schlitterte ich in absurde Situationen.
Auch diese Situation kam mir recht speziell vor, als ich die Gruppe im Wohnzimmer entdeckte. Ich sah eine mürrische, junge Frau an einem großen Holztisch sitzen. Sie war sehr hübsch und voluminös. Ihr standen ein paar Kilo mehr ganz gut. Dennoch betrachtete sie neidisch das halb bekleidete, junge Pärchen vor sich. Der junge Mann und die Frau standen auf ihren Händen. Seit fünf Minuten sah ich ihre umgedrehten, muskulösen Rücken. Die meisten sportlichen Menschen, die ich kannte, hielten das höchstens eine halbe Minute aus.
Für die beiden war es wie Spazierengehen.
»Hallo?«
Immer wieder hatte ich schon auf mich aufmerksam gemacht. Es wurde immer mit tiefen Atemzügen geantwortet.
Nun drehte sich der Mann um. Auf seinen Händen. Er lächelte mich an.
»Hi!«
»Äh … Hi«, sagte ich.
»Willst du auch deine Mitte trainieren?«
»Nein, danke. Ich bin nicht so sportlich.«
»Wie kommt das?«
Ich beschloss, die Samthandschuhe abzustreifen.

»Wäre ich so kleinwüchsig wie du, würde ich das auch hinkriegen, Enrico.«
Enrico lachte laut auf. Dann sprang er mit einem Salto auf seine Füße.
»Das kriegste auch noch hin.«
Er trat auf mich zu und reichte mir die Hand.
»Hallo. Freut mich. Ich bin Justin.«
Ich nahm verlegen seine verschwitzte Hand, obwohl mir das schon längst klar war.
»Hä? Im Restaurant …«, sagte ich mit gespielter Verblüffung.
Justin lachte wissend auf und wedelte mit dem Finger. Dann schnippte er.
»Magic!«
»Enrico?«
»Enrico ist abgespielt. Unsere gemeinsame Reise ist zu Ende. Na, ja. Nicht ganz. Er wird auch in Zukunft mein treuer Begleiter sein. Ich habe ihn gut verinnerlicht.«
Dann packte er die Frau und stellte sie auf ihre Füße. Sie drehte sich zu mir um.
»Hi, ich bin Lisa«, sagte die Frau, die ich vorher als Chantal kannte. Dann deutete sie auf die Frau am Tisch.
»Das ist Sabrina.«
»Hi«, sagte ich. Sie antwortete mir nicht, sondern starrte mich nur feindselig an.
Justin drehte sich zu einer Tür, die ich noch nicht durchquert hatte.
»Georg, komm her!«
Der Kellner trottete ohne seinen Oberlippenbart ins Wohnzimmer. Dafür hielt er eine Kippe in der Hand.
Ich hustete demonstrativ.
Lisa fiel das sofort auf.
»Georg! Du sollst hier doch nicht rauchen. Du schadest dir und deiner Umwelt!«
»Ist mir egal«, knurrte er leise.
Justin winkte ihn heran. »Scheiß drauf. Komm jetzt her.«
Sie stellten sich in eine Reihe.
Sabrina blieb sitzen und seufzte gelangweilt.

»Du brauchst da nicht so beleidigt zu stöhnen. Du wolltest ja nicht mitspielen«, tadelte Lisa sie.
Justin zwinkerte mir zu. »Setz dich«, sagte er feierlich. Die drei fassten sich an die Hände. Dann lächelten sie, traten einen Schritt vor und verbeugten sich vor mir. Ich saß verwirrt da. Sie verbeugten sich wieder und wieder. Ihr Lächeln fror ein.
Georg hatte immer noch seinen Smoking an. Er war noch kleiner als Justin und halb so breit wie sein muskulöser Kollege. Er sah ohne seinen Oberlippenbart fast zehn Jahre älter aus. Ich schätzte ihn auf Mitte vierzig.
Justin stand oberkörperfrei und mit Jogginghose in der Mitte. Er hatte einen leichten Kratzer auf seinem flachen Bauch. Der Schnitt im Restaurant war wohl nur oberflächlich gewesen. Er trug eine Baseballcap auf dem Kopf. Der Schirm zeigte nach hinten.
Lisa trug nur einen Sport-BH und ebenfalls eine Jogginghose. Sie war sehr dünn. Sportlich. Ihre ausgeprägten Bauchmuskeln waren mit einem Tattoo verziert. Ein mir bekannter Name. JUSTIN stand in fetten Buchstaben über ihrem schmalen Nabel geschrieben. Diesem gefiel es wohl nicht, dass ich seiner Freundin auf den Bauch starrte.
»Per, du wurdest gerade Zeuge vom wahrhaftigen Guerilla-Theater. Naturalismus in seiner absoluten Vollkommenheit. Du warst ein Gast in erster Reihe. Es wäre durchaus freundlich von dir, wenn du klatschen würdest. Das ist eine Frage des Respekts.«
Ich klatschte dreimal genervt in meine Hände.
Justin baute sich wütend vor mir auf.
»Es gibt Leute, die bezahlen ein Vermögen für so eine geniale Show!«
Er stand dicht vor mir. Sein Schweiß roch aufdringlich und süßlich. Über seinem hervorstechenden Bauchnabel stand nicht LISA geschrieben, sondern ebenfalls fett sein eigener Name.
Die Romanze der beiden schien wohl eher einseitig zu funktionieren.

Ich wollte gerade fragen, ob sich Georg auch Justins Namen auf seinen Bauch tätowiert hat, da packte mich der namhafte Schauspieler am Kinn.
»Ein bisschen mehr Demut wäre angebracht, Per!«
Ich schlug seine Hand weg.
»Ihr habt mich bedrängt, bedroht und verprügelt! Ihr habt die Frau, die ich liebe! Ich will sie sehen!«
Justin beruhigte sich und hob seine Hände. »Eins nach dem anderen, Per.«
»Du hast mich geschlagen!«
Justin schluckte, als wäre ihm das vorher gar nicht bewusst gewesen.
»Ja ... kann sein. Sorry. Ich war so in meiner Rolle. Ich habe die Distanz verloren.«
»Das habe ich gemerkt.«
»Es tut mir leid, Per. Ich habe mich zu sehr mit Enrico beschäftigt. Ich konnte einfach nicht abschalten.«
Ich zeigte auf Georg. »Der hat mich im Auto verprügelt.«
Blitzschnell fuhr Justins Kopf herum. »Was hast du getan? Ist das wahr?«
»Der hat mich genervt. Lene, Lene, Lene! Die ganze Zeit! Der soll mir nicht auf den Sack gehen!«, brummte Georg und zog an seiner Zigarette.
Justin schüttelte resigniert den Kopf. »Tut mir leid, Per. Das war dilettantisch von Georg. Ich schäme mich für ihn«, sagte er. »Aber das ist ja nichts Neues. Nicht wahr, Georg?«
»Ach, leck mich.« Georg schmiss seine Zigarette auf den Fußboden, stampfte drauf und setzte sich anschließend zu Sabrina. Beide starrten nun grimmig um die Wette.
»Ich hoffe, es hat dir gefallen?«
Ich nickte. Erst einmal wollte ich diese Leute abchecken, bevor ich mich mit ihnen anlegen würde. Ich musste wissen, was Lene mit ihnen zu schaffen hatte.
Danach würde ich ihnen ganz klar sagen, was ich von ihnen und ihrem Talent hielt. Ich fand allerdings, dass die Frauen ihre Rollen sehr überzeugend gespielt hatten.
»Na, siehst du. Dann vergiss das andere!« Justin riss die Arme in die Luft und formte eine große Geste. »Das war

eine Kostprobe der Justin Badewitz – Technik. Wir arbeiten hier alle nach der Methode.«
»Was für ein Ding?«
Lisa winkte Sabrina zu sich heran. Beide verschwanden durch eine Tür.
Justin legte seine Hand auf meine Schulter. »Das ist eine sehr effektive Technik, die ich kreiert habe. Mit meiner Methode können wir unsere Rollen so verinnerlichen, dass wir unser eigenes Ich vergessen. Es zählt nur noch die Rolle, die wir verkörpern. Wir stehen uns nicht mehr selbst im Weg. Ich werde dich da auch hinbringen. Nur brauche ich etwas Zeit.«
Ich atmete meine Wut zurück in den Bauch. Was mir zunehmend schwerer fiel. »Hör zu. Ich bin nicht hier, um Schauspielunterricht zu nehmen. Deine Methode ist mir so was von scheißegal. Ich wisch mir mit deiner Technik den Arsch ab, kapiert? Ich will Lene.«
Justin stieß scharf Luft aus. Doch in seinem Blick lag keine Kränkung. Eher Anerkennung. »Ja, ich weiß. Find ich cool. Du hast ein Ziel. Du weißt, was du willst. Das wirst du alles bekommen. Und noch viel, viel mehr.«
»Aber jetzt gibt es erst einmal Buletten!«, rief Lisa. »Los, worauf wartest du? Stell sie auf den Tisch«, fuhr sie Sabrina an, die eine große Schüssel in den Händen trug.
»Ich esse kein Fleisch«, knurrte ich.
Justin knuffte mich an. »Na, komm. Das Schnitzel hat dir doch auch geschmeckt.«
Das hatte es in der Tat. *Es war ein Fest gewesen.*
»Na gut.«
Wir saßen am gedeckten Tisch und ich probierte eine Bulette. Sie war ein Gedicht. Ein Geschmackserlebnis, welches meine Sinne lähmte. Mein Gaumen explodierte förmlich. Hastig schaufelte ich mir mehr Buletten auf den Teller und warf mir die kleinen Hackbällchen in den Mund.
»Langsam, Per. Niemand isst dir was weg. Genieße es«, flüsterte Justin und seine Augen leuchteten.
»Wir wollen auch noch was abbekommen«, knurrte Georg hingegen.

Mein Magen rumorte. Er und mein Darm waren das Fleisch nicht gewöhnt. Die Blähungen kamen wieder recht unerwartet. Verstohlen versuchte ich, meinen Hintern auf dem Stuhl zu halten.
Georgs Nasenflügel begannen zu beben. Auch Justin runzelte die Stirn. Lisa stöhnte. Nur Sabrina sah mich direkt an. Noch feindseliger. Sie schien mich ertappt zu haben. Ich erwiderte eiskalt ihren Blick.
Sie atmete immer schneller und umklammerte das Besteck. Es sah aus, als wollte sie sich jeden Moment auf mich stürzen.
»Toxische Männlichkeit«, zischte sie.
Es spricht, dachte ich.
»Wie bitte?«, fragte ich süßlich.
»Toxische Männlichkeit!«
Ich beschloss, reinen Tisch zu machen.
»Oh, sorry. Ich hab einen fahren lassen.«
Alle verdrehten genervt die Augen und stöhnten.
Georg schmiss sein Besteck hin. »Na lecker. Besten Dank auch.«
Justin zuckte mit den Schultern. »Hauptsache, es schmeckt dir.«
Ich stopfte mir drei weitere Buletten hinein.
Mein Magen rumorte. Mein After flatterte.
»So bekommst du deine Lene bestimmt nicht zurück«, sagte Lisa angewidert und erhob sich.
Tatsächlich rückte meine Ex-Freundin weiter in den Hintergrund. Denn ich wollte mehr von den Buletten. *Mehr Fleisch.*
»Ich möchte gerne das Rezept haben«, sagte ich entschieden und machte ein Bäuerchen.
»Du bekommst viel mehr«, sagte Justin und sah dabei unheimlich aus. »Wir werden jetzt gemeinsam auf die Jagd gehen.«

28

Ich dachte an ein Waldabenteuer. Nun standen wir vor einem Haus. Es sah ähnlich verfallen aus, wie das von Leon. Es war das einzige Haus weit und breit nahe dem Anwesen, wo ich herkam.
Nur eine abgebrannte Ruine lag auf der anderen Seite der Straße. Falls man sie überhaupt noch so nennen konnte. Über die vielen Schlaglöcher würde sich kein Autofahrer freuen.
Das Klingelschild war abgefallen. »Die Vermieter sind schon lange nicht mehr hier gewesen«, sagte Justin und klopfte. »Unsere Familie hat wohl Narrenfreiheit.«.
»Seid ihr mit denen verwandt?«
»Halt die Schnauze«, zischte mir Georg zu.
Auch Lisa sah mich an, als wäre ich bescheuert.
»Ne!«, lachte Justin. »Bestimmt nicht. Sie geben uns nur Fleisch.«
»Sind das etwa Metzger?«
»Stell nicht so viele dumme Fragen!«, blaffte Georg und steckte sich eine Zigarette an.
»Mann, Georg.« Lisa verdrehte die Augen.
»Ruhe!«, zischte Justin.
Wir hörten aus dem Haus Schritte näher kommen.
Georg und Lisa zogen sich zurück. Sie gingen in den Garten, als würden sie sich vor dem Hausbesitzer verstecken wollen.
Ein Mann öffnete die Tür. Er trug wie Justin ein Feinripp-Hemd. Allerdings sah es bei ihm nicht so vorteilhaft aus wie bei dem athletischen Schauspieler.
»Hallo?«
»Guten Tag, Herr Ströbel«, sagte Justin förmlich.
»Was ist denn los?«
»Wir sind von einer Casting-Agentur. Wir drehen ein Reality-Format. Deutschland in Armut.«
Ich fragte mich, was das sollte. Sagte aber nichts.
Der Typ kratzte sich etwas Schorf von seiner Glatze.
»Ja, ich guck die Dinger manchmal.«

»Wir würden Ihnen gerne einen Job in unserem Format anbieten.«
»Na, so was.«. Der Mann schmatzte. Ich fand den Gedanken immer unappetitlicher bei ihm Fleisch zu holen.
»Sie würden ins Fernsehen kommen, Herr Ströbel.«
»Kommen Sie rein.«
Seine Bude glich vom Dreck und Chaos her, der von Leon.
Allerdings war hier kein Blut auf dem Boden.
Tabak und gestopfte Zigaretten lagen auf dem kleinen Tisch. Dahinter hing an der Wand eine große Deutschland-Flagge.
»Renata! Mach Kaffee!«, brüllte der Mann nach hinten.
»Herr Ströbel. Ich möchte Ihrer Frau auch eine Rolle anbieten.«
»Meinetwegen«, knurrte er. »Kann Tommy auch mitspielen?«
Justin lächelte. »Ihr Sohn? Natürlich.«
»Was spielen wir denn? Gangster?«
»Sie spielen sich selbst, Herr Ströbel. Sie sind Darsteller.« Ich nahm auf einmal, deutliche Geringschätzung in Justins Stimme war.
»Na ja. Ist in Ordnung.«
»Das freut uns sehr, Herr Ströbel. Bevor wir den Vertrag aufsetzen können, müssten wir noch ein Konzeptionsgespräch führen.«
»Ich bin ganz Ohr.«
Renata kam. Sie war deutlich jünger als Herr Ströbel, zierlich und braungebrannt. Die schwarzen Haare ihres Ponys verdeckten ihre Augen. Ich konnte ihre Augenfarbe auch so nicht erkennen. Das lag daran, weil sie die ganze Zeit auf den Boden starrte. Jeder von uns bekam einen Becher von Renata in die Hand gedrückt. Obwohl der Rand meines Bechers mit irgendeiner bräunlichen Kruste verziert war, führte ich ihn an meine Lippen.
Ich schmeckte lauwarmen, löslichen Kaffee.
»Sie sind schon wie lange arbeitslos?«

»Zehn Jahre«, sagte der Mann ungerührt.
»Was ist die Ursache?«
»Die Ausländer nehmen mir die Jobs weg.«
»Sie schreiben regelmäßig Bewerbungen.«
Nun kam Herr Ströbel ins Stocken. »Ja … äh … schon öfter Mal. Ja, klar!«, sagte er dann entschieden.
»Was haben Sie für einen Abschluss?«
»Hauptschule.«
»Sie müssen uns schon die Wahrheit sagen, Herr Ströbel.«
»Sag ich doch!«
Justin stellte den Kaffeebecher weg, ohne einen Schluck genommen zu haben.»Herr Ströbel. Sie sind gut.«
»Hä?«
Der Mann machte auf mich einen sehr verwirrten Eindruck. Scheinbar war es schon länger her, dass er so ein Kompliment gehört hatte.
»Wir wissen, dass Sie sehr gut in Deutsch waren.«
»Ist ja auch meine Sprache. Meine Kultur.«
»Wir wissen, dass Sie Abitur gemacht haben.«
»Ja … irgendwann schon … äh … Woher wissen Sie das, verdammt noch mal. Hören Sie uns ab? Spionieren Sie mir nach?«
»Wir recherchieren sehr gründlich. Wir wissen, dass Sie sehr oft Bewerbungen schreiben.«
Herr Ströbel richtete sich kerzengerade auf. »Ich bin sehr gründlich. Nur die Ausländer …«
»Wir wissen auch, dass Ihre Bewerbungen sehr viele Rechtschreibfehler enthalten. Was uns etwas wundert. Da Sie ihr Abitur mit Deutschnote eins abgeschlossen haben.«
Nun lief Herr Ströbel rot an. Die Mischung war abenteuerlich. Denn seine Haut war von Sonnenstudiobräune gezeichnet.
Renata stand immer noch stumm neben ihm. Aber sie ging in Deckung.
Scheinbar war das Farbenspiel im Gesicht ihres Mannes kein gutes Zeichen.

»Ich will wissen, wie Sie ticken, Herr Ströbel. Sie sind wie ein Aal. Sie schlängeln sich durch unser System. Wie kamen Sie solange damit durch? Sie haben eine ganz besondere Art von Intelligenz. Die will ich aufnehmen!«. Gier leuchtete in Justins Augen auf.

»Moment mal, dich kenn ich doch! Du bist der Sohn. Die Familie von drüben, wo das Feuer ausbrach. Ich dachte, ihr seid alle abgebrannt. Der Sohn von Hartmut. Diese Ähnlichkeit! Was hast du ...«

»Wow! Sehr gutes Gedächtnis«, rief Justin strahlend. »Ja, ich habe das Feuer gelegt«, fuhr er ruhig fort. »Und jetzt werde ich dich töten. Und deine Familie.«

Genau wie ich musste Herr Ströbel diese Nachricht erst einmal verdauen. Doch er erholte sich erstaunlich schnell.

Der Beschützerinstinkt war geweckt worden. Er griff den Aschenbecher, der auf dem Tisch stand und schmetterte ihn auf Justin.

Asche und Stummel flogen mir und Renata ins Gesicht. Wir husteten um die Wette, während Justin den Schlag galant abblockte und den massigen Arm von Herrn Ströbel nach hinten bog. Ich hörte ihn aufschreien und das Knacken von Knochen.

»Wie gesagt, ich will wissen, wie du tickst!«, Justins Gesicht war ganz dicht an dem von Herrn Ströbel. Dann schnippte er mit dem Finger.

»Magic!«

Die Tür wurde eingetreten. Zwei maskierte Gestalten stürmten herein.

Aus Justins Kehle kam ein tiefes Knurren. Dann grub er seine Zähne in den massigen Hals von Herrn Ströbel.

Seine Frau stieß schrille Schreie aus. In mir drehte sich alles. Ich konnte mich nicht bewegen.

Die beiden Maskierten zogen Messer und fingen an, auf Renata einzustechen.

Herr Ströbel lag röchelnd auf dem Rücken, während Justin knurrend seinen Hals zerfetzte.

Die zwei Maskierten stachen weiter auf Renata ein.

Blut spritze mir ins Gesicht.

Meine Beine waren schwer wie Blei. Viele Gefühle durchzogen mich in einem winzigen Augenblick. Schock, Panik, Ekel und Selbstverachtung. Ich sah tatenlos zu, wie drei Schauspieler die Familie eines Mannes abschlachteten, der wohl ein Arschloch war, aber uns allen nichts getan und so ein Ende nicht verdient hatte. Plötzlich fuhr Justins Kopf hoch.
»Georg! Hol den Jungen! Er ist oben. Hol den Jungen!«, schrie er, bevor er weiter den Hals des Mannes mit seinen Zähnen bearbeitete.
Nun kam Leben in mich. Seine Eltern konnte ich nicht mehr retten. Der Junge würde auf ewig verstört sein. Dennoch musste er leben. Es kam Leben in meine Beine. Entschlossenheit durchströmte meinen Körper.
Nicht vor meinen Augen, dachte ich. Nur über meine Leiche.
Meine berühmte Wut war wieder da.
»Mensch, Georg! Steh nicht so steif herum. Beweg dich!«, schrie die maskierte Lisa.
Der maskierte Georg ließ einfach sein Messer in Renata stecken und rannte los. Ich auch.
Ich rammte ihn mit meiner Schulter. Er segelte quer durch den Raum, bis ihn ein DVD Regal stoppte.
»Per! Was machst du denn da?! Der Junge muss sterben!«, schrie Lisa schrill hinter mir, während sie auf Renata hockte und weiter auf sie einstach. Doch ich rannte schon die Treppe hoch.
Ich probierte alle Türen aus. Bei der Vierten wurde ich fündig. Der Junge starrte mich mit großen Augen an. Er schmiss sein Handy weg, als hätte ich ihn bei etwas Verbotenem erwischt. Ich schätzte ihn auf elf Jahre.
»Kletter aus dem Fenster!«, schrie ich ihn an. Doch er reagierte nicht. Apathisch starrte er mich an.
Wahrscheinlich hielt er mich für den Bösen.
Ich hörte hinter mir schnelle Schritte auf der Treppe.
Das Fenster stand offen.
Ich packte ihn am Hosenbund.
»Hey, fass mich nicht an!«, schrie er.
Ich schleuderte ihn aus dem Fenster.

Ich sah raus.
Eine Buche bremste seinen Sturz.
Wie eine Katze landete er auf seinen Füßen.
»Hey, Arschloch!«, hörte ich Georg hinter mir.
Ich drehte mich um.
Georg segelte athletisch durch die Luft. Ein Bein ausgestreckt, wie in einem dieser Kung-Fu-Filme.
Sein Fuß traf wuchtig mein Gesicht.
Bei mir ging das Licht aus.

29

Tommy hatte ein Versteck gefunden. Ein ausgehöhlter Baum bot ihm Schutz.
Er hörte gehetzte Schritte.
Ein tiefes Knurren.
Ein schmatzendes Geräusch.
Dann eine sanfte Frauenstimme.
»Tommy?«
Er antwortete lieber nicht.
»Wo bist du denn, Tommy?«
Er hörte jemanden fluchen.
Einen Mann.
»Scheiße.«
»Hast du gehört, Tommy? So etwas sagt man doch nicht. Nicht wahr?«, sagte die Stimme wieder.
Tommy kannte diesen ausgehöhlten Baum durch Kevin, mit dem er früher immer Verstecken gespielt hatte.
Sie schien seine Erinnerungen gelesen zu haben.
»Wir haben nur Verstecken gespielt und Fangen. Deine Eltern haben sich versteckt. Wir wollen dir beim Suchen helfen.«
Tommy hielt weiter seinen Mund.
»Dann gibt es auch eine Überraschung für dich. Ganz viele Bonbons. Dann ...«
Sie wurde von einem ungeduldigen Räuspern unterbrochen.
»Lass mich reden!«, zischte sie leise. »Dann gibt es dein Lieblingsgericht. Was ganz, ganz Leckeres! Was ist denn dein Lieblingsgericht, Tommy?«
Tommy blieb stumm.
Er hatte früher gerne Verstecken und fangen gespielt. Mit Kevin. Seine Eltern würden so etwas nie mitmachen. Damals war er fünf. Jetzt war er zwölf.
Die Frauenstimme hielt ihn wohl für jünger.
Und dümmer.
Es war dieselbe Stimme, die er im Haus gehört hatte.
Dieselbe Stimme, die geschrien hatte, dass er sterben musste.

Sie hatten früher auch mit Waffen Fangen und Verstecken gespielt. Mit Stöcken und Spielzeugpistolen. Die drei Maskierten, die ihn verfolgt hatten, führten Messer mit sich.
Scharfe Messer, die mit Blut durchtränkt waren. Genau wie ihre Kleidung.
Tommy wusste ganz genau, dass seine Eltern mausetot waren.
Zitternd und schniefend kauerte er im hohlen Baum.
»Tommy. Sei ein netter Junge. Komm raus. Wir werden dich sowieso finden.«
Nun klang die Frauenstimme nicht mehr so warm und freundlich. Sondern kalt.
»Wir werden dich finden, Tommy. Sei ein guter Junge. Komm raus. Das Spiel ist vorbei.«
Er sagte nichts. Seine Hose war mit Urin getränkt.
»Du machst es nur noch schlimmer, Junge. Komm raus!«, sagte die Frau hart.
Tommy kauerte sich zusammen wie ein Igel.
Die Schritte entfernten sich.
»Scheiße!«, fluchte nun die Frau. »Wir werden dich finden, Tommy. Früher oder später. Verlass dich drauf. Wir werden dich finden.«
Doch die Stimme war nicht mehr so nah am Baum. Die Schritte entfernten sich weiter.
Tommy konnte erst einmal aufatmen.

30

Ich wachte auf. Mein Schädel brummte. Scheinbar wurde mein Erwachen nicht bemerkt. Ich kassierte eine schallende Ohrfeige, sodass mein Kopf nach hinten flog.
»Aufwachen!«
»Ist gut, Georg. Er ist wach«, sagte Justin.
Ich war im Schuppen. Meine Hände waren auf den Rücken gedreht worden und mit einem Strick an den Stuhl gefesselt, auf dem ich saß. Ich sah immer noch Sterne. Alles flackerte. Aber ich konnte die vier Gestalten vor mir deutlich erkennen. Justin, Lisa, Georg. Und Lene. Sie sah mich mit aufgerissenen Augen an.
»Lene«, nuschelte ich.
Sie rannte aus dem Schuppen und knallte die Tür hinter sich zu.
»Das wird schon, Per. Sie ist nur etwas überrascht, dass du hier bist.«
Ich zerrte an den Fesseln. Erfolglos. Das einzige Resultat war, dass meine Handgelenke schmerzten.
Justin sah mich unverwandt an. »Per, ich will ehrlich zu dir sein. Wir haben hier unsere eigenen Regeln. Unsere eigene Gesellschaft. Nicht jeder ist damit einverstanden, was wir tun.«
»Was tut ihr denn?«, fragte ich.
»Schnauze!«, knurrte Georg. Ich wusste nicht, ob er mich oder Justin meinte.
»Kannst du dir das nicht denken, Per? Du warst doch eben dabei, als wir auf der Jagd waren.«
Ich stöhnte. Eben hatte ich noch gehofft, es wäre ein Albtraum gewesen.
»Per, ich sage es gerade heraus. Wir essen Menschen. Wir ernähren uns hauptsächlich von Menschen. Wir sind zu dem Schluss gekommen, dass es für uns alle das Beste ist, wenn wir uns in Zukunft selbst fressen.«
Ich seufzte. *Das Fleisch.* Mir wurde übel. Dann wurde ich wieder hungrig.
Mir wurde klar, dass ich auch schon Mensch gegessen hatte. Das kann doch nicht wahr sein, dachte ich. Aber

ich war sehr schnell bereit, ihm zu glauben. Denn ich hatte mir ja schon ein Bild von dem hungrigen Justin machen dürfen.
»Das ist doch nicht ...«
»Doch, Per. Genauso ist es. Und du musst dich jetzt damit abfinden, oder wir werden auch dich essen müssen«, sagte Justin streng. »Ich persönlich will das erst einmal nicht. Ich denke, ich würde davon durchaus profitieren, wenn ich dich verinnerliche. Das wäre mir aber zu einfach. Zu egoistisch. Es wäre auch schade. Ich möchte dich gerne in unserer Gesellschaft integrieren. Ich sehe dein Potenzial. Ich sehe dich als Gewinn für uns. Auch umgekehrt. Ich glaube, wir würden auch dir ganz guttun. Hier kannst du dich entfalten. Wie ein Schmetterling«, sagte er und flatterte mit seinen Armen. »Denk an Lene. Sie ist auch ein Teil von uns. Du kannst mit ihr zusammen sein. Wir können gemeinsam jagen gehen. Du kannst dich erweitern. Wir können so viel voneinander lernen. Du musst dich nur an unsere Regeln halten und integrieren.«
»Das ist ein Fehler!«, rief Georg und starrte mich böse an.
»Ja, leider sehen das hier nicht alle so wie ich. Georg ist eingeschränkt in seiner Ansicht. Ihm ist jegliche Neugier abhandengekommen.«
»Du weißt selber, dass es ein Fehler ist! Er wird alles kaputtmachen!« Georg war rot angelaufen. Ich bekam dadurch Hunger auf Würstchen. Ich merkte selber, dass sich mein Körper schon längst integriert hatte.
»Sei still!«, sagte Justin zu Georg. »Auch Sabrina will, dass wir dich verspeisen. Sie mag dich nicht. Zumindest nicht lebend. Sie wollte aus deinem Kopf Sülze machen. Ich hab sie erst einmal in die Küche geschickt. Sie kann sich beim Kochen abreagieren.«
Lisa trat vor. »Ich würde mich auch sehr freuen, wenn du dich bei uns integrieren würdest. Ich sehe dich, genau wie Justin, als Bereicherung. Du musst verstehen, dass wir hier wichtige Arbeit leisten. Für die Menschen. Für die Welt. Für das Klima. Die Pandemie liegt jetzt wohl hinter uns. Sie kann aber wiederkommen. Oder eine

andere. Naturkatastrophen werden bald kommen. Dafür sind wir Menschen alleine verantwortlich. In Massenbetrieben werden unnötig viele Tiere geschlachtet, während wir uns immer weiter vermehren und den Planeten vergiften. Sich vegan ernähren ist ja ganz nett, aber auf die Dauer auch keine Lösung. Auch die Pflanzen brauchen wir. Sie sind sehr wichtig für den Planeten. Auch sie haben Gefühle. Sie können nicht weglaufen.«
Justin nickte. »Ein Baum fängt an zu schwitzen, wenn ein Mensch mit der Kettensäge auf ihn losgeht.«
»Die meisten Menschen können sich wehren. Es ist doch nur fair, den Stärksten zu fressen. Da wir sowieso viel zu viele sind«, sagte Lisa.
»Und das Kind eben? Konnte sich das Kind denn wehren?«, fragte ich bissig.
»Das Kind ist entkommen. Es hat dein Gesicht gesehen. Das ist nicht gut. Da müssen wir eine Lösung finden. Wir müssen es suchen«, sagte Justin etwas besorgt.
»Grundsätzlich essen wir keine Kinder«, ergänzte Lisa. »Aber er kommt bestimmt nach seinem Vater oder seiner Mutter. Diese Sozialhilfeempfänger bekommen oft viel Nachwuchs. Sie haben ja sonst nichts zu tun. Wie gesagt, wir sind zu viele. Ansonsten sind Kinder natürlich für uns tabu.«
Mir blieb die Spucke weg. Ich hatte noch nie so etwas Menschenverachtendes gehört.
»Ah, wie nobel von euch! Also ihr entscheidet, wer gefressen wird? Wie heroisch! Wenn ihr euch so selbstlos für das Klima einsetzen wollt, warum fresst ihr euch dann nicht selbst?«, fragte ich zynisch.
Das Bild gefiel meinem Magen. Er knurrte.
Ich war zunehmend verstört von mir selbst.
»Wir haben ein Recht darauf, dass zu bestimmen. Wir hatten die Idee. Wir sind die Urheber. Es ist unser Konzept. Lass uns gemeinsam der Welt einen Dienst erweisen«, sagte Justin.
Mein Verstand fand das alles ziemlich geschmacklos.
Mein Körper schrie nach Fleisch. Ich hatte einen

brummenden Schädel. Der Drang nach Menschenfleisch zersetzte mich wie eine Sucht. Obwohl ich Dutzende Argumente gegen diese sogenannte Gemeinschaft hatte, war ich schon längst in ihr gefangen.
»Du wirst sehen, aus jedem Menschen, den du frisst, wirst du Anteile mitnehmen. Stärken. Du wirst dir Wissen aneignen. Neue Fertigkeiten«, sagte Justin mit leuchtenden Augen. »Ich war ein so schlechter Schauspieler. Ich habe nur nachgedacht. Wollte allen gefallen. War ein Narzisst der übelsten Sorte.«
Ich dachte, dass sich daran nicht so viel geändert hatte, aber ich verkniff mir den Kommentar. Noch eine Schelle musste ich nicht kassieren.
»Du hast gesehen, was ich für eine geile Nummer als Enrico abgezogen habe. Hat dich überzeugt, oder?«
Ich sagte nichts.
Jetzt wurde Justin böse.
»Oder?«, fragte er nachdrücklich mit einem tödlichen Unterton.
Ich sah mich schon als Sülze enden und nickte eifrig.
»Eine beeindruckende Darstellung«, stammelte ich.
»Was ist mit mir?«, fragte Lisa scharf.
»Ja ... äh ... absolut fantastisch.«
Damit gaben sich beide zufrieden. Georg fragte nicht nach. Er sah mich nicht mal an. Er schien, auf meine Expertenmeinung nicht so viel Wert zulegen.
»Denkst du, wir haben uns das mühevoll erarbeitet. Nein! Wir haben Enrico und Chantal besucht, getötet, zerkleinert und anschließend gegessen. Es war ein romantisches Mahl. Früher habe ich mir für jede Rolle den Arsch aufgerissen. Ein Talent war ich nie. Ich habe Biografien geschrieben, den Gang geübt, recherchiert und gelernt. Das meiste hatte mir letztendlich der Regisseur angesagt. Natürlich hatte ich auch meine Momente, aber das hier ist der absolute Wahnsinn!«
Mit Letztem musste ich Justin recht geben.
»Enrico war die ganze Zeit in mir. Er hat mit mir gesprochen. Ich habe durch ihn gesehen und er durch mich. Stell dir vor, die ganze verfickte Zeit über! Früher

habe ich für solche Momente Blut und Wasser schwitzen müssen. Jetzt war das ganz einfach. Ganz selbstverständlich. Wie atmen. Wie laufen. Wobei selbst das einigen Schauspielern ja schwerfällt.«
»Also … ich habe mir immer gerne Filme angesehen«, sagte ich vorsichtig.
»Ja, es gab schon immer sehr gute Schauspieler und Schauspielerinnen. Ich hab auch so meine Idole. Talente, halt. Aber in der Regel … Guck dir doch das deutsche Fernsehen an. Ich bitte dich!«
Ich nickte eifrig. Justin war schon wieder dabei sich aufzuregen.
»Meine Erlebnisse in den Rollen hatten selbst die Profis nicht. Niemals. Vielleicht Intuition. Aber nicht das! Ich habe noch nie vorher so gelebt! Noch nie! Letztens war ich bei einem Casting für eine neue Serie. Ich bin beim Spielen regelrecht explodiert. Die Casterin hat gekreischt vor Begeisterung! Ich bin im Recall!«
Dann schnippte er wieder mit dem Finger. »Magic!«, rief er strahlend und ich fragte mich, warum er diesen komischen Tick hatte.
»Es ist wie eine Sucht. Du wirst es merken. Es gibt Nebenwirkungen. Aber es ist eine konstruktive Droge. Eine Erweiterung.«
»Wir leben in einer Leistungsgesellschaft«, sagte Lisa. »Wir müssen funktionieren. Die ganze Zeit. Wir müssen uns beweisen, sonst werden wir ausgemistet. Da muss man halt nachhelfen.«
Ich fragte mich, warum sich Lisa die ganze Zeit rechtfertigen musste. Sie hatte ihre Entscheidung doch schon längst getroffen. Dem wollte ich auf den Grund gehen.
»Wie seit ihr darauf gekommen?«
»Lene ist daran schuld«, rief Justin lachend.
Jetzt wurde ich sauer. Leider waren mir die Hände gebunden. Sonst würde ich meinen Daumen kratzen.
»Hör auf mich zu verarschen!«
»Nur indirekt, mein Freund. Sie hat eine gewisse Anziehungskraft auf Männer. Leider auf die Falschen.«

»Was willst du damit sagen!«, schrie ich und brachte Justin in die Defensive.
»Hey! Auf die meisten Männer ... meinte ich. Sorry.«
»Und weiter?!«
»Wir waren, was trinken. Lisa und ich. Wir hatten eine Affäre. Sie war da noch mit so einem komischen Schriftsteller zusammen. Ein richtiges Arschloch, aber egal.
Jedenfalls sind wir Spazieren gewesen, und haben gesehen, wie ein Typ deine Freundin in die Mangel nahm.«
Ich stellte mir das bildlich vor.
Mein Brustkorb schnürte sich zu.
Die Kehle wurde trocken.
Meine Atmung schneller.
Alles verkrampfte sich.
»Wer war das?«
»Ist doch egal, Mann! Der Typ ist tot. War Notwehr. Hätte mich fast umgebracht. Ich habe ihm in den Hals gebissen, so wie eben dem Arbeitslosen. Da bin ich auf den Geschmack gekommen.«
Lisa nickte. »Ja, mich hatte er dann auch irgendwann überzeugt.«
Justin lachte. »Irgendwann? Das ging ganz schön schnell!«
Lisa knuffte ihm in die Seite. »Ach, du.«
»Ich will Lene sehen!«
»Gibt ihr Zeit, Kumpel. Sie ist etwas ... äh ... verwirrt«, sagte Justin und grinste mich grell an.
»Das würde mir sehr bei der Entscheidung helfen.«
Justin lachte. »Na ja. Ich sehe nicht, dass du wirklich eine Wahl hast.«
Georg stampfte zur Tür. »Wir müssen reden.«
Justin verdrehte genervt die Augen. »Was?!«
»Alleine reden. Sofort!«
Justin war kurz davor zu explodieren. Dann begann er sich auf seine Atmung zu konzentrieren und schluckte seinen tödlichen Zorn herunter.

Er klopfte mir brüderlich auf die Schulter. »Es gibt gleich Schnitzel, mein Freund. Erinnerst du dich? Du hast es gemocht. Das hab ich gesehen, als ich dich als Enrico gefüttert habe«, flüsterte er mir in Ohr. Es klang auf eine gruselige Art romantisch. »Ich freue mich schon, dich gleich beim Essen zu sehen, mein Lieber.«
Er gab mir einen sanften Kuss auf die Wange. Dann verfinsterte sich sein Gesicht und er wandte sich an Georg.
»Na, dann los.«
Sie ließen mich alleine im Schuppen zurück.
Allein mit meinen Qualen.
Mit meinen düsteren Gedanken.
Der schwarze Raum kehrte zurück.
Vor meinem geistigen Auge sah ich wieder Gesichter.
Sie schrien mich anklagend an.

31

Sie gingen in die Küche. Jeder von ihnen war wütend. Auch Lisa.

»Findest du es höflich, so einen Gast zu begrüßen?«, zischte sie Georg an.

»Ist mir egal. Du weißt doch, was das für einer ist! Der Psycho muss weg!«, brüllte Georg.

»Psycho? Wir haben ihm gerade erzählt, dass wir Menschen essen. Noch ist er der Normalste von uns«, rief Justin.

»Checkst du gar nichts mehr? Wo ist deine Konzentration geblieben? Dein Urteilsvermögen? Der will doch nur seine Ex-Freundin zurückhaben. Der ist besessen von ihr!«

»Toxische Männlichkeit!«, rief Sabrina dazwischen.

»Sei du mal ganz ruhig«, fuhr Lisa sie an. »In letzter Zeit hast du nur im Weg gestanden. Wir mussten immer ohne dich auf die Jagd gehen. Haben dich durchgefüttert. Hast du schon die Schnitzel paniert?«

Sabrina schüttelte den Kopf. »Ist viel Fleisch.«

»Dachte ich es mir doch. Du musst dich mehr in unsere Gemeinschaft einbringen, Sabrina! Das Bad hast du auch noch nicht geputzt. Wir vermissen deinen Beitrag«, schimpfte Lisa.

Justin hatte große Mühe, seine Wut zu unterdrücken. »Georg, Sabrina. Ihr baut beide gerade ziemlich ab. Das wisst ihr ganz genau. Ihr wollt nur davon ablenken und geht deswegen in die Opposition. Macht hier einen auf Rebellion. Mir reicht es! Georg, du warst der Schlechteste im Restaurant. Roswitha hat mir alles erzählt. Sie hat sich fremdgeschämt! Das war laienhaftes Guerilla-Theater! Lächerlich! Total affektiert und äußerlich. Absolut peinlich! Georg, du musst mehr essen!«

Georg war zutiefst verletzt. »Wo ist dein Respekt geblieben, Justin! Ich war dein Dozent auf der Schauspielschule. Wie kannst du es wagen, so mit einem erfahreneren Kollegen zu sprechen.«

»Weil ich es kann!«, schrie Justin. Seine Adern traten aus dem Hals. »Weil ich dich überholt habe. Du bist abgelaufenes Gammelfleisch, Georg! Meine Leistung ist weitaus größer als deine. Meine Verantwortung auch. Deine Zeit ist um.«

»Ich sollte dich auf der Stelle für deine Unverschämtheiten abstechen.« ‚knurrte Georg. »Aber ich lasse es. Du bist so jung und naiv. Fast noch ein Kind. Sammel deine Erfahrungen. Mach, was du willst. Der Typ wird dich in die Scheiße reiten. Hat er ja schon. Uns alle. Jetzt gibt es einen Zeugen!«

Justin warf genervt die Hände in die Luft. »Na und? Er hat nur Per gesehen. Muss der sich selbst drum kümmern. Kriegt der schon hin.«

»Bis jetzt war er nicht so nützlich!«

»Er ist frisch. Waren wir alle mal. Wir machen alle mal Fehler! Außer du natürlich, Georg!«

»Du bist weich geworden! Was findest du an diesem Typen?« Georg war aufrichtig fassungslos.

Auch Lisa musste sich diese Frage stellen. Die ganze Zeit schon hatte sich Justin für Per eingesetzt. Sie auch. Justin zuliebe. Doch er war schon die ganze Zeit so euphorisch. Hatte sich auf ihn gefreut. Die ganze Nummer im Restaurant hatten sie nur wegen Per abziehen müssen. Auch sie wusste nicht, warum. Er war letztendlich einer von vielen.

»Er ist etwas Besonderes! Er hat etwas! Ich kann es nicht genau sagen. Ich wollte schon immer so jemanden spielen.«

»Dann iss ihn doch einfach!«

»Nein! Das ist zu einfach! Bei dem geht das nicht.«

»Warum nicht?«

Justin presste sich die Antwort heraus. »Ich weiß nicht, ob er mir gut bekommt. Ich muss ihn noch studieren.«

Georg lachte laut auf. »Ha! Feldstudien. Was ist los? Brauchst du etwa Schauspielunterricht? Wie schlecht ist das denn! Du redest wie ein Anfänger.«

»Du kannst natürlich alles spielen, Georg! Du bist so einfach gestrickt. Ruhst dich auf deiner Erfahrung aus.

Ziehst nur noch Schubladen auf. Lieferst Fastfood ab. Du spulst ein Band ab, bis es ausgeleiert ist. Dir fehlt jegliches Interesse an deinen Figuren. Jegliche Neugier. Per ist anders. Dabei ist er gar kein Schauspieler. Er ist neugierig und beharrlich. Er gibt nie auf. Deswegen hat er jetzt auch Lene gefunden. Er ist ein Mann mit Idealen, die dir absolut fehlen, Georg. Er hat ein Ziel.«
Nun schaltete sich Lisa ein. Sie kannte Per aus Erzählungen von Lene. Auch ihre Begeisterung hielt sich in Grenzen. »Sorry Schatz, aber es waren auch schon andere Ex-Freunde von Lene hier. Dutzende, um genau zu sein.«
»Die waren aber ganz schnell tot. Bis auf den einen. Diesen Leon.«
»Ach ja.« ,sagte Sabrina. »Warum ist der eigentlich entkommen?«
»Er hat mir nicht geschmeckt.«
»Ich fasse es nicht!«, rief Sabrina.
»Außerdem musste ich eine Spur für Per legen.«
»Das darf doch nicht wahr sein!«, schrie Georg und lief wieder rot an. »Noch ein Zeuge wegen Per.«
Justin winkte ab. »Das ist kein Zeuge. Den nimmt keiner ernst. Ein Junkie. Der schmeißt sich alles rein. Ist total crazy. Kann sich seine Finger selbst abgebissen haben.«
»Schatz, warum musste Per herkommen? Woher kennst du ihn eigentlich?«, fragte Lisa.
»Lene hat mir von ihm erzählt. Das ist alles. Es war ... ich kann es nicht mal beschreiben. Ich muss ihn kennenlernen.«
Georg lachte bitter. »Ja, mir hat sie auch von ihm erzählt. Ich bin nicht so begeistert.«
»Ich will ihn studieren«, sagte Justin und sah Georg an. »Entweder esse ich ihn dann oder er wird mein Stellvertreter.«
»Aber ... aber ich bin doch dein Stellvertreter«, stammelte Georg.
»Wie gesagt, Georg. Du bist abgespielt. Deine Zeit ist abgelaufen.«
Justin zog sein langes Jagdmesser.

Georg wich zurück. Er stieß mit seinem Rücken an den Esstisch.
Dort lag eine Axt.

32

Corinna und Bernd hörten sich die Geschichte des Jungen an.
Wieder und wieder.
Der Junge sprach hastig und seine Worte fielen ständig durcheinander.
Den beiden fiel es zunehmend schwerer, seinen schnellen Worten zu folgen.
Besonders Bernd seufzte schwerfällig und kratzte sich an seinem Schnurrbart.
»Die haben dich also verfolgt?«, fragte Corinna.
»Ja. Die hatten Messer und so. Glaube ich.«
»Glaubst du oder weißt du es?«, fragte Bernd.
»Es sah so aus.«
»Konzentriere dich, Tommy. Das ist sehr wichtig«, sagte Corinna.
»Ich habe Hunger.«
Corinna und Bernd sahen sich an.
»Wir bringen dir einen Kakao. Wir machen später weiter.«
Corinna deutete mit einer Kopfbewegung an, dass Bernd ihr nach draußen folgen sollte.
Der Sozialarbeiter, der Tommy begleitet hatte, wollte ihnen folgen.
»Sie bleiben bitte bei dem Jungen«, sagte Corinna zu dem Mann.
Sie mochte ihn nicht. Auch wenn der gewissenhafte junge Mann nichts dafür konnte. Der blonde Sozialarbeiter sah aus wie eine stämmige Version von Maik mit Hautunreinheiten.
Im Besprechungszimmer stellte sie ihren Kollegen zur Rede.
»Was meinst du?«
Bernd wischte sich mit seiner Zunge über die Zähne.
»Schwierig. Könnte was dran sein.«
»Glaubst du ihm?«
»Vielleicht.«
»Ich hatte nicht den Eindruck, Bernd. Du hast ihn so befragt, als hättest du schon dein Urteil gefällt.«

»Kritisierst du jetzt etwa meine Verhörmethoden?«
»Das ist doch kein Verhör. Er ist ein Zeuge. Ein Opfer.«
»Woher weißt du das?«
Corinna fiel darauf nichts ein.
»Siehst du. Wer hat hier sein Urteil schon gefällt, hm?«
»Bernd, der Junge ist total verstört.«
»Ja, das ist er. Aber vielleicht haben sich seine Eltern ja auch nur gestritten?«
»Und wo sind sie jetzt?«
»Blut war am Tatort«, sagte Corinna. »Schon wieder ist jemand spurlos verschwunden. Es könnte ein Zusammenhang mit dem Verschwinden des Schriftstellers bestehen.«
»Der Schriftsteller wird in Berlin vermisst. Das hier ist Brandenburg. Die Kollegen haben nur ein paar Tropfen Blut gefunden. Hast dir sicher auch mal in den Finger geschnitten, oder?«, fragte Bernd und lächelte sie säuerlich an.
»Da war viel mehr Blut, Bernd. Außerdem bin ich mir sicher, dass die Spurensicherung noch viel mehr finden wird. Da ist etwas passiert. Die Tür war auch kaputt. Ein Regal war aus der Wand gerissen.«
»Das mit dem Regal kann im Streit passiert sein.«
»Und die Tür?«
»Ich habe mich auch schon mal ausgesperrt und musste die Tür dann aufbrechen«, erwiderte Bernd müde.
»Er hat von einem großen, blonden Mann erzählt, der ihn aus dem Fenster geschmissen hat.«
»Ja, Corinna«, seufzte Bernd. »Der große, böse Zwei-Meter-Mann. Warum sollte der große Mann das denn tun? So wie sich das alles anhört, war er ja auch einer der Einbrecher, die angeblich im Haus waren.«
»Das alles soll er sich ausgedacht haben?«
»Ich weiß es nicht, Corinna. Natürlich könnte da was dran sein. Vielleicht haben sie ein paar Drogendealer verärgert. Die haben dann aufgeräumt. Der Vater könnte auch etwas getan haben. Oder der Junge …«
»Er ist zwölf!«

»Na und? Das beste Elternhaus hatte er nicht gehabt. Ein paar Kollegen waren schon öfter wegen häuslicher Gewalt dort gewesen. Das Jugendamt stand ständig bei denen auf der Matte. Deswegen haben wir jetzt auch diesen pickligen Sozialarbeiter an der Backe.«
»Bernd!«
»Ich verstehe deinen Instinkt, Corinna. Du hast eine gute Intuition. Wir bleiben da dran.«
Corinnas Handy vibrierte.
Bernd beobachtete, wie sie mit ihren schmalen Händen das Gerät aus ihrer Tasche zog.
Er liebte ihre Hände.
»Starke?«
»Guten Tag, Frau Starke. Störe ich?«, fragte Frau Lobrecht, die Leiterin des Kindergartens ihrer Tochter.
Corinnas Herz machte einen Sprung.
»Bin bei der Arbeit. Was ist denn los?«
»Sie sollten ihre Tochter abholen.«
Corinna runzelte die Stirn.
»Warum? Sie hat doch noch zwei Stunden.«
»Ihre Tochter hat einen Jungen geschlagen. Wir dulden hier keine Gewalt. Das müssen Sie verstehen.«
Corinna dachte an die vielen Blutergüsse, die Monika fast jeden Tag vom Kindergarten mit nach Hause brachte.
»Geht es um Willy?«
»Ja, genau um den«, fragte die Leiterin überrascht.
»Woher wissen Sie das?«
»Das ist der Junge, der ständig meine Tochter schikaniert und verprügelt, wissen Sie?«
»Das ist mir nicht bekannt.«
»Das glaube ich gern«, sagte Corinna süßlich. »Und wissen Sie was? Ich bin stolz auf meine Tochter.«
»Frau Starke«, sagte Frau Lobrecht mit schneidender Stimme. »Wie gesagt, wir dulden hier keine Gewalt. Deswegen möchte ich gerne ein Gespräch mit Ihnen führen.«
»Und das muss jetzt sein.«
»Ich bestehe darauf. Ihre Tochter wartet auf Sie.«

»Wenn Sie darauf bestehen. Dann bekommen Sie ihr Gespräch. Glauben Sie mir, es wird nicht schön für Sie werden«, fauchte Corinna.
»Frau Starke, Sie ...«
Corinna legte wütend auf.
»Ich muss los«, sagte sie angespannt.
»Wieder mal deine Tochter?«, fragte Bernd, als wäre Monika ein ständiger Problemfall.
Corinna verbiss sich einen Kommentar und knirschte mit den Zähnen. Sie wollte nicht mehr streiten. Sie war müde und fühlte sich ausgelaugt. Alles tat ihr weh. Jeder Faser ihrer Muskeln brannte. Sie spürte immer noch die Folgen der beiden Kämpfe. Besonders die Auseinandersetzung mit Maik setzte ihr immer noch zu. Als wäre ein Lastwagen über sie gerollt.
Außerdem brauchte sie Bernd jetzt.
»Ja. Gibt Probleme im Kindergarten.«
»Fahr doch hin.«
»Könntest du mit dem Jungen noch einmal zum Haus fahren?«
Bernd stöhnte theatralisch auf. »Ach, Corinna!«
»Bitte. Vielleicht erinnert er sich an etwas.«
»Ich kann doch jetzt nicht ...«
»Vielleicht haben die Kollegen etwas übersehen?«
Bernd knirschte mit den Zähnen. »Na gut.«
Corinna lächelte. »Du bist der Beste! Vielleicht gehen wir doch noch mal Essen?«, sagte sie und zwinkerte ihrem Kollegen zu.
Bernd sah der davoneilenden Corinna nach.
Natürlich würde er mit ihr Essen gehen. Darauf würde Bernd bestehen.
Ob sie wollte, oder nicht.

Später hatte Bernd den Jungen neben sich im Auto platziert.
Tommy schaute auf Bernds große Hände.
»Warum zitterst du?«
»Bist du schon mal Polizeiauto gefahren?«, fragte Bernd und lächelte nervös.

»Nein.«
»Na, dann wird es ja mal Zeit«, rief Bernd und kratzte sich wieder am Schnurrbart.
Der Junge hatte ihm gerade noch gefehlt. Er war ein Problem.
Bernd wollte die Lösung dieses Problems gerne verdrängen. Er musste mit ihm zum Tatort fahren.
Den wollte er eigentlich nicht mehr sehen.
Denn er war schon mal da gewesen.
Nachdem er hinter Justin aufgeräumt hatte.
Für seine inkompetenten Kollegen hätte die Reinigung ausgereicht.
Für die clevere Corinna nicht.
Natürlich würde die Spurensicherung bald noch viel mehr Blut sicherstellen.
Es war ein regelrechtes Gemetzel gewesen.
Aber Bernd hatte ihnen etwas Zeit verschafft.
Genug Zeit, wenn der Junge nicht wäre.
Bernd war an Justin durch die Ermittlung geraten.
Wegen diesem Schriftsteller. Frank Freibrodt.
Lisa hatte auf ihn von Anfang an einen verdächtigen Eindruck gemacht. Sein Instinkt war richtig gewesen.
Leider.
Als er sie in ihrem Haus besucht hatte, wurde er gleich zum Essen eingeladen.
Halbrohe Steaks, die ein Gedicht für seinen Gaumen waren.
Damals wusste er noch nicht, was er da in sich hineingestopft hatte.
Bernd kannte die Abhängigkeit von Drogen nur zu gut.
Vor dem Menschenfleisch konsumierte er regelmäßig Crystal Meth.
Genau wie seine rechtsextremen Verbindungen hatte er die Drogensucht vor seinen Kollegen verbergen können.
Mittlerweile war er von dieser Sucht kuriert.
Zumindest hatte er seine Droge wechseln können.
Jetzt war er süchtig nach Mensch.
Nun war er in der Gemeinschaft von Justin und Lisa.
Der Junge war jetzt in seinem Auto.

Bernds Handlungsbedarf war nun nicht mehr aufschiebbar.
Er musste sich um ihn kümmern. Er musste ihn essen.
Ihm knurrte der Magen, obwohl er erwachsenes Essen bevorzugte.
Bernd fand es gar nicht gut, dass Justin und Lisa ihn so in die Scheiße geritten hatten. Kinder seien tabu, haben sie ihm geschworen.
Dann kam der gute Instinkt seiner Kollegin hinzu.
Corinna hatte gleich einen Zusammenhang zwischen den beiden Fällen gewittert. Sie kannte einen Kollegen aus Brandenburg ganz gut. Deswegen durften sie nun auch den Jungen befragen.
Ein Umstand, der Bernd ins Schwitzen brachte.
Kinder zu fressen war doch etwas zu viel des Guten, fand Bernd. Das widersprach sogar seinen Moralvorstellungen, die nicht so hoch angesetzt waren. Danach würde er den Jungen ewig mit sich herumschleppen müssen. Auf seinem Gewissen und in seinem Kopf. Er müsste sich sein Gequengel anhören.
Immer würde der Junge mit ihm spielen wollen.
Nun musste es sein.
Er hatte sowieso schon Entzugserscheinungen.
Er war verärgert, dass seine Kollegin nicht mitgekommen war.
Die wollte er schon länger fressen.
Zwei Probleme wären aus der Welt gewesen.
Sie war zu beharrlich.
Sie war ihnen auf der Spur.
Außerdem hatte sie Potenzial. Er schätzte ihre Fähigkeiten und sie sah verdammt gut aus. Er freute sich schon darauf, sie zu verinnerlichen.
Er hatte sie sich schon oft nackt vorgestellt. So würde sie dann in seinem Kopf herumlaufen. Die ganze Zeit. Er könnte mit ihr machen, was er wollte.
Dann könnte sie sich auch um den Jungen in seinem Kopf kümmern. Ihm diesen Tommy vom Hals halten. Ihn erziehen.

Aber die Vorfreude war ja bekanntlich die schönste Freude.
Nun musste er sich erst einmal um die unangenehme Sache kümmern.
Dann musste er noch schauen, wie er diese Tat vertuschen konnte.
»Wo fahren wir hin?«, fragte Tommy.
Bernd lächelte nervös. »Wir essen jetzt erst einmal ein Eis, Tommy. Du bist doch bestimmt schon hungrig.«
Tommy nickte ungeduldig. Das war er auch schon auf dem Revier gewesen.
»Ja«, sagte Bernd. »Ich auch.«
Sein Lächeln wurde breiter.

33

Ich wurde befreit. Endlich. Lisa nahm mir die Fesseln ab und brachte mich ins Wohnzimmer. Ich rieb mir meine strapazierten Handgelenke.
Der Tisch war festlich gedeckt und voller Fleisch. Zwei Teller mit Schnitzel. Eine große Schüssel voller Würstchen und Speck. Aber das größte Geschenk saß mit dem Rücken zu mir. Lene.
»Hey.« Ich versuchte sie vorsichtig in den Arm zu nehmen. Sie zuckte zusammen, als hätte ihr jemand Prügel angedroht. Sie sah mich nicht an.
»Was ist los, Schatz? Ich bin es doch nur.«
Sie nickte, ohne mich anzusehen. Ich setzte mich vorsichtig neben sie.
Sie musste sich wohl erst einmal wieder an mich gewöhnen. Sie hatte jetzt lange Zeit unter diesen Psychopathen gelebt. War verstört. Ich musste ihr wohl Zeit geben. Alles in mir schrie nach ihr. Wollte ihr nahe sein. Aber auch etwas anderes meldete sich in mir zu Wort. Der Hunger nach Fleisch.
Justin schien meine Gedanken gelesen zu haben.
»Hau rein, Per! Schön, dass du hier bist«, rief er feierlich.
Ich spießte mir ein Schnitzel auf.
»Probier doch mal die Würstchen«, empfahl mir Justin.
»Neues Rezept. Sehen aus wie Georg, wenn er rot anläuft.«
Ich nickte schmatzend. »Wo ist der denn?«, fragte ich, obwohl ich auf seine Anwesenheit gerne verzichten konnte.
»Georg ist versackt. Aber er wird immer bei uns sein. Nicht wahr, Sabrina?«, warf Justin scharf in ihre Richtung. Sie antwortete nicht und legte sich ein Würstchen auf den Teller.
Ich schnitt mir ein weiteres Stück von diesem leckeren Schnitzel ab. Mehr musste ich nicht wissen.
Justin bemerkte, dass etwas in seiner Hosentasche vibrierte. Er zog ein Prepaidhandy hervor. Las eine Nachricht.

»Er ist entkommen«, murmelte er.
»Was?«, fragte Lisa.
»Tommy ist entkommen. Ist aus dem Auto gesprungen.«
Lisa stöhnte.
Ich war erleichtert und lächelte in mich hinein. Offenbar war der Junge wieder knapp seinem Schicksal als Minischnitzel entronnen. Es bedeutete aber auch, dass sie noch weitere Mitglieder in ihrer Gemeinschaft hatten.
»Fuck!« Justin schlug plötzlich mit der Faust auf den Tisch.
Lene zuckte zusammen. Ich sah, dass ihre Hand zitterte. Ich ergriff sie.
»Alles gut?«.
Sie zuckte zurück, als hätte sie einen Stromschlag erhalten.
»Mir ist schlecht.« Sie sprang auf und stürmte aus dem Zimmer.
Ich sprang ebenfalls auf.
»Bleib sitzen, Per.«
»Leck mich.«
»Lass ihr Luft zum Atmen. Entspann dich«, ermahnte mich Justin.
Entspannung war das Letzte, was ich jetzt gebrauchen konnte.
»Was habt ihr mit Lene gemacht?«
»Immer sind es die anderen, nicht wahr?«, zischte Sabrina und schob sich ein Stück Wurst in den Mund.
»Wir haben gar nichts mit ihr gemacht«, sagte Justin müde. »Und jetzt zeig ein bisschen mehr Respekt, Per. Du bist hier immer noch ein Gast.«
»Ich scheiß auf deine Gastfreundschaft.«
Justin lächelte. »Oh, jetzt wird es gefährlich. Wie hieß das noch mal, Sabrina?«
»Toxische Männlichkeit«, sagte sie kauend.
»Toxische Männlichkeit«, äffte Justin sie nach.
»Davon bist du ja nicht gerade betroffen«, rief Sabrina.
»Dich konnte man schon damals nicht zum Mann machen.«

Ich wusste nicht, wovon Sabrina sprach. Aber es schien auf Justin zu wirken.
Er sprang auf. »Halt deine dumme Fresse! Du fette Schlampe!«
Er packte sie, riss ihren Mund auf und stopfte Würstchen hinein.
Erst dachte ich, sie würde ersticken. Doch dann schien sie gar nicht genug von den Würstchen zu kriegen. Vergnügt quietschte sie, während Justin sie fütterte.
»Jetzt bist du aber männlich, Justin«, spottete ich.
»Toxische Männlichkeit.«
Justin lächelte dünn und ließ Sabrina los. Diese fraß von alleine weiter.
»Da stehen wir wohl alle bei Sabrina unter Generalverdacht. Sie kriegt halt keinen mehr ab. Ist frustriert. Erfindet Geschichten. Bei dir könnte sie aber richtig liegen. Was ich alles so von Lene gehört habe...«
Lisa sah Justin warnend an. »Schatz, provozier ihn nicht.«
Doch es war zu spät. Ich war schon längst drüber.
Ich stand auf und kickte gegen den Esstisch. Er fiel krachend um und sämtliche Würstchen und Schnitzel fielen zu Boden.
Sabrina stieß einen schrillen Schrei aus und fing an, wie ein Hund vom Boden zu fressen.
»Bist du wahnsinnig?!«, schrie Justin. »Hat man dir ins Gehirn geschissen? Ich will dich integrieren, und was tust du?! Hast du jetzt sämtlichen Respekt verloren?«
Ich griff mir das Messer, mit dem ich mein Schnitzel geschnitten hatte. Es war scharf. Ich richtete es drohend auf Justin.
»Sag mir, was hier los ist, oder ich stech dich ab!«
»Dann mach doch! Komm her!« Er zog sein Messer.
»Jungs!«, schrie Lisa und deutete auf Sabrina, die am Boden lag und würgende Geräusche von sich gab. Sie war kreidebleich und hielt sich den Hals. Es war ein grausamer Todeskampf.
Justin versuchte sie zu beatmen.
»Stabile Seitenlage!«, rief Lisa schrill.
Doch der Kampf war schon vorbei.

Unter Justin lag eine tote Sabrina.
»Scheiße. So eine Scheiße«, stöhnte Justin. Sonderlich traurig schien er aber auch nicht zu sein. »Selbst nach seinem Tod ist Georg noch giftig«, murmelte er resigniert.
»Hat sonst noch jemand von den Würstchen gegessen?«, fragte Lisa.
Sie schien bekümmert zu sein und blinzelte eine Träne weg.
Wir schüttelten den Kopf.
Lisa lief auf und ab. »Was machen wir jetzt?«
»Frag nicht so blöd. Räum die Scheiße auf!«, schrie Justin sie an. »Komm, Per. Lass uns was trinken. Ich hab da einen guten Verdauungsschnaps.«
Er holte einen Korn und zwei Gläser aus dem Vorratslager und zog mich am Ärmel mit nach draußen. Es war warm. Die Vögel zwitscherten noch.
Er schenkte uns beiden ein.
»Du machst es mir wirklich nicht leicht, Per. Aber guter Instinkt. Wir wären sonst alle draufgegangen.«
Mir war sein Lob egal. »Was ist mit Lene?«
Jetzt äffte er mich auch nach. »Lene, Lene, Lene. Du bist ein hoffnungsloser Romantiker, Per. Es ist manchmal ganz schön anstrengend, aber ich muss vor deiner Leidenschaft meinen Hut ziehen.«
»Wie schön«, knurrte ich. »Was ist denn jetzt mit ihr?«
»Trink erst mal.«
Das tat ich auch. Der Schnaps tat mir gut.
Anders als Justin. Er schwankte jetzt schon. Es war sein zweites Glas, was er zügig gelehrt hatte. Dennoch schien er schon betrunken zu sein. Ein Alkoholiker war wohl nicht unter seinen Opfern gewesen. Scheinbar hatte er sich noch keine Trinkfestigkeit angefressen.
»Sie ist immer noch durcheinander. Du musst ihr mehr Zeit geben«, lallte er. »Du tust dir mit deiner Klammerei selbst keinen Gefallen. Ihr erst recht nicht.«
»Warum ist sie denn durcheinander?«
Justin legte einen Arm um mich. »Hör zu. Einer ihrer Ex-Freunde war hier. Dieser Leon. Der hat eine ganz schön

üble Show abgezogen. Hat ihr gedroht und so. Seitdem hat sie sich zurückgezogen. Ist verstört.«
»Er hat sie bedroht?«
Justin nickte langsam. »Ja. Unter anderem.«
Ich konnte nur langsam sprechen. Der Zorn lähmte meine Sprachmuskulatur.
»Ich sollte mich doch einbringen, oder?«
Justin nickte wieder.
»Ich werde mich morgen um Leon kümmern.«
»Ah. Ja. Er ist ein Zeuge. Warum nicht? Kann nicht schaden«, sagte Justin nachdenklich.
Ich legte nun auch meinen Arm um ihn.
»Ich werde morgen ganz viel Fleisch mitbringen. Ganz viel Fleisch.«
Justin nahm mich freundschaftlich in den Schwitzkasten.
»Das liebe ich so an dir! Du zeigst Initiative. Du denkst mit!«
Er gab mir wieder einen Kuss auf die Wange. Das war heute schon das zweite Mal. Ich wollte den Moment nicht zerstören. Aber beim nächsten Mal würde ich das unterbinden.
»Mach dich mit Leon warm. Dann suchst du den Jungen und tötest ihn. Klar?«
Er klopfte mir auf die Schulter und wankte ins Haus.
Ich schluckte. Ich musste mir überlegen, wie ich aus der Nummer mit dem Jungen rauskam.
Aber vorher würde ich mich um Leon kümmern.
Von ganzem Herzen.

34

Es war nicht gesund, nach dem Alkohol noch Sport zu machen. Dennoch absolvierte Justin vor seinem Bett ein paar Liegestütze. Nachdem er 250 geschafft hatte, zündete er sich eine Zigarette an. Nach dem Alkohol war sie ganz erfrischend für ihn. Ihm war es egal, was Lisa dazu sagen würde.
Er hörte ein Geräusch hinter sich. Doch es war zu spät.
»Warum hast du Per hergeholt? Arschloch!«
Roswitha sprang ihm mit beiden Füßen gegen die Brust. Justin taumelte nach hinten. Doch er wankte nur kurz. Seine Rückhand schoss hervor und traf Roswitha ins Gesicht. Sie krachte gegen den Schrank.
»Ich hasse dich!«, zischte sie.
»Komm her«, knurrte er.
Roswitha sprang Justin an und zerkratzte mit ihren langen Fingernägeln seinen Hals.
Er schleuderte sie aufs Bett und warf sich auf sie. Beide verbissen sich ineinander, während sie sich gegenseitig ihre Klamotten vom Leib rissen.
Justin packte ihr Gesicht mit beiden Händen, während sie sich unter ihm aufbäumte.
»Wie heiß ich?«
»Justin«, presste sie hervor.
»Wie ist mein Name?«
»Justin.«
»Lauter!«.
»Justin!«, schrie sie aus voller Kehle, während ihr sämtliche Adern aus dem Hals traten.
Nach einer Stunde Geschlechtsverkehr lagen beide rauchend nebeneinander auf dem Bett.
»Hast du schon mal Liebesbriefe geschrieben?«
Justin überlegte kurz. »Ja, sicher. In der elften Klasse. An meine Lehrerin.«
»Was hat sie unterrichtet?«
»Bio.«
»Das passt zu dir.«
»Wieso?«

»Ach, vergiss es.«
»An wen hast du Liebesbriefe geschrieben?«
»An zwei Männer. Beide sind im Gefängnis.«
Justin zog an seiner Zigarette. »Dich hat schon immer das Böse fasziniert. Nicht wahr?«
»Dich doch auch. Tut es ja immer noch. Ich suche aber das Gute im Bösen.«
Justin lachte und blies Rauch aus. »Na, dann viel Spaß, Roswitha.«
»Bei dir ist es umgekehrt.«
»Das ist subjektiv. Jeder denkt doch, dass er gut ist.«
»Ich glaube, du machst dir das Leben etwas zu einfach, Justin.«
»Wie auch immer. Ich bewundere Menschen, die wissen, was sie wollen und es sich nehmen. Das liegt in unserer Natur. Nur wir verleugnen uns ständig.«
»Du redest dir alles schön, nicht wahr?«
»Du dir doch auch. Wir haben bereits jede Grenze überschritten. Es gibt kein Zurück mehr.«
»Wo ist Lisa?«, fragte Roswitha.
»Die buddelt Sabrina ein. Soll sich auch mal nützlich machen.«
»Weiß sie von uns?«
»Keine Ahnung.«
»Wenn sie es erfährt …«
»Ist mir doch egal. Hat selber Schuld. Sie wollte, dass ich von dem Schriftsteller probiere. Habe mir wohl ein paar Eigenschaften von ihm eingefangen.«
»Was ist mit Per?«
»Was soll mit ihm sein?«
»Ich will nicht, dass er hier ist.«
»Ich kann mich nicht erinnern, dass du hier irgendwas zu melden hast, Roswitha.« Er kletterte wieder auf sie drauf.
»Du hast dich unterzuordnen.«
»Hast du auch mit Lene …«
»Ich mache, was ich will. Klar?« Er kniff in ihre Brust.
»Aua! Warum bist du so aggressiv?«

»Ich habe das Gefühl, ich muss in diesem Laden mal ein bisschen aufräumen. Sabrina ist vergiftet worden. Irgendjemand will uns hier alle ficken.«
»Scheiße.«
»Warst du es?«
»Nein! Verdammt, Justin! Wir kennen uns schon lange! Wir beide sind mit Sabrina aufgewachsen. Ich mochte sie nie so richtig. Aber ich würde sie nicht umbringen. Keinen von euch. Das weißt du auch.«
»Irgendjemand muss es aber gewesen sein. Ich habe langsam die Schnauze voll von euren Spielchen.«
»Hör auf, hier den harten Mann zu markieren. Wen willst du eigentlich damit beeindrucken? Du bist nicht Per.«
»Ach ja? Meinst du?«
Justin fing an zu knurren und verbiss sich in Roswithas Schulter. Sie schrie auf.
Es klickte.
Plötzlich spürte Justin die Klinge eines Schnappmessers an seinem Schritt.
»Geh von mir runter«, sagte Roswitha.
»Hä? Wo hattest du das denn versteckt?«
»Das willst du nicht wissen.«
»Wow.«
Justin stieg von ihr runter. Roswitha richtete weiter ihr Messer auf ihn.
»Ich werde jetzt gehen. Bleib da stehen.«
»Du machst einen Fehler. Wir finden dich.«
»Das dauert noch.«
Sie schlüpfte in ihre Hose. Dann warf sie sich ihre Jacke über.
Justin beobachtete sie dabei ruhig.
»Du bist nichts weiter als ein Snack für zwischendurch.«
»Hast du einen Charmeur gefrühstückt?«
»Wir werden dich finden. Ich gebe dir ein paar Tage, weil ich dich mag.«
»Ich mag dich auch.«
»Wir werden dich finden.«
»Ich hoffe nicht.«
»Ich auch nicht.«

Roswitha verließ sein Zimmer.

35

Ich hatte kaum geschlafen. Die ganze Nacht hatte ich im Sessel meines Zimmers gesessen und Löcher in die Wand gestarrt.

Ich sah ständig vor meinem geistigen Auge einen malträtierten Herrn Ströbel, der sich vor mir rechtfertigte. Argumentierte, warum er sein Germanistik Studium abgebrochen und zehn Jahre auf Kosten des Staates gelebt hatte. Aufgebracht zog er über die Ausländer her, während er eine gestopfte Zigarette nach der anderen rauchte.
Enrico sprang ständig panisch durchs Bild, als wollte er jemanden retten oder sich vor einer Explosion in Sicherheit bringen. Bis jetzt brachten mir Justins hochgelobte Attribute und Eigenschaften unserer Opfer nur Kopfschmerzen und Ohrenrauschen.
Lene war jedoch der Hauptgrund dafür, dass ich die Nacht wie leergesaugt in meinem Sessel saß.
Ständig hörte ich sie nach mir rufen. Ständig hörte ich sie weinen oder lachen. Manchmal beides auf einmal. Meistens jedoch ohne mich. Allein dieser Gedanke machte mich traurig. Machte mich wahnsinnig.
Ich kam nicht raus. Mein Zimmer war von außen abgeschlossen worden. Das Fenster, zu klein für mich. Dann hörte ich die Schreie und das laute Gestöhne einer Frau. JUSTIN! JUSTIN! Sie schrie fast eine Stunde den Namen des Schauspielers, als würde es kein Morgen geben.
Rasend vor Eifersucht stellte ich mich an die Wand. Wenn die Show schon ohne mich losging, wollte ich sie dennoch nicht verpassen.
Irgendwann wurde mir klar, dass es nicht Lene war. Die Stimme war viel zu tief. Zu verraucht. Roswitha. Auch das gefiel mir nicht. Aber ich begnügte mich mit dem Wissen, dass es nicht Lene war.

Ich schaffte es, meine toxische Eifersucht wieder herunterzuschlucken. Sie landete in meinem Magen und zersetzte ihn.
Dadurch bekam ich auch wieder Hunger. Noch mehr Hunger auf Menschenfleisch.
Ich fror und schwitzte die ganze Nacht zugleich. Ich grub meine Fingernägel so tief in die Sessellehnen, dass drei von ihnen abbrachen.
Es war eine qualvolle Nacht gewesen. Nicht mal einen Fernseher hatten mir diese menschenfressenden Ökofreunde ins Zimmer gestellt. Ich konnte mich nicht ablenken und der geistigen Tortur entkommen.
Am nächsten Morgen ließ mich Lisa aus meinem Gefängnis.
Es gab Rouladen zum Frühstück. Mit Speckmantel. Ungewöhnlich zu dieser Uhrzeit und deftig. Absolut köstlich.
Meine Laune verbesserte sich rasch.
Ich hatte mir ein Lunchpaket gepackt.
Nun war ich auf dem Weg zu Leon.
Wieder wurden mir die Augen verbunden. Sie vertrauten mir wohl immer noch nicht.
Die Fahrt dauerte zwei Stunden. Das Radio lief. Mein Magen knurrte, während Lisa enthusiastisch zu ein paar Oldies sang.
Direkt vor Leons Haus wurde mir die Augenbinde abgenommen.
Lisa reichte mir ein kleines Handy.
»Das ist ein Prepaid-Handy. Wenn du fertig bist, schreibst du eine SMS. Dann kommt ein Cleaner. Die Nummer ist eingespeichert. Danach musst du die SIM-Karte und das Handy vernichten.«
Ich nickte abwesend.
»Hörst du zu, Per? Das ist ganz wichtig.«
Ich nickte wieder und dachte an Lene. Wie sie Justins Namen schrie.
»Ich hol dich in zwei Stunden wieder ab, ja?«, sagte Lisa.
»Ja, Mama«, sagte ich und stieg aus dem Van.
Sie fuhr weg.

Nun stand ich vor Leons Haus und hatte Hunger.
Ich packte mir die belegten Brote aus, um mich für die Jagd zu stärken. Eins war mit Streichmett beschmiert, das andere mit Jagdwurst, Gurken und Senf belegt.
Ich stopfte mir gierig das Mettsandwich hinein, ohne es wirklich gekaut zu haben. Der köstliche Geschmack blieb noch lange an meinem Gaumen haften.
Ich bemerkte, wie mich eine ältere Dame auf der anderen Straßenseite anglotzte.
Ich winkte ihr fröhlich zu. Meine Laune wurde immer besser. Das Sandwich war super und ich hatte eine Aufgabe vor mir, die ich gerne erledigen wollte.
Ich ließ noch einen Furz ab, dann klingelte ich bei Leon. Er öffnete mir nach einiger Zeit. Er schien unseren letzten Disput wohl ganz gut verdaut zu haben, denn er freute sich aufrichtig, mich zu sehen.
»Hey! Wie geht es dir?«, rief er strahlend.
Er sah gesünder aus. Besser ernährt.
»Hi. Störe ich?«
»Nein, nein. Komm rein. Cool, dass du da bist. Willst du einen Kaffee?«
»Gerne.«
Ich stand etwas unschlüssig vor seiner Tür. War verlegen. Mit so einem netten Empfang hatte ich nicht gerechnet.
Er winkte mich in die Wohnung. »Komm rein. Komm rein.«
Die Bude war aufgeräumt und sauber. Absolut pedantisch.
»Setzt dich.«
Ich ließ mich auf dem Sofa nieder. Er stellte mir einen Kaffee auf den Tisch. Dieser war so blank geputzt, dass ich mein Spiegelbild deutlich erkennen konnte.
Es war kein schöner Anblick. Die letzten Tage hatten bei mir deutliche Spuren hinterlassen.
»Du siehst, es hat sich einiges verändert. Ich habe mich verändert.«
»Was ist passiert?«

Er sah mich an. »Ich kokse nicht mehr. Ich habe einen kalten Entzug gemacht. Ich bin clean, Mann!«, rief Leon strahlend.
Und ich wurde immer süchtiger.
»Ihr hattet alle sehr überzeugende Argumente. Ich wusste, es konnte nicht so weitergehen.«
Ich schwieg. Neid und noch größerer Hunger stiegen in mir auf.
Nun hatte mich dieser kleine Versager überholt. Wahrscheinlich würde er bald mit einer strahlenden Lene in den Sonnenuntergang reiten.
Meine Fingernägel krallten sich ins Sofa.
Er tätschelte meine Hand. »Alles gut?«
»Ja, ja.«
»Hast du Lene gefunden?«
»Ja.«
»Geht es ihr gut?«
»Sehr gut. Ich konnte sie wieder aufbauen.«
»Cool, Mann!«
»Wir sind wieder zusammen«, log ich. Ich wollte seiner heilen Fassade zusetzen, bevor ich seinen Kadaver fressen würde.
»Das freut mich für euch. Hauptsache, es geht ihr gut.«
Ich war fassungslos. Er schien es Ernst zu meinen.
Doch nun wirkte er etwas wehmütig.
»Sag ihr, dass es mir leidtut. Ich war so ein Arschloch gewesen. Habe unfassbare Dinge getan.«
»Mach ich«, sagte ich kalt.
»Vielleicht ... vielleicht ... Können wir Freunde bleiben«, sagte er hoffnungsvoll.
Nun war es für mich Zeit, Risse in seine Fassade zu reißen.
»Warum sollte sie mit dir befreundet sein wollen? Mit dir? Du hast sie die Treppe herunter geschmissen«, knurrte ich.
Leons Kopf sackte in seine Hände. Er schüttelte bestürzt den Kopf. »Ich weiß. Das war der größte Fehler meines Lebens. Das werde ich nie wieder gut machen können.«

»Doch, das kannst du«, sagte ich und lächelte. *In dem du stirbst.*
Er verstand das anders. »Danke, dass du mir Mut machst. Vielleicht können wir uns mal zu dritt treffen? Kannst du nicht noch mal mit ihr sprechen? Ein gutes Wort einlegen?«
Ich konnte mir nur mühsam das Lachen verkneifen. Leon war einfach nur lächerlich.
»Vielleicht«, sagte ich vieldeutig. Mein Magen knurrte wieder.
Leon bekam es mit.
»Oh, wie unhöflich. Ich muss mal kurz aufs Klo. Dann mach ich uns was zu Essen«, sagte Leon und erhob sich. Ich wollte bestimmt nichts aus seinen dreckigen Händen essen, aber ich wollte *ihn* so bald wie möglich fressen.
Ich begann mir Mut zu machen.
Er ist ein Versager.
Er hat Lene geschlagen und die Treppe heruntergestoßen.
Er wird immer wieder rückfällig werden.
Plötzlich sah ich Enrico vor mir. Er sah mich an. »Mann, hör auf. Sei nicht so selbstgerecht, Per. Lauf weg und versteck dich irgendwo. Du bist bald verloren. Du wirst jeden Toten auf dir tragen müssen. Ich spreche aus Erfahrung.«
Ich hörte Leon von drüben pupsen. Dann seufzen.
Herr Ströbel drängte Enrico weg. »Hör nicht auf ihn. Mach den Dealer kalt. Er ist eine Schande für unsere Gesellschaft. Ein Schädling. Er wird es wieder tun. Er ist süchtig und wird rückfällig werden«, sagte er und zog hustend an seiner gestopften Zigarette.
Enrico sprang wieder ins Bild und verdeckte ihn. »Du musst von deinem Guru weg. Er hat mich und meine Frau getötet. Es hat ihm nichts ausgemacht. Er wird auch dich töten. Vorher wird er dich benutzen und formen. Er wird nur deine schlechten Eigenschaften stärken. Er wird aus dir ein Monster machen. Er hat es schon fast geschafft. Denk an Lene. Sie würde das nicht wollen.«
Das tat ich.

Herr Ströbel schob ihn wieder weg. »Ja, mein Großer. Denk an Lene. Denk dran, wie der Typ sie befummelt hat. Sie manipuliert hat. Leon wird sich bei ihr einschleimen. Er wird sich mit seiner Heulerei durchs System schlängeln. Alle werden Mitleid mit ihm haben, ganz egal, was er vorher getan hat. Er wird Lene nassmachen mit seinen falschen Tränen und ihre Mutterinstinkte wecken. Er wird für sie ein tragischer Held sein. Dann werden sie gemeinsam in den Sonnenuntergang reiten. Das wolltest du doch mit ihr machen oder nicht. Du hast sie verdient. Du bist ein Mann. Keine Heulsuse, der sie die Treppe herunterschmeißt. Du heulst nicht. Du kämpfst. Nutze deine Wut, anstatt herum zu heulen. Wut ist Energie. Damit kannst du alles erreichen.«
»Danke ihr beiden. Ich werde das Überdenken und eine Entscheidung treffen«, sagte ich und mein Schädel pochte.
»Hast du etwas gesagt?«, rief Leon aus dem Badezimmer. Meine Entscheidung habe ich schon längst getroffen. Die Argumentation von Herrn Ströbel gefiel mir besser, aber auch mein Magen hatte sich schon vorher entschieden. Gut, dass Leon clean war. Dann musste ich nicht noch eine weitere Sucht verinnerlichen.
Mir fiel auf, dass ich meine Jagdausrüstung im Auto vergessen hatte. Ich fluchte.
Da fiel mein Blick aufs Regal.
Dort lag eine lange Schere.
Ich ergriff sie. Die würde für Leon reichen.
Da ich mir seinen Geschäftsvorgang schon die ganze Zeit durch die Tür mit angehört hatte, wusste ich auch gleich, wo das Badezimmer lag.
Ich trat gegen die Tür. Meine Kraft war erheblich größer als beim letzten Treffen mit Leon. Die Tür flog krachend aus den Angeln.
Leon sprang mit weit aufgerissenen Augen von der Kloschüssel. Er sah mir an, was ich mit ihm vorhatte.
Er wäre wohl fast fertig geworden. Klopapier hing zwischen seinen Pobacken.

»Nein, Per! Tu es nicht, bitte! Bitte!«, wimmerte er und starrte entsetzt auf die Schere, die ich umklammert hielt.
»So, Leon. Ich habe Hunger. Du willst doch deinen Gast nicht warten lassen«, sagte ich und lachte. Es klang selbst in meinen Ohren gruselig.
»Per, bitte tu es nicht!«, flehte Leon.
»Du warst bei ihr. Du hast Lene schon wieder wehgetan. Hast sie bedroht«, knurrte ich.
»Äh ... Was?! Nein! Lass dich nicht von Justin manipulieren. Ich weiß nicht, was er dir erzählt. Glaube mir. Es stimmt nicht, Mann! Er ist der Teufel. Er wird auch dich töten!«
»Vielleicht? Vielleicht auch nicht. Erst einmal wirst du abnippeln.«
»Per, bitte ... bitte ... Justin belügt dich! Ich habe nichts gemacht! Ich verdiene eine zweite Chance! Bitte! Tu mir nichts!«
Vielleicht hatte Leon recht. Vielleicht wurde ich gerade von Justin mächtig verarscht.
Und hatte nicht jeder eine zweite Chance verdient? Sogar ein Leon?
Doch mir war es egal. Meinem Magen sowieso. Leon starb ja nicht wirklich. Er konnte ja in mir weiterleben. Leon zog vom Armaturenbrett eine kleine Nagelschere und hielt sie auf mich gerichtet. »Hör auf, Per! Ich will dir nicht wehtun.«
Ich musste mich fast totlachen. »Wie süß.«
Leon wimmerte. Dann resignierte er. Entschlossenheit lag auf einmal in seinen Augen. Er wollte leben.
Kampflos würde er nicht abtreten.
Er spülte noch einmal.
Dann rannte er brüllend mit der Nagelschere auf mich zu.

36

Am Abend knallte ich zwei große Plastiksäcke mit Gulasch auf den Tisch. Justin klatschte in die Hände.
»Herzlichen Glückwunsch zu deiner Entjungferung, Per. Du bist jetzt einer von uns. Du bist jetzt ein Jäger.«
Lisa schien die Euphorie von Justin nicht zu teilen. »Hast du das Handy vernichtet?«
Ich dachte nach. »Nein.«
Das hatte ich ganz vergessen.
»Aber ... aber du hast doch wenigstens die Nachricht an den Cleaner geschickt«, stammelte Lisa entsetzt.
Ich überlegte wieder. »Äh ... nö.«
Lisa schnappte nach Luft. Auch Justins Freude über meine Jagdtrophäe war wie weggeblasen. »Scheiße, Per! Du musst auch mal nachdenken! Was stimmt nicht mit dir?«
»Schrei mich nicht an«, knurrte ich.
»Immer musst du dich wie ein Psycho benehmen. Du kannst einfach nicht deinen Kopf benutzen. Vielleicht war es ein Fehler gewesen, dich hier bei uns aufzunehmen!«, rief der Schauspieler.
Ich hatte die Schnauze voll. Ich konnte ja auch alleine jagen gehen.
Ich schnappte mir einen Sack. Den anderen ließ ich auf dem Tisch. Als Dankeschön für die Unterkunft. »Dann geh ich eben.«
»Dreh mir nicht den Rücken zu!«, schrie Justin hinter mir.
Ich ging unbeeindruckt weiter. Doch Justin verstand es, von hinten zuzustechen.
»Weißt du, was ich mit Lene gemacht habe?«
Er hatte meine volle Aufmerksamkeit. Ich drehte mich um. »Was?«
»Ich habe sie gefickt, Per. Wieder und wieder. Sie hat meinen Namen geschrien. Danach haben wir gekuschelt. Ganz romantisch. Wir haben gelacht. Besonders als wir über dich sprachen.«
Mein Herz zerbröselte und ließ einen Stein zurück. Alles wurde kalt.

»So, so«, knurrte ich. »Was war denn so witzig?«
»Wir haben über deinen Schwanz gesprochen. Sehr lustig bei deiner Größe. Passt nicht so ganz, oder?«
Ich konnte nicht sprechen. Mein Kiefer war verkrampft. Dafür sprach Justin fröhlich weiter.
»Ein richtiges Ringelschwänzchen hat sie gesagt. Dann hat sie laut gelacht. So habe ich sie noch nie lachen gehört. Richtig befreiend. Hat sie bei dir überhaupt mal gelacht, Per?«
Ich überlegte, wie Justin wohl schmecken würde.
»Worüber denkst du nach, Per? Warum sie dich verlassen hat? Du konntest es ihr einfach nicht besorgen, Per.«
Vielleicht könnte ich einen Auflauf aus ihm machen. Ich verwarf den Gedanken. Das wäre viel zu einfach für einen wie Justin.
Schließlich fand ich was Passendes für ihn.
»Ich überlege gerade, ob ich aus dir Medaillons mache. Würde dir das gefallen, Justin?«, fragte ich und lächelte ihn an.
»Oh, du willst mich nun töten und fressen? Ich habe dich in meine Methode eingeweiht und dir ein Zuhause gegeben. Jetzt willst du mich also für diese Schlampe töten«, rief er und war aufrichtig beleidigt.
»Nenn sie nie wieder so«, sagte ich mit grollender Stimme.
»Immer verteidigst du sie. Immer suchst du sie, obwohl sie schon längst da ist. Nimm sie doch einfach. Sie schläft. Sie liegt oben in deinem Zimmer. Ich dachte, du bist ein richtiger Mann, Per. Ein Mann, der weiß, was er will und es sich nimmt. Scheinbar hab ich mich getäuscht. Scheinbar muss ich wohl ran.«
Justin schien das Ernst zu meinen. Nun hatte ich ein Problem damit, dass er mir den Rücken zudrehte. Er schlenderte entspannt auf die Treppe zu.
»Bleib stehen!«, schrie ich.
Er lief weiter.
»Ich warne dich, Justin. Ich töte dich!«
Nun blieb er stehen. Er drehte sich um und starrte mich kalt an.

»Deine Freundin hat versucht, uns alle umzubringen. Sie hat die Würstchen mit Gift präpariert. Lisa hat sie in der Küche gesehen.«
Seine Freundin nickte.
Eine ungeheuerliche Unterstellung. Das war für mich unvorstellbar. Allein der Gedanke brach Welten in mir. Sie würde keinem Menschen so etwas Hinterhältiges antun.
Lene war die Unschuld.
Ein Engel.
Mein Engel.
»Lüge!«, schrie ich.
»Sie hasst dich, Per! Und wir anderen sind ihr auch egal! Hilf mir, sie zu fressen. Lass uns teilen, Per! Scheiß auf die Nummer mit dem Handy. Vergeben und vergessen. Wir sind Seelenverwandte. Wir sind uns so ähnlich.«
Ich konnte und wollte es nicht fassen. »Hör auf, mir mit deinen Filmsprüchen auf den Sack zu gehen!«
»Aber es stimmt doch!«, rief er und sah mich mit großen Augen an. »Wir sind doch wie Brüder. Ich liebe dich! Lass diese dreckige Schlampe nicht zwischen uns kommen.«
»Hör endlich auf, sie so zu nennen!«, schrie ich aus vollem Hals.
Sabber lief mir übers Kinn.
»Per, sie hat Sabrina vergiftet. Das muss ich erst einmal verdauen. Ich bin mitten in der Trauerarbeit. Ich kannte die fette Sau seit meiner Kindheit. Das kann ich nicht tolerieren.«
Als ob Justin um irgendjemanden trauern würde als um sich selbst.
Ich lachte, obwohl ich keinen Grund mehr dafür sah.
Doch er war noch nicht fertig.
»Komm. Hilf mir. Du wirst es nicht bereuen. Wir teilen sie uns. Ich überlasse dir das größere Stück. Von der will ich gar nicht so viel haben. Sie wird dann immer bei dir sein. Sie wird dir nicht mehr das Herz zerficken können. Sie kann dir dann nicht mehr weglaufen. Nie mehr. Du kannst sie zähmen. Du kannst mit ihr machen, was du willst!«

Dass er mir so viel Egoismus zutrauen würde, machte mich noch rasender. *Aber vielleicht war die Idee ja gar nicht mal so schlecht?*
Entsetzt verdrängte ich diesen Gedanken. Es gab nur einen Weg zu Lene. Über Justins Leiche.
»Kämpfe mit mir, Justin«, sagte ich entschlossen.
Er sah mich überrascht an. Sein Kiefer klappte auf. Dann wieder zu.
»Du willst mit mir kämpfen?«
Ich nickte und ließ meine Fäuste knacken.
»Ich fordere dich heraus.«
Er brach in schallendes Gelächter aus. »Ernsthaft jetzt?«
»Ich kämpfe mit dir um Lene.«
»Jungs! Beruhigt euch«, rief Lisa.
»Halts Maul!«, schrie Justin. »Bist du sicher, Per? Weißt du, was du da gerade tust, oder ist dein Psychohirn wieder auf Autopilot.«
Meine Schultern verspannten sich. Konnte der Typ überhaupt kämpfen oder wollte er mich totlabern.
»Laber nicht ständig herum, du Lappen. Bist du kein Mann? Kämpf mit mir um Lene.«
Justin Pupillen erweiterten sich.
Er trat auf mich zu.
»Per, ich will dir nicht wehtun.«
Mein Handballen schoss hervor und explodierte in seinem Gesicht. Justin segelte durch den Raum. Er riss den Tisch um. Die Fleischsäcke fielen zu Boden. Das Blut schwappte heraus.
Galant sprang Justin wieder auf seine Füße. Er spuckte Blut und einen Zahn aus.
Dann grinste er, als wäre nichts gewesen.
»Per!«, rief er lachend. »Lene hat sich doch schon längst entschieden, als sie meinen Namen geschrien hat.«
Das grausame Bild stieg in meinen Kopf.
Dazu ihre Schreie.
Mein Herz wurde umklammert.
Jeglicher Saft wurde herausgepresst.
Meine Lippen zitterten.
Eine Träne lief über meine Wange.

Wie ich das hasste.
Ich wischte sie weg.
»Ach, wie süß. Da weint er«, sagte Justin und zog einen Schmollmund.
Nun kam meine Lieblingsemotion. Mörderische Wut.
»Hit me«, sagte Justin, schnalzte mit der Zunge und zwinkerte mir zu.
Ich wollte sein Gesicht zermatschen und holte zum vernichtenden Schlag aus.
Justin duckte sich und ich traf Lisa. Ich hörte es krachen.
Sie fiel um wie ein gefällter Baum.
Justin lachte hinter mir.
Ich drehte mich um.
Ich sah seinen Kopf auf mein Gesicht zurasen.
Dann hörte ich einen Knall.
Hörte, wie meine Nase zersplitterte.
Ein dumpfer Schmerz stach durch meinen Schädel.
Alles wurde taub.
Justin schlug einen Rückwärtssalto und traf mich mit beiden Füßen vor die Brust. Nun segelte ich durch den Raum und knallte hart gegen die Wand.
Ein stechender Schmerz zog durch meinen Rücken.
»Du bist so statisch, Per«, sagte Justin über mir. »Hast du denn gar nichts von meiner Technik behalten? Du steckst nicht in deinem Körper.«
Gerade wollte ich aufstehen, da traf mich seine Faust zwischen meine Schulterblätter und ich knallte zu Boden.
Er trat mir in die Rippen. Schon wieder hörte ich es knacken und mir blieb die Luft weg.
»Ach, Per. Das hast du dich wohl etwas überschätzt, was? Denkst du, wir sind die Einzigen, die Menschen fressen? Glaubst du nicht, dass auch andere die Jaqd zu schätzen wissen? Meine Technik ist sehr gefragt. Ich unterrichte sie überall. Du bist ersetzbar, Per. So einen wie dich werde ich wieder finden.«
Er packte mich am Kragen und schleuderte mich durch den Raum.
Hart schlug ich auf dem Boden auf.

Ich hatte genug. Ich zog die Schere, mit der ich Leon abgestochen hatte.
»Ich stech dich ab«, sagte ich mit nasaler Stimme.
»Okay.« Justin lächelte und zog sein Jagdmesser. »Komm her. Heulsuse.«
Er wusste immer, wie er bei mir die richtigen Knöpfe drücken konnte.
Ich stieß einen gellenden Kampfschrei aus.
Dann rannten wir knurrend aufeinander los.
Justin nahm Fahrt auf.
Er war viel schneller als ich.
Ich sah das Messer auf mich zurasen. Leons Blut, welches aus den Fleischsäcken ausgetreten war, sollte mein Leben retten.
Ich rutschte aus. Justins Messer zerschnitt meine Wange.
Gleichzeitig rammte ich ihm meine Schere in die Brust.
Er stieß Luft aus und landete auf mir.
Die Schere steckte noch in seiner Brust. Allerdings hatte ich zu hoch gezielt.
»Du musst schon mein Herz treffen«, sagte er und drückte mir die Kehle zu.
Ich schlug ihm ins Gesicht. Seine Lippe platzte auf.
Er schlug zurück und mein Kopf knallte auf den Boden.
Ich sah dunkle Flecken, die größer wurden.
Justin würgte mich ungerührt weiter.
»Du hältst etwas zurück. Du hast etwas, dass ich will. Du willst es mir nicht geben. Ich will dein Potenzial. Aber du willst es mir nicht geben. Das finde sehr unfair von dir. Dann werde ich es mir eben nehmen müssen.«
Ich fragte mich mittlerweile, ob er mich erwürgen oder totlabern wollte.
Doch dann kam mir eine Idee.
»Deine Vorstellung im Restaurant war erbärmlich«, presste ich heraus.
Entsetzt sah Justin mich an. Sein Griff lockerte sich.
»Was?«
»Du warst so affektiert und künstlich. Alles so aufgesetzt und verkrampft. Selbst Georg war besser als du.«

»Was? Nein! Nicht Georg!« Er ließ vor Schreck meinen Hals los.
Ein Fehler.
Ich zog die Schere aus seiner Brust. Seine Wunde öffnete sich.
Justins Mund klappte auf. Nun wurde ihm bewusst, dass er einfach nur ein Mensch war.
Zu spät.
Ich rammte ihm die Schere in den Hals. Justin schnappte nach Luft.
Er kippte gurgelnd von mir herunter.
Ich wollte die Schere wieder herausziehen. Er stoppte mich mit der Hand.
»Nein, das ... das mach ich lieber selber«, sagte er fast tonlos.
Er zog sie raus und machte mich nass.
Dann fiel er in meine Arme.
Ich strich dem sterbenden Justin über die Haare.
Er sah mich mit großen Augen an.
Mein Herz zog sich nach unten.
Er sah so menschlich aus.
So unschuldig.
»War ... war ich gut?«, röchelte er.
Ich nickte. »Ja, du warst sehr gut. Die ganze Zeit über.«
Justin lächelte.
Verdammt, er sah wirklich wie ein Engel aus.
Das Monster war verschwunden.
»Ich ... ich habe Angst, Per.«
Ich nahm seine Hand.
»Ich weiß.«
Ich sah, dass Justin weinte.
»Haben sich unsere ... unsere Opfer auch so gefühlt.«
Die Frage wollte ich ihm lieber nicht beantworten.
Er sollte friedlich einschlafen.
Er drückte meine Hand.
»Per, ich ... ich liebe ... dich.«
Dann starb er in meinen Armen und ließ ein Loch zurück.
Ich weiß nicht warum, aber ich würde ihn vermissen.
Egal, was passiert war.

Ich drückte eine Träne heraus. Ausnahmsweise. Es sah ja keiner.
Ich sah einen toten Menschen vor mir.
Dennoch würde ich ihn jetzt essen.
Oder gerade deswegen.

37

Der Stress setzte Bernd zu. Er zog hastig an seiner Zigarette, während er versuchte Justin zu erreichen.
Er war bei einem Tatort dazugestoßen. Einen Tatort, den er nicht gesäubert hatte. Weil er es nicht gewusst hatte.
Er war nicht informiert worden.
Selbst die erfahrenen Ermittler waren von dem grausamen Anblick der Leiche verstört gewesen.
Einer der unerfahrenen Ermittler war immer noch am Kotzen. Der andere Grünschnabel weinte wie ein Baby.
Dieser Leon war einfach zerfetzt und in seinem ganzen Haus verteilt worden. Vorher hatten die Ökos noch nie so eine Sauerei hinterlassen. Und sie hatten ihn angerufen.
Bernd erreichte Justin nicht. Wütend zog er wieder an seiner Zigarette.
Er trat gegen eine Spanplatte im Garten vor Leons Haus.
Die Nachbarin hatte einen großen, blonden Mann vor Leons Haus gesehen. Dieser hatte ihr lächelnd zugewunken, bevor er von Leon hereingelassen wurde.
Die Beschreibung stimmte in etwas mit der von Tommy überein.
Der Junge, der ihm entkommen war.
Bernd knurrte der Magen.
Hätte er Tommy bloß gleich gegessen.
Bernds Aggressionen nahmen zu. Er wollte Blut sehen.
Jemand musste sterben.
Man verarsche ihn nicht.
Er war ein Mann des Gesetzes.
Lisa und Justin hatten ihn verarscht.
Ihn in die Scheiße geritten.
Seine Kollegin war ihm auf der Spur.
Dass Tommy in seiner Obhut verschwunden war, hatte ihn verdächtig gemacht.
Bernd schnippte die Zigarette weg und stieg in sein Auto.
Corinna beobachtete ihn aus einiger Entfernung.

38

Ich hörte Schritte auf der Treppe. Dann stand sie im Türrahmen. Lene.
Ihr Anblick raubte mir jedes Mal den Atem. Ihre roten Haare. Die blauen Augen, in denen ich das Meer sah.
Ich liebte es, wenn sie verschlafen aussah. Wenn ihre Haare verwuschelt waren. Wenn ihr Gesicht ungeschminkt war. Sie war so eine Naturschönheit.
Sie hatte mich noch nicht gesehen.
»Ist Kaffee da?«, fragte sie in den Raum und gähnte. Dann sah sie mich und ihr Mund klappte zu. Ihre schönen Augen gingen auf. Sie erstarrte. »Was ... was ...«
»Hey, Lene. Es ist vorbei«, sagte ich und lächelte. »Wir gehen nach Hause.«
Sie sah, dass ich voller Blut war und stieß einen schrillen Schrei aus.
Ich hob meine Hände. »Ganz ruhig, Lene. Ganz ruhig. Es ist nicht mein Blut.«
Diese Tatsache schien sie komischerweise nicht zu beruhigen. Sie stieß noch einen Schrei aus. Als sie die Reste von Justin sah, einen Weiteren.
Dann starrte sie entsetzt auf Lisa, die immer noch bewusstlos auf dem Boden lag.
»Lene«, sagte ich feierlich. »Es ist vorbei.«
»Nein!«, schrie sie.
»Ganz ruhig, Lene. Schatz, ganz ruhig.«
»Justin hat es mir versprochen«, murmelte sie.
Ich verstand nicht.
»Was hat er dir versprochen?«
»Du ... du solltest nicht hier sein«, stammelte sie und sah mich mit aufgerissenen Augen an.
Ich machte einen Schritt auf sie zu.
Sie stieß einen weiteren Schrei aus.
Es klingelte in meinen Ohren.
Sie rannte weg.
Ich rannte hinterher.
»Lene!«, schrie ich. »Bleib stehen!«
Sie rannte aus dem Haus.

Ich folgte ihr.
Der Kies knackte unter ihren Füßen.
Sie schien sehr verstört zu sein.
Ich war erschüttert.
Was sie hier bloß erlebt haben musste?
Kurz vor der Scheune holte ich sie ein.
Ich griff sie beim Arm. Sie schrie wieder.
Ich sah einen großen, rötlichen Fleck an ihrem Hals.
Er sah aus wie ein Knutschfleck.
Justin.
Nein, das konnte nicht sein.
»Lene, was ist los? Was ist los?«, rief ich und merkte, dass ich wütend wurde.
»Fass mich nicht an!«
Ich drehte sie um. Sie sollte mich ansehen. Endlich ansehen.
Ihre Augen irrten wild umher.
Sie schien mit sich selbst zu sprechen.
»Justin ... Justin hat es versprochen. Er wollte ... wollte es heute beenden«, stammelte sie fassungslos.
»Lene, was ist los?«, schrie ich.
Sie zuckte zusammen.
»Lene! Ich will dir nichts Böses. Ich liebe dich!«
Nun sah sie mich direkt an.
Etwas anderes lag in ihrem Blick. Etwas, was ich nicht deuten konnte.
»Per, du ... du liebst mich nicht. Du liebst niemanden. Verstehst du es endlich? Du ... du bist besessen.«
Ich spürte einen Kloß im Hals.
»Lene. Es ... es tut mir leid, dass ich dich nicht eher gefunden habe. Ich konnte dich nicht beschützen. Verzeih mir.«
Sie sagte nichts.
Ich richtete mich auf. »Aber ich habe das geklärt. Keiner kann dir mehr was tun. Ich habe mich um alles gekümmert! Justin und Leon werden dir nichts mehr tun können!«
Lene riss entsetzt den Mund auf. »Du hast ... Leon?«
Sie begriff.

Dann fing sie an zu weinen. »Nein!«
»Doch!«, rief ich. »Was heulst du denn jetzt? Wegen dem Kerl? Weißt du nicht mehr, was er dir angetan hat!«
»Per. Du begreifst es einfach nicht.«
»Was?«
»Du ... du warst der Schlimmste.«
Mein Kloß im Hals wurde größer. Ich konnte nicht mehr schlucken.
Ich sah den großen Knutschfleck auf ihrem zarten Hals.
Ich sah, die Frau, die mich offenbar nicht mehr wollte.
Ich sah, wie die Dunkelheit in mir zunahm.

Lene starrte Per an.
Sie sah, dass der Teufel noch lebte.
Der Mann, der sie jahrelang misshandelt und vergewaltigt hatte.

39

Das Broken-Heart-Syndrom.
Auch durch Trauer konnte das Herz irgendwann aussetzen.
Manchmal gab es diese Todesursache einfach.
Besonders Frauen waren betroffen.
Lisa fragte sich, wann es bei ihr so weit war.
Schon wieder wurde ihr das Herz gebrochen.
Es war schon zu oft passiert.
Ihre erste große Liebe hatte es getan.
Dann die Zweite.
Bei Justin war sie sich dann sicher gewesen.
Nun war er ihr genommen worden. Von diesem Vergewaltiger.
»Justin!«, schrie Lisa aus vollem Hals, als sie den abgetrennten Kopf von ihrer großen Liebe vor sich sah.
»Nein! Nein!«
Sie musste würgen.
Dann kam der Hunger.
Das Schwein hatte ihn nicht nur abgeschlachtet. Er hatte auch kaum was für sie übrig gelassen. War noch genug für sie da? Konnte Justin überhaupt noch in ihr weiterleben?
Sie fing an, sich die Reste von Justin einzuverleiben. Der Geschmack ihres toten Freundes vermischte sich mit dem Salz ihrer Tränen.
Menschenfleisch hatte Vor- und Nachteile.
Man wurde stärker. Gesünder. Man eignete sich die Eigenschaften und Fähigkeiten seiner Opfer an.
Allerdings verrohte man auch. Wurde süchtig. Das Mitgefühl nahm immer mehr ab. Die Bestie kam immer weiter zum Vorschein. Die dunklen Seiten der menschlichen Natur.
Bei Per und Justin waren sie schon immer da gewesen. Diese dunklen Seiten.
Justin hatte seit seiner Therapie ein fragwürdiges Frauenbild gehabt. Per war ein durchgeknallter Psycho, der das Wort Liebe nicht kannte.

Justin hatte Lisa aus ihrem eigenen Gefängnis befreit.
Hatte sie mitgenommen auf eine Reise.
Lisa war gewachsen.
Konnte etwas aus sich machen.
Sich verbessern.
Neu entwickeln.
Unter seiner Führung war die Gemeinschaft strukturiert gewesen. Sonst hätten sich alle längst gegenseitig gefressen.
Er brachte Ordnung rein.
Bis er Per aufgenommen hatte. Diese hochgewachsene Missgeburt mit seinen widerlichen Blähungen. Lisa hatte ihn von Anfang an gehasst.
Seitdem ging es abwärts. Auch mit Justin.
Eigentlich fing es schon früher an. Als sie Frank gegessen hatten. Justin hatte sich seine Eigenschaften angezogen. War fremdgegangen.
Dabei hatte sie sich erhofft, dass er Franks schriftstellerischen Erfolg übernehmen würde.
Gestern Abend wollte sie alles beenden. Justins Seitensprünge, seine fragwürdige Beziehung zu Per.
Da Justin keine Würstchen mochte, wollte sie den Rest der Gemeinschaft mit Arsen auslöschen.
Doch Per versaute auch das.
Sonst hätte sie Justin für sich alleine gehabt.
Nun war die Gemeinschaft auf andere Weise zerstört worden.
Das Herz wurde herausgeschnitten.
Jetzt würde es Krieg geben.
Lisa hatte nichts dagegen.
Ihr Herz war nun kalt.
Die Jagd hatte begonnen.
Nachdem sie die Reste von Justin verinnerlicht hatte, trat sie aus dem Haus und lief zum Van.
Sie zerstach die Reifen.
Keiner sollte diesen Ort lebendig verlassen, bevor sie Per kastriert hatte.

40

Lene wich in die Scheune zurück.
Per eilte ihr nach.
Sein Gesicht war schon rot angelaufen.
Kein gutes Zeichen.
Auch ansonsten sah er nicht mehr gut aus.
Die Nase gebrochen.
Das blonde Haar zerzaust.
Eine tiefe Schnittwunde zog sich über seine Wange.
Sie starrte auf seine großen Hände.
Per stolperte über einen Stein.
Früher hatte sie seine Unbeholfenheit süß gefunden.
Seine ruhige Art angenehm.
Er war über zwei Meter groß. Da hatte sie sich sicher gefühlt.
Doch sie hatte sich getäuscht.
Per fraß alles in sich hinein. Bis er explodierte.
Die Folgen waren verheerend für sie gewesen.
Am Anfang war er einfach nur mal ausgerastet. Kam bei jedem vor.
Die Beziehung war zunächst harmonisch verlaufen.
Doch dann kam die Corona-Pandemie.
Er verlor seinen Job. Wurde frustrierter. Wütender.
Sie mussten mehr Zeit miteinander verbringen.
Per gewöhnte sich daran.
Sie nicht.
Sie merkte, dass er sie gar nicht liebte.
Er kannte dieses Gefühl nicht.
Er liebte sich ja selbst nicht mal.
Er liebte sie nicht. Er war abhängig von ihr.
Dennoch war er von seiner Liebe überzeugt.
Er kontrollierte sie. Er bedrängte sie.
Seine Eifersucht wurde immer grotesker. Immer gefährlicher.
Tatsächlich schaffte sie es, einen Schlussstrich zu ziehen. Sie dachte, er hätte es akzeptiert. Sie hatte sich getäuscht. Wahrscheinlich stalkte er sie schon die ganze Zeit über.

Davor war einiges passiert.
Oft hatte sie im Krankenhaus gelegen.
Tagelang. Manchmal auch Wochen.
Sie dachte, sie hätte ihm verziehen.
Er war schließlich krank.
Er schien nicht einmal zu wissen, was er ihr angetan hatte.
Er machte es sich leicht.
Er verdrängte es einfach.
Er konnte es nicht begreifen.
Sollte er es tun, würde er durchdrehen.
Die Begegnung mit Per schien Lene immer wieder einzuholen.
Es war wie ein Fluch.
Immer wieder geriet sie an solche Typen.
Schien sie magisch anzuziehen.
Trotz der immer wiederkehrenden Misshandlungen waren die Typen nicht so schlimm wie Per.
Dann geriet sie an Justin. Ein Psychopath. Aber er gab ihr einen Ausweg. Er gab ihr Kraft. Sie konnte sich endlich wehren. Denn die Typen suchten sie. Genau wie Per.
Sämtliche Ex-Freunde konnte sie dadurch loswerden.
Dabei wurde sie stärker.
Doch dann beging sie einen Fehler.
Sie erzählte Justin von Per.
Er reagierte nicht mitfühlend.
Er war fasziniert.
Er wollte Per und lockte ihn hier her.
Sie stellte Justin zur Rede.
Er versprach ihr, sich um Per zu kümmern.
Das Problem für sie zu lösen.
Doch das war wohl nie sein Vorhaben gewesen.
Jetzt konnte er sein Versprechen nicht mehr halten.
Nun stand sie vor Per und musste sich selbst um ihn kümmern.
Sie musste ihre Angst hinunterschlucken.
Eine starke Frau sein.
Sie durfte ihm keine Schwäche zeigen.
Die würde er sofort ausnutzen.

Sie durfte keine Angst zeigen.
Das würde ihn wütend machen.
»Was spielst du hier eigentlich für Spielchen?«, fragte Per und sah sie mit großen Augen an.
Seine grünen Augen hatte sie früher sehr schön gefunden. Jetzt jagten sie ihr nur noch Angst ein.
»Ich spiele keine Spielchen, Per«, sagte sie und versuchte, das Zittern in ihrer Stimme zu unterdrücken.
»Das sehe ich anders. Ich bin hier. Du weist mich ab. Dabei bin ich für dich durch die Hölle gegangen.«
»Selber schuld«, sagte Lene ungerührt.
»Lene. Ich habe Menschenfleisch gegessen. Menschenfleisch! Wegen dir!«, schrie Per sie an und besprenkelte sie mit seiner Spucke.
Ja, natürlich bin ich wieder schuld, dachte Lene. Das war immer so bei ihm.
An allem war sie schuld.
»Dein Guru hängt mir noch zwischen den Zähnen«, sagte Per etwas ruhiger. Er öffnete seinen Mund und zeigte ihr sein Zahnfleisch.
»Das war deine Entscheidung.«
»Lene, was ist denn los?« Per streichelte ihren Arm.
Sie zuckte angewidert zurück.
Seinen zarten Berührungen waren mittlerweile schlimmer als seine Schläge.
Seine Zärtlichkeit war für sie nur noch ekelerregend.
Sie schlug seine Hand weg. »Fass mich nicht an! Nie wieder! Verstanden!?«, rief Lene wütend.
Er stieß sie brutal gegen das Scheunentor. »Ich hab langsam die Schnauze voll, Lene! Hör auf, hier ständig herum zu bocken!«, brüllte er sie mit schriller Stimme an.
»Du wolltest doch, dass ich komme!«
»Das war Justins Idee.«
»Warum?«
»Für seine Feldstudien. Er wollte den Teufel spielen.«
»Lene, ich will nur dein Bestes. Begreif es doch endlich!«
»Hau ab!«, schrie sie zurück.

»Hör auf endlich auf, mich abzuweisen!«, schrie er und fuchtelte wild mit seinen langen Armen vor ihrem Gesicht. »Ich liebe dich!«
»Und ich hasse dich! Du widerst mich an! Mir wird übel, wenn ich dich nur sehen muss! Begreifst du nicht, was du mir angetan hast? Kapierst du es nicht?!«
Per lachte nur. »Ach, und dein toller Justin war so viel besser als ich? Hast du deswegen seinen Namen geschrien, du kleine Schlampe?«
»Ja!«
Nun weinte Per.
Lene wusste, dass es jetzt gefährlich werden würde.
Per hasste jeden, der ihn zum Weinen brachte.
Er wischte sich die Träne weg. Nun hatte er den Tunnelblick, den Lene so gefürchtet hatte.
Er lächelte sie böse an.
»Ich zähle jetzt bis zehn. Du weißt, wie es läuft.«
Das wusste Lene nur zu gut. Sie kannte dieses Spiel.
»Dann werde ich dir Respekt beibringen«, sagte Per ruhig und drehte sich um.
Lene begann zu rennen.
Per fing an zu zählen.
»Zehn ... neun ... acht ... sieben ... sechs ... eins. Ups, hab mich wohl verzählt. Ich komme!«
Er holte sie mit seinen großen Schritten schnell ein und riss sie brutal an den Haaren zurück.
Doch Lene hatte dazugelernt.
Einer ihrer Ex-Freunde war Thaiboxer gewesen.
Diese Eigenschaft hatte sie gut verinnerlicht.
Sie rammte ihm den Ellbogen in die Rippen.
Per japste auf.
Dann drehte sie sich um und schlug ihm mit ihrem Handballen auf seine gebrochene Nase. Es knackte.
Doch Per ließ sich nicht beirren.
Brutal zog er sie an den Haaren hoch.
Dann schleuderte er sie quer durch die Scheune.
Sie fiel zu Boden.
Brüllend rannte er auf sie zu.
Sie rappelte sich auf.

Er holte zum Schlag aus.
Doch er war zu langsam.
Sie duckte sich und seine Faust krachte gegen einen Balken.
Sie trat ihm in die Kniekehle.
Er knickte ein.
Dann rammte sie ihm das Knie ins Gesicht.
Per landete auf allen vieren.
Das nutzte Lene, um ihm wuchtig von hinten in seine Weichteile zu treten.
Dabei stieß sie einen befreienden Schrei aus.
Per jaulte laut auf.
An der Holzwand lehnte eine Axt. Lene nahm sie sich.
Per kniete immer noch. Er stöhnte und sah überrascht zu ihr auf.
»Stirb«, sagte Lene und holte aus.
»Nein!« Plötzlich wurde sie von Roswitha zu Boden gerissen.
Lene schlug mit dem Kopf gegen den Balken.

41

Ich habe übelste Schmerzen. Meine Ex-Freundin hatte mir den Arsch versohlt. Ich war aufrichtig stolz auf sie. Jetzt war ich richtig verliebt. Ich habe die Prügel verdient, das wusste ich. Es war einer dieser Momente. Zum Glück war ich mir nur selten meiner Taten bewusst. Mein Tunnelblick konnte mich meistens retten.
Dann fielen diese quälenden Erinnerungen tief in mich hinein, wie Steine in einen Brunnen.
Aber jetzt war der Moment da.
Mein Herz explodierte wie eine Handgranate und zerfetzte meine Seele.
Magensäure zersetzte mich von innen.
Mir war nur noch übel.
Schlecht.
Ich konnte meinen Anblick nicht mehr im Spiegel ertragen.
Dieser Zustand war nicht lange auszuhalten.
Ich würde vor Selbsthass verbrennen.
Ich würde komplett durchdrehen.
Dann doch lieber mein Tunnelblick.
Ich wollte einen Neuanfang.
Mit Lene.
Ich hatte gehofft, sie könnte mir meine Taten verzeihen.
Aber dafür war es längst zu spät.
Wir befanden uns bereits im Krieg.
Immer dasselbe Ritual.
Immer wieder musste sie mich stechen.
Das war ihre Art.
Dann verlor ich die Beherrschung.
Das war meine Art.
Es war ein Trauerspiel. Doch es wurde noch trauriger. Jetzt musste ich mir mit ansehen, wie der Kopf von Lene gegen einen Balken schlug. Alles schrie in mir. Aber ich bekam keinen Laut heraus.
Roswitha baute sich vor mir auf.
Sie weinte.
Scheinbar konnte sie meine Trauer nicht ertragen.

Sie schien mich wirklich zu lieben.
Warum auch immer.
»Das ... das ... habe ich nicht gewollt.« Sie deutete auf Lene.
Ich kroch zu meiner Ex-Freundin. Fühlte an der Stelle nach, wo ich ihren Puls vermutete. Fühlte nichts.
Alles erfror in mir.
Ich sah Roswitha an.
»Per. Lass uns abhauen.«
Ich bekam keine Luft mehr.
Mein Sichtfeld verengte sich.
Tränenbäche sprudelten aus meinen Augen.
Es war mir egal. Mir war alles egal.
Nur noch Dunkelheit.
»Per ... tut mir leid ... ich habe...«
»Du«, knurrte ich.
Sie wich zurück.
Mir war vollkommen bewusst, dass Roswitha mich gerade gerettet hatte. Dass sie beste Absichten gehabt hatte. Mich liebte. Obwohl ich es mir nicht vorstellen konnte.
Warum auch?
Meine Ex-Freundin hingegen nicht. Lene wollte meinen Tod. Ich konnte es ihr nicht mal verübeln. Verdient habe ich es nicht nur einmal.
Leider war mein rationaler Anteil nicht so stark wie mein emotionaler.
Dieser bestand hauptsächlich aus rasender Wut.
Das stellte auch Roswitha fest, als ich schreiend auf ihr saß und ihre Kehle zudrückte.
»Du blöde Sau! Was hast du getan? Was hast du bloß getan?!«
Ich sah Panik und Angst in ihren Augen, während ich ihr die Luft abdrückte.
Aber auch etwas anderes sah ich immer noch in ihren Augen.
Trotz allem.
Trauer.
Und Liebe.
Ich konnte es nicht fassen.

Es machte mich wahnsinnig.
Ich wollte es nicht glauben.
Ich konnte es nicht glauben.
Ich wollte ihr diese Lüge aus dem Hals drücken.
Meine unendliche Wut und Verzweiflung gab mir die nötige Kraft dazu.
»Verdammte Scheiße! Bist du blöd? Miststück! Du wolltest ihren Platz einnehmen! Das wirst du nie! Ich hab es dir gesagt!
Keiner hört mir zu! Alles muss ich tausendmal sagen! Alles muss ich wiederholen! Niemand macht, was ich sage! Keiner hat Respekt vor mir! Scheiße! Stirb endlich!«
Sie war schon längst tot.
Ihre aufgerissenen Augen starrten mich anklagend an. Oder waren sie traurig?
Wie so oft, sollte mein Schuldbewusstsein erst später eintreten.
Für mich zählte jetzt Lene.
Ich sah an die Stelle, wo sie lag.
Gelegen hatte.
Sie war nicht mehr da.
Ich blickte aus der Scheune.
Sie stand am Heuwagen und sah mich mit kalten Augen an.
»Hi, Per!«, hörte ich hinter mir eine Stimme.
Ich drehte mich um.
Lisa. Sie funkelte mich hasserfüllt an.
Entschlossen trat sie auf mich zu.
Dann rammte sie mir ein Messer ins Gesicht.

42

Bernd war das Tempolimit egal. Er drückte auf die Tube.
Sein Schnauzbart zitterte.
Ständig musste er sich kratzen.
»Du fährst zu schnell«, sagte Rolf. Der Grünschnabel, den Bernd als Verstärkung eingesackt hatte.
»Schnauze.«
Rolf sah zu Bernd auf. Wollte so sein wie er. Er würde Bernd bei seinem Vorhaben nicht im Wege stehen. Aber seine Fragen gingen Bernd mächtig auf die Nerven.
»Woher weißt du, dass das Terroristen sind? Wollen wir nicht auf die anderen warten?«
Bernd platzte.
»Maul halten, Rolf! Du stellst nur dämliche Fragen! Du musst auf dein Bauchgefühl hören! Auf deinen Instinkt! Sonst wirst du nie befördert werden!«
Bernd vermutete, dass Corinna ihn verfolgte.
Öfter war dasselbe Auto im Rückspiegel aufgetaucht.
Jetzt musste er schnell handeln.
Er musste klarstellen, wer der Chef im Ring war.
Der König des Dschungels.
Er musste alle Spuren beseitigen.
Sie waren fast am Ziel.
Bernd fuhr noch schneller.
Er stopfte sich eine Bulette rein.
»Kann ich auch eine haben?«, fragte Rolf.
»Nein!«
Nur noch wenige waren übrig.
Er brauchte neues Fleisch.
Er hatte Hunger.
Er musste das Gleichgewicht wieder herstellen.
Sie hatten ihn respektlos behandelt.
Haben ihn zum Narren gehalten.
Diesen Fehler sollten diese Ökos bereuen.
Bernd würde sie alle abknallen.
Er spürte das Holster an seinem Bein.
Es beruhigte ihn etwas.
Er schloss sein Handy an das Radio an.

Stellte eine Verbindung her.
Dann spielte er ein Rechtsrocklied ab.
Zur Motivation.
Er hatte es oft gehört, bevor er bei Demonstrationen eingesetzt wurde.
Zum Anheizen.
»Ist das Lied nicht verboten?«, fragte Rolf.
Bernd sah ihn an.
Der Rolf kannte sich wohl aus.
»Halt die Fresse, Rolf!«
Er drehte die Musik lauter und trat das Pedal bis zum Anschlag durch.

43

Mit einem wütenden Schrei hatte ich mir das Messer aus der Backe gezogen.
Lisa und Lene waren davongelaufen.
Dann hatte ich mich mit Roswithas Leichnam in den Schuppen zurückgezogen.
Dort hackte ich sie klein und mundgerecht. Da mein Gesicht von Justin und Lisa malträtiert worden war, brauchte ich sehr lange um Roswitha in mich aufzunehmen.
Nun war die Mahlzeit beendet.
Ich ließ mich erschöpft auf dem Stuhl im Schuppen nieder.
Der schwarze Raum öffnete sich wieder.
Sabrina trat in meinen Kopf.
Sie zeigte mit dem Finger auf mich. »Toxische Männlichkeit!«, schrie sie.
Ich war etwas verwundert. Wie kam sie da hinein? Ich hatte sie doch gar nicht gegessen.
»Halts Maul«, sagte Justin.
Sabrina verschwand protestierend aus meinem Kopf.
Roswitha kam und stieß Justin zur Seite.
Traurig sah sie mich an.
»Warum, Per? Was habe ich dir getan? Warum musstest du mich töten?«
Ich wimmerte. »Ich … ich dachte Lene…«
»Wir beide hätten glücklich sein können. Du hättest neu anfangen können. Ich habe dich geliebt, Per. Lene liebt dich nicht mehr. Ihr tut euch gegenseitig nur noch weh. Du bist nicht gut für sie. Du tust ihr weh. Lass sie endlich los. Fang ein neues Leben an. Geh ganz weit weg. Vergiss alles.«
»Ich kann das alles nicht vergessen. Ich habe so viel Schlechtes getan.«
»Dann stell dich! Nimm deine Bestrafung an.«
Justin lachte von weiter hinten. »Der kommt doch aus dem Knast gar nicht mehr raus!«

Ich weinte nun ausgiebig. Mir konnte ja keiner mehr zusehen. Außer meine Opfer. In meinem Kopf.
»Gut so. Lass es endlich raus, Per. Sei nicht mehr wütend. Zeige deine Traurigkeit«, motivierte mich Roswitha.
»Ich bin Dreck!«, heulte ich.
Justin äffte mich von weiter hinten nach. »Heulsuse! Waschlappen!«, knurrte er und spuckte auf den Boden.
»Hör nicht auf ihn. Du bist nicht nur Dreck. Du hast sehr, sehr schlimme Dinge getan, Per. Ganz schlimme Dinge. Da gibt es gar nichts schönzureden. Aber du hast auch gute Seiten, so wie jeder Mensch. Du hast mich und Lisa im Restaurant vor Enrico beschützt. Du hast den Jungen verschont. Ihn gerettet. Alle anderen aus der Gemeinschaft wollten seinen Tod. Du nicht. Du hast Tommy laufen lassen. Das bist auch du, Per. Nur lass Lene endlich ziehen. Was du ihr angetan hast, kannst du nicht mehr gutmachen. Nie mehr.«
»Vielleicht ... vielleicht kann ich mich bei ihr entschuldigen.«
Sämtliche Opfer in meinem Kopf fingen an zu lachen. Es klang wie ein grausamer Chor.
»Sorry, Per. Das reicht nicht mehr«, sagte Roswitha. »Dafür ist es längst zu spät. Das Beste, was du machen kannst, ist zu verschwinden. Bau dir ein neues Leben auf. Tue Gutes. Hilf anderen Menschen. Lene darfst du nie wieder sehen. Wenn ihr euch noch einmal seht, wird euch das ins Verderben reißen.«
Ich nickte. Vielleicht war es das Beste für mich und Lene.
»Blah, Blah, Blah ... « ,sagte Justin und gähnte. »Weißt du noch, Per? Auf der Party. Das Mädel aus der Schule hatte dich angemacht. Ihr seit in den Park gegangen. Sie hat dir Hoffnung gemacht. Ihr wolltet eine Nummer schieben im Gebüsch. Dachtest du. Dann sind deine Klassenkameraden aus dem Gebüsch gesprungen. Sie haben Fotos von deinem Schwanz geschossen. Das Mädel hat sich kaputt gelacht. Dich ausgelacht. Sie haben die Bilder in der Schule ausgeteilt. Dabei war dein Penis ...«

»... nicht mal erigiert!«, ergänzte ich Justin empört. Wut stieg wieder auf.

»Genau, mein Junge!«, lobte mich Justin und klatschte in die Hände »Die wissen alle dein gutes Stück nicht zu schätzen! Sie haben Vorurteile gegen dich! Lachen dich aus! Du kannst machen, was du willst. Von wegen, tue Gutes. Die werden immer nur das Schlechte in dir sehen. Dich kritisieren. Du musst sie alle kaltmachen. Sonst bleibst du ein Schwächling. Eine Heulsuse«, presste Justin aus zusammengebissenen Zähnen hervor. Hass loderte in seinen Augen auf. Ich fragte mich einen Moment, ob er mir seinen persönlichen Frust offenlegte. »Zeige keine Schwäche! Folge deiner Natur. Sei endlich ein Mann!«

Roswitha schüttelte den Kopf. »Das stimmt so nicht. Selbst wenn? Es ist doch egal. Du musst dich selbst mögen. Dann mögen dich auch andere. Alle anderen brauchen dich nicht zu interessieren. Die sind es nicht wert. Die haben ihre eigenen Probleme. Dein Penis ist groß genug, Per. Ich hab ihn doch gesehen. Da brauchst du dich nicht zu verstecken. Fang woanders ein neues Leben an. Voller Liebe und Selbstbewusstsein. Dann kann alles noch gut werden. Du hast eine zweite Chance. Und denk daran: Gerade unsere Schwächen machen uns liebenswert.«

Justin stöhnte auf. Es sah aus, als würde er Roswitha jeden Moment vor die Füße kotzen.

»Was für ein sentimentaler Schwachsinn! Das ist doch alles klebrige Kacke! Willst du dich wirklich für den Rest deines Lebens mit deinen Taten auseinandersetzen, mein Junge? Dann wirst du nur noch heulen. Wo bleibt da der Spaß? Sei lieber ein Mann. Nimm dir, was du brauchst. Lene wird schlimmere Typen treffen als dich, aber sie wird immer mit dem Finger auf dich zeigen. Sie ist undankbar. Sie weiß dich nicht als Mann zu schätzen. Sie weiß nicht, was gut für sie ist. Du musst sie daran erinnern. Alle musst du daran erinnern!«, brüllte Justin. »Lass dir nicht weiter Hörner aufsetzen. An der Wand

hängt eine Kettensäge. Nimm sie dir. Renn los. Mach die Schlampen platt.«
Mir wurde schwindelig. Die Stimmen redeten immer schneller durcheinander. Außerdem hatte ich Hunger.
»Per, wenn du das tust, bist du verloren. Du wirst einen qualvollen Tod sterben. Es wird alles vorbei sein. Ich weiß, in dir steckt noch Gutes. Du willst Lene nicht mehr wehtun. Hör auf! Stoppe es! Jetzt!«, rief Roswitha.
Mir leuchtete das durchaus ein. War wahrscheinlich das Beste.
»Denk dran, was ich dir gesagt habe«, sagte Justin und zwinkerte mir zu. »Wenn du sie frisst, wird sie für immer bei dir sein. Sie wird nie wieder weglaufen können. Sie gehört dir. Du kannst mit ihr machen, was du willst.«
Ich hatte Hunger.
Ich wollte Fleisch.
Ich wollte Lene.
Nach wie vor.
Es hatte sich nichts geändert.
Justins Argumente gefielen mir besser.
Er lächelte.
Er wusste, wie ich dachte.
Roswitha begann zu schreien. Ihre Stimme entfernte sich dabei.
»Nein, Per! Tu es nicht! Bitte! Du wirst…«
Justin schnippte mit dem Finger. »Magic!«
Roswitha löste sich in Luft auf.
Justin lachte.
Ich lachte auch.
»Danke, mein Freund«, sagte ich.
»Nichts zu danken, Bruder. Ich liebe dich.«
»Ich dich auch.«
»Ich werde immer bei dir sein«, sagte Justin und lächelte.
Ich habe genug gehört.
Ich war nun vollkommen von Dunkelheit umgeben.
Mein Sichtfeld war wieder verengt.
Ich war auf ein Ziel fokussiert.
Mein berühmter Tunnelblick war wieder da.
Alles Gute ließ ich los.

Ich holte die Kettensäge von der Wand.
Ich warf sie an.
Wütend brüllte sie auf.
Ich bekam sofort eine Erektion.
Es war Liebe auf den ersten Blick.
Sie fühlte sich gut in meiner Hand an.
Als wäre sie ein Teil von mir.
Als wäre sie angewachsen.
Ich war bereit.
Die Kettensäge röhrte.
Es war Zeit, auf die Jagd zu gehen.

44

Lisa und Lene rannten durch den Wald. Die Reifen des Vans waren zerstochen worden. Nun mussten sie ihre Flucht zu Fuß antreten.
In weiter Ferne hörten sie eine Kettensäge heulen. Dann das Knacken eines Zweiges. Das zweite Geräusch war näher. Sehr nahe.
Lisa sprang hinter eine große Eiche. Lene wollte ihr folgen, doch es war zu spät. Sie wurde zu Boden gerissen. Der Arm wurde ihr brutal auf den Rücken gedreht. »Polizei! Auf Boden! Liegen bleiben!«, brüllte eine Männerstimme über ihr. Dann spürte sie den kalten Lauf einer Pistole in ihrem Nacken. »Wo ist Justin? Rede!«.
»Ist das etwa eine Terroristin?«, fragte eine andere Männerstimme.
»Schnauze, Rolf! Lass mich meine Arbeit machen!«, brüllte der Mann über ihrem Rücken.
Rolf stand herum und starrte verwirrt durch die Gegend. Er sah nicht, wie sich Lisa von hinten an Bernd heranschlich. Sie zückte ihr Messer.
Es knallte ein Schuss.
Das Messer fiel zu Boden. Lisa schrie auf und hielt sich ihren blutenden Arm.
»Polizei!«, schrie Corinna und richtete ihre Waffe auf Lisa.
Bernd drehte sich um und starrte ungläubig auf die beiden Frauen hinter ihm.
»Was sollte das denn werden? Wolltest du mich abstechen, hä? Na warte, du dreckiges Miststück!«, knurrte Bernd.
»Bernd, ich …«, begann Lisa.
Er schlug Lisa den Kolben seiner Waffe ins Gesicht. Sie sackte zu Boden. »Halt die Fresse! Auf den Boden! Wo ist Justin?«
Wieder das Brüllen einer Kettensäge. Nur viel näher. Corinna sah sich um. »Was ist hier los, Bernd?«
»Das sind die Terroristen! Das sind die Drogendealer!«

Corinna war verwirrt. »Was denn jetzt?«
Das Geräusch der Kettensäge näherte sich rasant.
»Bitte!«, flehte Lene, die immer noch auf dem Bauch lag.
»Wir müssen hier weg! Alle!«
Die Kettensäge brüllte wieder. Sie war nun ganz nah.
»Wer sägt denn da die ganze Zeit, verdammte Scheiße!«, schrie Bernd.
»Ein Waldarbeiter?«, fragte Rolf.
»Halt endlich deine Fresse, Rolf! Du hast hier nichts zu melden!« Bernd war kurz vor dem Explodieren. Knallrot war sein Gesicht. Sein Schnauzbart kam aus dem Zittern gar nicht mehr raus.
»Das war alles, Per! Er ist durchgedreht«, sagte Lisa »Er ist für alles verantwortlich. Er ist an allem schuld. Er hat die ganzen Menschen umgebracht. Du musst ihn einfach nur kaltmachen. Dann räumen wir gemeinsam auf.«
Dann kickte sie der verwirrten Corinna die Waffe aus der Hand.
»Damit kann ich was anfangen«, sagte Bernd beruhigt. Er lächelte und richtete seine Waffe nun auf Corinnas Kopf.
»Du hast die gläserne Decke erreicht, Schätzchen. Ich bewundere deine Beharrlichkeit, dein Potenzial. Muss ich erst einmal verdauen.«
Corinna war fassungslos. »Bernd!«
»Corinna, ich hab dich zum Fressen gern.« Gier leuchtete in Bernds Augen auf.
Währenddessen sah Lene Per auf einem umgestürzten Baumstamm stehen. Seine Augen leuchteten wild. Er hielt die Kettensäge in der einen Hand. Mit der anderen winkte er ihr zu. Dabei lächelte er. So weit sein entstelltes Gesicht das noch hergab.
»Warum richtest du die Waffe auf Corinna?«, fragte Rolf seinen Kollegen.
Unterdessen holte Per wie ein Hammerwerfer aus und schleuderte die Kettensäge.
»Alter, Rolf. Halt endlich …«
Weiter kam Bernd nicht. Er wunderte sich noch, dass das Geräusch der Kettensäge so schnell näher kam. So

schnell auf sein Gesicht zuraste. Doch er reagierte zu langsam.
Das sollte ihm seinen Kopf kosten.
Rolf fing sofort an zu kotzen.
Corinna schnappte entsetzt nach Luft. Doch sie erholte sich schnell von ihrem Schock. Leben kam in ihrem Körper. Sie sah ihre Waffe auf dem Boden. Sprang danach. Lisa warf sich auf sie.
Die Frauen rangen miteinander.
Doch Lisa war stärker.
Sie nagelte Corinna am Boden fest und riss mit den Zähnen Fleischbrocken aus ihrem Hals.
Rolf kotzte weiter.
Per rannte brüllend los.
Lisa, die immer noch auf der toten Corinna kniete, feuerte eine Salve aus der Pistole in Richtung Per.
Der schlug einen Haken und umrundete die Drei in rasanter Geschwindigkeit.
Lisa feuerte das ganze Magazin leer, während Per schnell um sie herum rannte und weitere Haken schlug.
Lene konnte gerade Bernds Waffe greifen, da sprang Per schreiend aus dem Gebüsch.
Er riss ihr die Waffe aus der Hand und verpasste ihr eine Ohrfeige.
Lene fiel zu Boden.
Per richtete die Waffe auf sie.
Lächelte.
Dann fiel sein Blick auf die Kettensäge, die noch in Bernds Stumpf steckte.
»Nein«, sagte er. »Ich werde doch nicht fremdgehen.«
Er entlud das Magazin der Waffe und warf sie weg.
Dann versuchte er, die Kettensäge aus Bernds Stumpf zu ziehen. Es gelang ihm nicht gleich. Er fing an zu fluchen.
»Blödes Mistding!«
Rolf kotzte noch einmal, dann bemerkte er, dass seine Hose nass war.
Er zitterte.
Lisa und Lene rannten davon.
Per zog noch an der Kettensäge.

»Wartet!«, rief er fröhlich. »Ich komme gleich.«
Rolf versuchte die Waffe aus seinem Holster zu ziehen.
Aber es gelang ihm nicht.
Seine Hände zitterten zu stark.
Währenddessen hatte Per die Kettensäge aus Bernds Körper gezogen.
Rolf gab auf. Seine Beine waren nass und bleischwer.
Kreischend stolperte er davon.
Per rannte mit seiner Kettensäge brüllend hinterher.
Auch Lisa und Lene rannten, als wäre der Teufel hinter ihnen her.
Was wohl der Fall war.
Sie hörten das Brüllen der Kettensäge. Rolfs Gekreische.
Das irre Lachen von Per.
Schließlich ebbten die Schreie von Rolf ab.
Dafür kam die Kettensäge näher.
Schnell.
Schneller.
Lene riss Lisa zu Boden.
Kurz über ihren Köpfen durchsägte die Kettensäge das Gebüsch.
Sie rappelten sich auf und rannten weiter.
Per dicht hinter ihnen.
Wieder schoss die Kettensäge auf sie zu.
Diesmal zog Lisa Lene zur Seite.
Beide sprangen in einen Graben.
Dabei knickte Lene um und brach sich den Fuß.
Sie schrie auf.
Lisa versuchte, ihr aufzuhelfen. »Komm! Komm!«
Per stand ein paar Meter abseits und beobachtete sie dabei.
»Wir spielen jetzt ein Spiel«, sagte er ruhig. »Lene kennt es schon. Ich zähle jetzt bis zehn. Dann solltet ihr ganz schnell verschwunden sein. Los!«
Er drehte sich um. Schloss seine Augen. Er begann zu zählen.
Diesmal schummelte er nicht.
Lisa riss Lene mit sich.
»Zehn.«

Lene hatte Schmerzen beim Auftreten. Lisa stützte sie und zerrte sie weiter.
»Neun.«
Beide liefen stolpernd weiter.
»Acht.«
Auch Lisa war angeschlagen. Ihre Wunde am Arm blutete.
»Sieben.«
Beide fielen wieder.
»Sechs.«
Sie krochen auf allen vieren.
»Fünf.«
Sie rappelten sich wieder auf.
»Vier.«
Der Wald vor ihnen endete. Ein kleiner See lag vor ihnen.
»Drei.«
Sie rannten.
»Zwei.«
Das Ufer am See war matschig.
»Eins.«
Sie rutschten aus.
»Ich komme.«
Die Kettensäge röhrte.
Die beiden Frauen blieben liegen.
Sie hatten keine Kraft mehr.
Es war vorbei.
»Hallo, Ladys«, rief Per.
Er blieb an der Baumgruppe vor dem Ufer stehen.
Dann begann er einen Baum zu zersägen.
»Na, wie gefällt euch das?«, rief er lachend und zersägte einen Zweig.
Lisa schrie wütend auf.
»Oh, das war ja jetzt wohl nicht klimaneutral, nicht wahr?«, lachte Per und zersägte den Baum weiter.
»Du bist so ein Wichser! Was hat er dir denn getan? Er kann sich doch gar nicht wehren!«, schrie Lisa ihn an.
»Aha. Damit haste jetzt ein Problem, Menschenfresserin? Sieh an, sieh an. Die Ökotante wird wütend. Jetzt habe ich aber Angst!«, brüllte Per, ebenfalls zornig.

Er zersägte den Baum zu Kleinholz.
»Du bist so ein Bastard! Du bist doch der Schlimmste von uns allen!«, schrie Lisa.
»Ich weiß, ich weiß«, sagte Per wieder ruhig. »Ich habe deinen Stecher getötet. Keine Sorge, du wirst gleich bei ihm sein.«
Lisa fing an zu schluchzen. »Justin«, wimmerte sie.
»Steckt nicht in uns allen ein kleiner Justin? Na ja, fast. Ich war wohl sehr gierig gewesen, nicht wahr?«, fragte Per und lachte irre.
Lisa dachte einen Moment nach. Gleich war es vorbei. Sie hoffte, es würde schnell gehen. Allerdings war das bei Per wohl nicht der Fall. Er war schon immer ein sadistisches Schwein gewesen, aber ihr Freund hatte die Bestie in ihm hervorgebracht. Den Teufel beschworen. Nun war jeglicher kleine Funken Güte aus Per verschwunden.
Nein, es würde lange dauern.
Er würde sie Leiden lassen.
Aber wenigstens wäre sie dann irgendwann bei Justin.
Doch dann kam ihr eine Idee.
Sie erinnerte sich an ihre Aikido-Stunden.
Dort hatte sie gelernt, den Gegner mit seinem eigenen Schwung zum Fallen zu bringen.
Natürlich erst nachdem sie ihren Trainer gegessen hatte.
Sie musste Pers Wut nutzen.
Nur sie konnte ihn noch zu Fall bringen.
Er war noch viel zu ruhig.
Sie brauchte Lene.
Lisa hatte einen Einfall. Lene hatte ihr von der Schwangerschaft erzählt.
»Lene, du musst seine Wut nutzen«, zischte Lisa ihr zu.
»Du kannst ihn mit seinen eigenen Waffen schlagen.«
»Wie?«, fragte Lene und starrte immer noch paralysiert auf ihren Ex-Freund, der einen weiteren Baum zersägte.
»Denk dran, was du mir erzählt hast.«
Lene war verwirrt. Sie hatte viel erzählt.
»Das Baby!«, zischte Lisa.
Lene fing an zu weinen.

Per lachte.

»Na, Schatz. Was ist los? Soll ich dich trösten kommen? Brauchst du wieder eine Schulter zum Ausheulen? Für mehr bin ich ja nicht gut genug«, knurrte er.

»Per. Ich muss dir was sagen«, stammelte Lene.

Höflich stellte ihr Ex-Freund seine Kettensäge aus.

»Was denn, Schatz?«, fragte er süßlich und sah sie mit wildem Blick an.

»Wir ... wir haben doch immer über Kinder gesprochen.« Lene presste sich jedes Wort heraus.

Per sah sie neugierig an. »Ja. Und?«

»Ich war schwanger. Von dir.«

Nun klappte Per der Unterkiefer herunter. »Echt?«

»Ja. Dann habe ich es abgetrieben.«

Per renkte sich fast den Kiefer aus.

»Ich liebe Kinder, Per. Ich wollte immer eins haben. Ich hatte es mir so sehr gewünscht«, schluchzte Lene. Dann mischte sich Entschlossenheit in ihre Stimme. »Aber das war wohl die beste Entscheidung meines Lebens.«

Nun weinte auch Per. Eine Träne lief über sein blutendes Gesicht.

Doch der Zorn ließ nicht lange auf sich warten.

Er wischte sich ruhig die Träne aus dem Gesicht.

Dann lächelte er. Sein Blick schien nur noch aus Wahnsinn zu bestehen.

Er fletschte mit den Zähnen.

»Du ... du Fotze«, presste er knurrend hervor. »Ich werde dich in Einzelteile zerlegen.«

Er ließ seine Kettensäge wieder an.

Sie heulte auf.

Er scharte mit den Füßen, wie ein Stier.

Fixierte die beiden Frauen.

Brüllte, wie ein verwundetes Tier.

Nahm Anlauf.

Dann rannte er auf die beiden Frauen zu.

Die Kettensäge lag nun in beiden Händen wie ein Schwert.

Er raste schreiend auf Lisa und Lene zu.

Damit hatte Lisa gerechnet.

Per sah den Matsch nicht.
Oder er war ihm egal.
Er war nur auf sein Ziel fokussiert.
Er hatte sie fast erreicht.
Dann rutschte er aus.
Dabei rammte er sich die Kettensäge in seinen Unterleib.
Per stieß schrille Schreie aus.
Das Sägewerk mahlte gnadenlos weiter.
Blut spritzte.
Per schrie mit hoher Stimme weiter.
Die Schmerzen mussten unerträglich sein.
Lene schrie ebenfalls.
Lisa beobachtete die Szene ungerührt.
Lene und Per wimmerten synchron.
Lisa zog Lene mit sich.
Diese starrte entsetzt auf ihren Ex-Freund, der am Boden lag und vor Schmerzen die Augen aufriss.
Sie hielt sich schluchzend die Hand vor den Mund.
Lisa lächelte dünn und zog Lene in den Wald.
Hinter sich hörten sie Pers schrille Schreie.
Sie wurden nicht leiser, egal wie weit sie sich von ihm entfernten.
Als sie wieder beim Gutshof angelangt waren, hielt es Lene nicht mehr aus.
»Ich ... ich kann das nicht ertragen. Ich muss das beenden.«
»Lass ihn doch. Lass ihn verbluten«, sagte Lisa.
Sie hörten immer noch Pers Schreie.
»Nein! Ich kann das nicht!«, wimmerte Lene.
»In der Scheune liegt eine Axt«, sagte Lisa müde.
»Beende es.«

45

Lene hatte Pers Leiden beendet. Danach hatte Lisa seine Überreste verwertet.
Nun aßen beide Sülze.
Zumindest Lisa.
Lene hatte bis jetzt keinen Hunger.
Ihr war der Appetit vergangen.
Lisa wunderte sich, dass die Sucht so etwas überhaupt noch zuließ.
Bis jetzt schaffte das nur Roswitha. Diese hatte sich sowieso nie richtig in der Gemeinschaft wohlgefühlt.
Lene schniefte.
Lisa wunderte sich, dass Lene diesem Schwein nachweinte.
Sie fragte sich, wie das möglich war.
War es die Erleichterung, dass sie endlich befreit war?
Oder liebte sie ihn doch?
Hatte er sie manipuliert?
War sie emotional von ihm abhängig?
Vielleicht war sie einfach zu gut für diese Welt?
Oder einfach nur dumm, überlegte Lisa und betrachtete die weinende Lene.
»Iss, Lene. Du musst dich stärken.«
Lene schüttelte stumm den Kopf.
Sie blickte nur noch gerade aus. Ins Leere.
»Keine Sorge«, sagte Lisa. »Wenn du ihn langsam frisst, wirst du ihn in dir kontrollieren können. Er wird dir nicht mehr wehtun.«
Lisa versuchte Lene zu füttern.
»Jetzt kommt ein Flugzeug«, sagte sie scherzend.
Lene reagierte nicht.
Lisa dachte nach.
Sie brauchte Lene gestärkt.
Nur dann würde sie sich in ihr entfalten können.
Sie konnte von Lene lernen.
Sie hatte eine anziehende Wirkung auf Männer.
Lisa auch, aber bei ihr gingen die Männer irgendwann fremd.

An Lene klebten sie für den Rest ihres Lebens.
Lisa konnte diese Eigenschaft gut gebrauchen.
Sie wollte weiter kommen.
Ganz nach oben in die Gesellschaft.
Sie durfte nicht stehen bleiben.
Musste immer weiter kommen.
Sonst war sie verloren.
Nein, sie brauchte Lene.
Gestärkt.
Nur dann konnte sie sich mit vollem Potenzial in ihr entfalten.
Wie ein Schmetterling.
Lisa könnte reiche Männer abbekommen und die irgendwann auch essen.
Irgendwann wäre sie ganz oben.
Sie könnte Justins Methode unter die Menschen bringen.
Sie könnte die Welt verändern.
Sie befanden sich auf dem Gutshof ihrer reichen Eltern.
Diese hatte Lisa auch gegessen.
Dadurch konnte sie eine Weile besser mit Geld umgehen.
Dann aß sie Frank Freibrodt und seine Geldverschwendung färbte auf sie ab.
Na ja, wenigstens konnte sie jetzt Gedichte schreiben.
Mit Pers Entschlossenheit und Lenes Anziehungskraft könnte sie weit kommen.
Aber sie brauchte Lene in voller Kraft zurück, bevor sie ihr ganzes Potenzial verinnerlichen konnte.
Lisa fragte sich, ob sie irgendwann mal für ihre Taten in die Hölle kommen würde.
Da fiel ihr ein, dass sie dort schon längst gewesen war.
Sie erinnerte sich nur zu gut, dass sie damals sehr nahe am Feuer gestanden hatte.
Bilder aus der Vergangenheit stiegen in ihr auf.
Lisa wurde aus ihren alten Erinnerungen herausgerissen.
Denn ihr Magen knurrte ungeduldig.
»Iss Lene«, sagte Lisa und legte so viel Sanftheit in ihre Stimme, wie sie konnte. »Du musst was essen.«

LESEPROBE
HÖR AUF ZU BRENNEN

1

29. April 2003

Die Sonne war dabei unterzugehen und färbte den Himmel rosa. Es war sehr warm, aber ein kühler Wind ließ nicht zu, dass mir zu warm wurde.
Pauline und ich hatten Gras gepflückt und ein paar Pferde durch den Zaun gefüttert. Anschließend gingen wir eine ganze Weile über einen Feldweg spazieren und ließen uns nun auf einer Wiese unter einer Eiche nieder. Der Schatten ihrer großen Krone sorgte für noch mehr Kühlung. Ich betrachtete meine Freundin. Mir fiel auf, wie ähnlich wir uns sahen. Von wegen Gegensätze ziehen sich an. Wir beide haben mandelförmige blaue Augen. Nur ihr Gesicht war um einiges runder als meins, welches eher herzförmig war. Sie hatte fast schon die Kopfform eines Apfels. Ich liebe es, wenn sie verlegen ist. Wenn ihre runden Bäckchen rot wurden. Deswegen ärgerte ich sie auch manchmal ganz gerne. Dann stellte sich die Färbung schnell ein. Aber noch mehr liebe ich ihr Lächeln und ihre schönen Grübchen. Nur davon war gerade keine Spur mehr da. Eine Furche lag auf Paulines Stirn. Ich betrachtete sie weiter. Meine Freundin schien wieder über irgendwas zu grübeln. Es lag wie eine dunkle Wolke über uns. Die unbekümmerte Fröhlichkeit, die sie noch bei den Pferden gehabt hatte, war verschwunden. Aber vielleicht zog mich gerade das an. Genauso wie ihre blühende Lebensfreude mein Herz verzauberte, war es vielleicht auch diese geheimnisvolle Aura an ihr, die mich anzog. Sie strahlte auch etwas Düsteres aus. Eine tiefe Sehnsucht zog mich wie ein Magnet zu Pauline, etwas anderes in mir warnte mich vor ihr. Wie eine Vorahnung, dass diese ganze Geschichte nicht gut ausgehen würde. Ich spürte, dass sie ein dunkles Geheimnis mit sich trug, und wusste selbst nicht, ob ich es überhaupt wissen wollte. Nicht, dass es mich nicht interessieren würde. Aber konn-

te ich es überhaupt ertragen? Ich hielt das Schweigen nicht mehr aus.
»Alles gut?«
»Ja, ja«, sagte sie in Gedanken.
»Bist du sicher? Irgendwas ist doch los.«
Keine Antwort.
»Hast du heute Abend schon was vor?«, fragte ich dann.
»Ich muss meiner Mutter helfen.«
»Ich brauch auch deine Hilfe. Wir schreiben in zwei Tagen diese Klausur in Englisch und ich habe wirklich gar keinen Plan. Ich stehe sowieso schon auf der Kippe.«
Pauline seufzte. »Ach Gerald. Das sind wir doch schon letztens durchgegangen.«
»Ja, ich weiß. Ich … ich kriege es einfach nicht in meinen Schädel. Die Grammatik und so«, stöhnte ich. Ich brauchte tatsächlich Hilfe. Aber ich wollte auch einfach, dass sie bei mir war.
Sie sagte nichts.
»Ja, ich verstehe. Ist schon klar«, sagte ich resigniert. »Vielleicht bin ich auch einfach nur dumm.«
»Nein das bist du nicht. Warum sagst du denn so was?«, Pauline sah mich streng an. Unter dem Baum wurde es noch kühler. »Ist es Ok, wenn wir es morgen Nachmittag durchgehen?«, fragte sie dann. »Ich denke, dann wirst du auch noch genug vorbereitet sein. Ich glaube, du stresst dich einfach zu sehr.«
Auf den Unterarmen von Pauline bildete sich eine Gänsehaut. Ich strich sanft darüber.
»Du hast große Hände«, sagte Pauline.
»Ach ja?«
»Ja. Vielleicht bist du noch in der Wachstumsphase?«
»Das glaube ich eher nicht.« Ich legte meinen Arm um ihre Schultern.
»Das war nicht böse gemeint«, sagte Pauline. »Ich mag deine Hände, auch wenn sie im Vergleich zum Rest von dir riesig sind.«
Etwas pikiert nahm ich meine Hand wieder weg.
»Ist das so?«
»Jetzt sei bitte nicht sauer.«

»Ich bin nicht sauer«, sagte ich und studierte die weiten Felder vor uns. Dann sah ich zum Himmel. Mir gefiel das Farbenspiel. »Schöne Aussicht.«
»Gerald?«
»Ja.«
»Glaubst du an die Hölle?«, fragte mich Pauline plötzlich. Ich fing laut an zu lachen. »Willst du mich verarschen?
»Hör auf so dumm zu lachen! Das ist nicht witzig!«, rief sie wütend.
Mein Lachen ebbte ab. So erlebte ich sie selten. Ich wurde ernst.
»Kommt drauf an, welche Hölle du meinst.«
»Ich glaube nicht, dass es mehrere gibt.« Sie schmiegte ihren Kopf an meine Schulter.
»Na ja, ich denke, jeder lebt doch auch so in seiner eigenen Hölle. Sagen wir mal mehr oder weniger.« Ich pflückte ihr einen Grashalm aus dem Haar.
»Hast du eine eigene Hölle?« Sie zupfte Gras vom Boden und warf es in die Luft.
Ich fragte mich, ob sie wollte, dass ich ihr weiterhin Halme aus den Haaren zog.
»Manchmal bestimmt. Aber das ist nicht die Regel. Ich glaube allerdings, dass manche Menschen quasi die ganze Zeit in der Hölle leben. Na ja, jeder andere Moment ist dann für sie vielleicht viel schöner als für uns. Weil wir es selbstverständlich nehmen.«
»Ach ja?«
»Ja, wenn du die Nachrichten schaust und die ganzen Kriege siehst oder Hungersnöte. Oder irgendwelche Leute mit Krankheiten oder so.«
»Da ist wohl was dran. Ja, ich meine aber nicht diese Hölle.« Sie riss nun ganze Wurzeln heraus.
»Du glaubst doch nicht wirklich jetzt ans ewige Feqefeuer, oder?« Es entstand eine Pause, dann nickte sie.
»Ernsthaft jetzt?« Ich sah sie an. Pauline konzentrierte sich hingegen weiter auf das Gras unter ihr.
»Mir erzählen sie dauernd etwas davon. Sie kontrollieren mich die ganze Zeit.«

Ich ahnte, von wem sie sprach. Ich stellte keine Fragen mehr. In solchen Momenten war es das Beste zuzuhören und sie weiter reden zu lassen.
»In ihren Augen kann ich gar nicht mehr aufhören zu brennen. Ich mache alles falsch. Meine Gedanken sind Gift. Alles, was ich tue, ist schlecht. Ich kann machen, was ich will.«
»Ich schätze mal, dass dein Vater dir diesen Bullshit erzählt«, vermutete ich.
Sie nickte verhalten.
»Ich möchte deine Eltern echt mal kennenlernen.«
»Das ist jetzt wirklich kein guter Zeitpunkt, Gerald«, sagte sie etwas säuerlich.
Ich startete einen neuen Versuch, sie aus ihren düsteren Gedanken zu befreien.
»Warum denn nicht. Vielleicht wird es ja gar nicht so schlimm. Ich bring auch ein Geschenk mit«, schlug ich vor.
Pauline verdrehte die Augen. »Hör mal auf jetzt.«
»Ich schenke ihm eine Peitsche, dann kann er sich selbst damit kasteien. Wird sich bestimmt freuen.«
Pauline lachte endlich wieder. Doch es klang bitter. »Kasteien. Da hast du wohl ein neues Wort gelernt, was? Ne, lass mal. Sich selbst wird der bestimmt nicht damit schlagen. Er macht ja keine Fehler. Dafür bin ich zuständig.«
»Du machst gar nichts falsch, Pauline. Du bist einer der liebsten Menschen, der mir je begegnet ist. Du bist cool, voll lieb, fleißig und hilfsbereit. Was ist daran bitte falsch? Du tust mir gut. Du tust jedem gut. Bei dir ist es so, ich weiß nicht, aber … Du bringst den Leuten Glück, glaube ich. Du machst sie glücklich. Du hellst ihr Leben auf. Du hellst mein Leben auf. Ich habe dich bis jetzt noch nie wirklich gemein erlebt. Und selbst wenn, wäre das nur menschlich. Das sind wir ja alle mal. Wir haben auch alle mal giftige Gedanken. Ich …« Ich wollte ihr sagen, dass ich sie liebe. Aber obwohl es so war, entschied ich mich dagegen. Warum, wusste ich selbst nicht und ärgerte mich darüber.
»Danke. Leider sehen das nicht alle so.«

»Du meinst deine Eltern oder was?«
»Ja. Besonders mein Vater nicht. Für den bin ich das ganze Gegenteil von dem, was du erzählt hast.«
»Na ja. Er hat vielleicht Angst, dass du auf den dunklen Pfad wechselst oder was weiß ich denn«, sagte ich. »Sorry, dass ich das so sage. Aber was seinen Glauben angeht, ist er, wenn ich mir das Ganze so anhöre, wohl etwas hängen geblieben.«
»Was ist, wenn er recht hat?«
»Dann sind wir wohl alle am Arsch. Aber ich denke nicht, dass er recht hat.«
»Wie kannst du dir da so sicher sein.« Jetzt sah sie mich an. Fast schon herausfordernd.
»Was weiß ich denn, Pauline. Wie soll ich mir da sicher sein. Ich kann mir das halt nicht vorstellen.«
»Du bist ja auch nicht gerade gläubig, würde ich mal behaupten.«
»Wie kommst du darauf? Nur weil ich nicht an einen strafenden Gott glaube und nicht alles wörtlich nehme, was in der Bibel steht? Wir sind doch alle mit unseren Lastern erschaffen worden. Warum sollte man uns dafür auch noch bestrafen?«
Sie nickte und schien etwas beruhigter zu sein. »Wie auch immer. Ob du recht hast oder nicht. So redet kein dummer Mensch, Gerald. Also sag nicht noch mal, dass du dumm bist. Lass uns weitergehen.«
Wir gingen weiter über den Feldweg. Ein paar Bäume und ein Wall trennten den Weg von den Feldern. Dann kamen wir an einer Kuhweide vorbei. Die Kühe betrachteten uns scheinbar gelangweilt. Ich zog ein paar Grimassen und hampelte vor ihnen herum, um sie aufzuscheuchen. Als das nicht klappte, versuchte ich eine Kuh zu imitieren. Keins von den Tieren reagierte.
»Du bist manchmal noch ein richtiges Kind, echt«, sagte Pauline kopfschüttelnd.
Ich reagierte nicht darauf und kickte gedankenverloren einen Stein weg. »Ich glaube schon an was«, sagte ich. »Ich denke, was die Menschen draus machen ist eher das Problem. Die missionieren andere, obwohl die es gar

nicht wollen. Sie führen Kriege und behaupten, es wäre im Namen Gottes. Sie stellen sich über andere und tun so, als wären sie fehlerfrei. Oder sie verüben terroristische Anschläge. Ob nun die Bibel, der Koran oder sonst was. Die Leute sollten das nicht alles so wörtlich nehmen, sondern eher zwischen den Zeilen lesen.«
»Du lässt ja nicht so viel Gutes an den Religionen.«
»Doch. Es kommen ja auch gute Sachen dabei rum. Viele helfen auch anderen. Kümmern sich um die Armen oder bilden eine Gemeinschaft. Einige machen das ja auch sehr gut. Kann man eigentlich über fast jede Religion sagen.«
»Mensch Gerald, du klingst so erwachsen«, sagte Pauline nun um einiges fröhlicher. »Das kennt man ja sonst gar nicht.«
»Tja, du musst mich halt erst mal richtig kennenlernen«, scherzte ich. Plötzlich verfing ich mich mit meinem Fuß in einer Vertiefung und knickte um. Ich wedelte mit den Armen nach Halt, griff einen Strauch. Doch ich rutschte ab und fiel der Länge nach hin. Ich fluchte.
»Alles Okay?«, fragte Pauline sorgenvoll und reichte mir die Hand.
Ich nahm sie und Pauline zog mich mit erstaunlicher Kraft und Geschwindigkeit hoch. Ein stechender Schmerz fuhr durch meinen Fußknöchel.
»Mist!«, schimpfte ich.
Plötzlich brach Pauline in tränendes Lachen aus.
»Falsch. Scheiße!«, lachte sie und mir wurde bewusst, dass ich beim Aufstehen in einen riesigen Haufen Hundekot getreten war. »Warum lassen die Penner denn all ihre Hunde hier hinscheißen?«, schimpfte ich.
»Hallo! Das ist ein Feldweg«, sagte Pauline immer noch lachend. Aber mir gefiel es. Ich liebte ihr Lachen, das war mir lieber als ihre düsteren Gedanken. Da würde ich sogar durch ein ganzes Meer aus Hundekot waten, wenn es sie glücklich machte.
Trotzdem traf mich jetzt auch ein beunruhigender Gedanke. Ich war genau nach dem Gespräch gestürzt, hatte mir dabei wohl den Fuß verstaucht und war auch noch in

Hundekacke getreten. Vielleicht war das ein Zeichen? Vielleicht habe ich etwas Falsches gesagt? Vielleicht war das eine Warnung oder eine Bestrafung?
Ihr ganzes Gerede färbt schon auf mich ab, dachte ich und verdrängte den Gedanken. Ich nahm ihre Hand, die wie immer warm war. Unsere Finger verflochten sich ineinander. Jetzt lächelte sie mich an. Dieses Lächeln, in dem so viel drin lag. So viel Lebensfreude und Liebe. Mein Herz machte einen Sprung.
»Ich ... Äh ... muss dir was sagen«, begann sie und drückte meine Hand, dass es mir schon fast wehtat.
»Ja?«, fragte ich.
»Ich liebe dich«, sagte sie dann.
»Ich liebe dich auch«, sagte ich. Mist, jetzt hat sie es zuerst gesagt, dachte ich dann.
»Und da wäre noch was. Ich bin ...«, begann Pauline, doch plötzlich fuhr ihre Hand zurück, als hätte sie einen elektrischen Schlag bekommen.
An einer Buche vor uns lehnte lässig ein Mann und beobachtete uns. Ich schätzte ihn auf Ende dreißig. Er war groß und hager und trug einen Hut. »Hallöchen«, sagte er grinsend und stieß sich vom Baum ab.
»Hallo Korben«, sagte Pauline und ihre Augen leuchteten eigenartig.
Das gefiel mir nicht. Auch das schiefe Lächeln, das Korben ihr zuwarf, gefiel mir gar nicht.
»Feiern wir eine kleine Party?«, fragte der Mann.
»Wir gehen spazieren«, antwortete Pauline.
Der Mann starrte auf meinen Fuß. »Ich habe dich hinken sehen. Ist alles in Ordnung?«
Ich schnaufte und machte eine wegwerfende Handbewegung. »Ich bin umgeknickt. Es ist halb so wild.«
»Hast du schon überprüft, ob der Fuß geschwollen ist?«
»Ne, ne. Alles gut. Hab ihn wohl ein bisschen überdehnt.«
»Nicht, dass wir einen Arzt rufen müssen«, rief Korben.
Ich war mir sicher, einen spöttischen Unterton heraus gehört zu haben.
Ich winkte ab. »Alles cool.«

»Cool«, wiederholte Korben und deutete auf ein Waldstück hinter ihm. »Da drüben gibt es einen Hof. Dort gibt es Apfelbäume. Die schmecken köstlich. Sehr süß. Habt ihr schon einen gepflückt?«
Pauline und ich schüttelten synchron den Kopf.
»Ist es nicht schön hier draußen. Herrlich. Wie Pauline ja weiß, bin ich hier eine Zeit lang aufgewachsen, bevor meine Eltern mit mir wieder nach Amerika gezogen sind«, sagte der Mann und ich bemerkte einen dezenten Akzent, den ich auch als amerikanisch einstufte. Auch sein Name kam mir irgendwie bekannt vor.
»Ja, wir waren spazieren. Das Wetter genießen«, schwärmte Pauline.
»So, so. Das Wetter genießen«, wiederholte Korben und das schräge Grinsen unter seiner Adlernase wurde breiter.
Paulines Bäckchen nahmen einen rötlichen Farbton an. Nun sah sie für mich wieder wie ein süßer Apfel aus.
»Ja, ist schon cool hier draußen. Da hängt man gerne ab, nicht wahr.«
Er zwinkerte mir zu. Dann trat er auf mich zu und streckte die Hand aus. »Ich bin Korben. Korben Applegate. Wie heißt du?«.
»Gerald.« Wir schüttelten die Hände. Es fühlte sich an, als hätte ich einen Aal gefangen.
»Freut mich. Freut mich sehr. Der Sommer kommt endlich wieder. Pauline, bist du dieses Jahr auch wieder mit dabei?«, fragte Korben meine Freundin und musterte sie eindringlich von oben bis unten. Dabei stand er immer noch sehr dicht vor mir.
»Ja, ich freue mich schon riesig«, rief sie.
»Wo ist sie denn dabei?«, fragte ich, denn ich wollte nicht außen vor bleiben. Außerdem war ich eifersüchtig auf diesen Mann. Obwohl er eigentlich für Pauline viel zu alt sein sollte. Meiner Meinung nach.
»Es ist ein Freizeitcamp«, antwortete Korben. »Wir zelten, grillen und sitzen am Lagerfeuer. Führen Gespräche übers Leben und so. Coole Sachen halt. Wir machen aber auch Konzerte. Sehr coole Bands. Sehr coole Leute. Da

wird was los sein. Kannst gerne mitkommen, wenn du willst.«

Ich fragte mich, warum Korben so oft das Wort *Cool* einbauen musste. Das klang aus seinem Mund etwas merkwürdig, aber ich war nicht abgeneigt. Auch wenn mich das Gefühl beschlich, dass Korben irgendwas im Schilde führte. Der Mann hatte so ein merkwürdig verkniffenes Lächeln. Fast schon verbissen.

Er erinnerte mich an eine bestimmte Art von Greifvogel mit seinen buschigen Augenbrauen und der schnabelähnlichen Nase. Jedoch gehörte Korben eindeutig zu den Menschen, die etwas ausstrahlten. Er schien mit seiner Präsenz überall in der Luft zu sein. Im Guten wie im Schlechten. Ich kannte solche Menschen. Sie konnten irgendetwas daher reden, ganz egal welcher Inhalt, und die Leute hingen an ihren Lippen. Das machte sie so faszinierend und gleichzeitig so gefährlich. Und was er sagte, hörte sich alles gar nicht so übel an. Jetzt wusste ich auch wieder, woher ich den Namen kannte. Herr Eber, der Pastor dieser Gemeinde, hatte ihn in den Mund genommen. Nicht gerade im freundlichen Sinne. Er hatte ihn als PR Prediger bezeichnet, der nun auch in Brandenburg wütete, um seinen Schäfchen das Geld aus der Tasche zu ziehen. Korben war eine führende Persönlichkeit einer freikirchlichen Bewegung. Ich wusste den Namen der Gemeinde nicht mehr. Alles wäre bei ihm wie ein riesiger Werbespot, hatte Herr Eber geschimpft. Zudem bezeichnete er Korbens Anhänger als eine Art Sekte, die nur aus radikalen Evangelikalen und extremen Spinnern bestehen würde. Damals fragte ich mich noch, ob der Pastor vielleicht etwas neidisch auf seinen Konkurrenten gewesen war. Ich mochte Herrn Eber, bei dem ich konfirmiert worden war. Er war ein milder Pastor, der über niemanden urteilte, ohne sich auch selber dabei zu reflektieren. Im Konfirmandenunterricht hatte er gerne mit einem Augenzwinkern einen Schwank aus seiner Jugend zum besten gegeben, was oft sehr unterhaltsam gewesen war. Ein generell sehr toleranter und auch humorvoller Prediger war Herr Eber. Allerdings war er auch etwas lahm und

kopflastig in seiner Rhetorik. Fast schon einschläfernd in seinen Predigten. Dieser Mann hier, auch wenn ich ihn etwas seltsam fand, schien hingegen Pep zu haben und ich mochte Zeltlager, Konzerte und Lagerfeuer.
»Wir wollten doch mal gemeinsam zelten gehen«, sagte ich zu Pauline.
Auf einmal zog Korben eine gequälte Miene. »Sorry, Kumpel. Aber bei uns zelten Mädchen und Jungen natürlich getrennt.«
»Okay«, sagte ich gedehnt.
Was soll das denn bitte? Ich dachte, ich hätte mich verhört. Na ja, dann musste ich mich halt irgendwie in ihr Zelt schleichen.
Korben schien meine Gedanken gelesen zu haben. »Ja, ich weiß. Ich war ja auch mal jung und wollte die ganzen süßen Äpfel pflücken. Die Gelegenheiten sind so verlockend. All die süßen Versuchungen. Die Mädchen und die Knaben.«.
Ein Speicheltropfen traf meine Stirn. Aber mich störte weniger Korbens feuchte Aussprache, als die Art wie er sprach. Auf einmal mutierte er von cool zu jemandem aus dem Mittelalter. Die Blicke die Korben dabei über uns beide warf, gefielen mir auch nicht. Wie Briefmarken, die geleckt werden sollten.
»Und die verlockenden Einfahrten, die wir überall sehen«, sagte Korben und schmatzte. Dabei ließ er wieder den Blick über Paulines Körper schweifen. Ich dachte, ich höre und sehe nicht richtig. »Aber das sind alles Einbahnstraßen«, fuhr Korben seinen Monolog mit weicher Stimme fort. Sein Ton war dabei so süßlich, dass ich das Gefühl bekam, jemand würde mir den Kragen hochziehen und kalte Bratensoße über meinen Nacken kippen. »Und irgendwann ist es zum Wenden zu spät. Dann geht es nur noch abwärts.« Korben schmatzte wieder.
Ich spürte die Soße meinen Rücken herunterlaufen.
»Wir werden uns schon benehmen. Keine Sorge«, versuchte ich ruhig zu sagen.
Doch der Mann ignorierte mich einfach und wandte sich direkt an meine Freundin.

»Oh Pauline. Du wirst uns doch nicht schon wieder Ärger machen?«
Sie zuckte zusammen und studierte ausgiebig den Feldweg unter ihren Füßen.
»Pauline ist ein herzensguter Mensch und sie macht keinen Ärger«, sagte ich.
»Na ja. Ich würde mal behaupten, dass ich etwas mehr Lebenserfahrung habe als du, mein junger Freund.« Korben lächelte dünn. »Aber es ist noch nicht zu spät. Der Herr liebt alle, die ihn lieben!«, donnerte der Amerikaner auf einmal laut, als würde er auf einer großen Bühne im Scheinwerferlicht stehen. »Kommt einfach bei mir vorbei. Dann können wir über alles reden«, bot Korben uns an und benetzte mit der Zunge seine Lippen.
Damit du ihr weiter so einen Mist einreden kannst, du mieses Arschloch, dachte ich und spielte mit dem Gedanken dem Prediger einen gelben Klumpen vor die Füße zu rotzen. »Wir danken für die Einladung und denken darüber nach«, sagte ich stattdessen Pauline zu Liebe, die scheinbar zu diesem Mann aufsah. Warum auch immer. Doch dieser gab sich damit nicht zufrieden. »Denken, denken, denken!«, versuchte er mich nachzuäffen. »Für das Denken ist es zu spät. Ihr müsst handeln!«
Jetzt sah ihn auch Pauline trotzig an. »Ich habe alles gemacht, was ihr von mir wolltet. Ich habe alles ertragen und ich habe niemandem etwas getan!«, rief sie.
»Oh, das arme Mädchen!«, sagte Korben wieder mit bebender Stimme. »Bist du jetzt hier das Opfer, oder was? Wenn du meinst. Wenn du das unbedingt glauben willst. Rede dir ruhig weiter alles schön. Mach es dir bequem. Alles eine Party, oder? Warum an die Zukunft denken? Deine Eltern leiden jedenfalls jetzt schon unter dir. Dein Vater schämt sich für dich. Ich weiß wirklich nicht, ob er dich noch lieben kann.«
Das traf wie Faustschlag. Pauline fiel zusammen wie ein schlecht gebackener Kuchen. Sie blinzelte eine Träne weg. In mir hingegen stieg der Hass auf. »Warum tun Sie ihr das an? Ist das etwa christlich einem Kind einzureden, dass es in die Hölle kommt? Ihm zu sagen, dass ihre El-

tern sie nicht lieben? Pauline ist ein viel besserer Mensch als Sie!«, schrie ich. Ich musste tatsächlich schreien, denn der Mann brach in ein grelles Gelächter aus. »Sie haben doch bestimmt viel mehr verbrochen! Sie benutzen doch nur Ihre Religion, um sich über andere zu erheben und sich an Ihrer Macht aufzugeilen! Sie sind ein Heuchler!« Ich war redlich bemüht, das Lachen des Mannes zu übertönen, aber ich war mir sicher, dass meine Nachricht angekommen war. Jedenfalls hatte Korben vor Lachen schon Tränen in den Augen.
»Du dummer Bengel. Du bist ja noch jünger als sie und willst mir was übers Leben erzählen?«, sagte er und schmunzelte.
Ich fragte mich, woher Korben das mit dem Alter wusste. Irgendetwas stimmte hier nicht. Die warnende Stimme in meinem Kopf schlug wieder Alarm.
Korben lächelte stolz und reckte die Brust. »Ich habe meinen Frieden mit mir und Gott gemacht. Ich bin mit mir im Reinen. Es hat alles seine Konsequenzen. Im Guten, wie im Schlechten. Aber ich glaube, sie hat ihre Entscheidung schon getroffen. Nicht wahr, Pauline?« Der Mann schmatzte wieder.
Für mich war das wie ein dunkles Märchen. Wir waren auf den Wolf getroffen. Je mehr ich ihn beschimpfte und gegen ihn ankämpfte, desto mehr grub er seine Klauen und Zähne in Pauline und zerfetzte ihren Geist und ihre Seele. Die Lebensfreude, die sie oft ausstrahlte, wenn sie mal keine düsteren Gedanken hatte, war wieder wie weggeblasen. Ich konnte alles sagen. Der Mann beachtete mich kaum, lachte höchstens und ließ alles an ihr ab.
»Ich will doch niemanden wehtun. Ich gebe mir doch Mühe«, sagte sie mit Tränen erstickter Stimme.
»Hört, hört!«, rief Korben und seine Stimme zitterte. »Pauline gibt sich also Mühe! Das ist ja sehr nett von dir, Pauline! Dann ist ja alles in Ordnung! Das ist mal wieder typisch! Unsere Pauline. Arrogant, hochmütig und undankbar.«
»Was willst du von mir?«, fragte sie mit dünner Stimme und schniefte.

»Hör nicht auf ihn! Das ist alles Gift! Du darfst ihn nicht Ernst nehmen. Du bist wunderbar. Ein viel besserer Mensch als er! Lass dir nichts von ihm einreden!«, schrie ich nun Pauline an.
Korben überging mich und setzte mit einem wissenden Lächeln die Zerstörung meiner Freundin fort.
»Vielleicht solltest du endlich damit anfangen, dich mal nicht wie eine Hure zu benehmen«, riet er ihr und sah sie mitleidig an.
Ich wollte aufschreien, doch Pauline kam mir zuvor. Der Trotz war wieder in ihren Augen. »Pass auf, was du sagst! Das stimmt nicht! Ich benehme mich nicht so!«, schrie sie.
»Na ja, wenn du meinst«, sagte Korben plötzlich mit sanfter Stimme. »Denk doch mal an deine Eltern. Sie leiden wegen dir. Deine Mutter ist schon krank. Sieh, wie sie abgenommen hat. Sie ist nur noch ein Schatten ihrer selbst.«
Das war für mich neu. Aber jetzt machte es durchaus Sinn. *Ich muss meiner Mutter helfen.* Und ich war ihr mit meinen Englisch Hausaufgaben gekommen. Ich betete zu Gott, dass es nichts Ernstes war.
»Dann solltet ihr sie mal endlich zum Arzt schicken!«, rief Pauline wütend.
»Zum Arzt!«, Korben lachte, als hätte sie einen besonders guten Witz gerissen. »Sie braucht keinen Arzt. Sie braucht Vergebung und das du ihr eine gute Tochter bist.«
Ich verstand nicht, wovon der Mann redete und was sein Problem war. Wieso hackte er so auf Pauline herum? Wofür bräuchte ihre Mutter Vergebung? Was war hier überhaupt los?
»Ich bin eine gute Tochter!«, schrie Pauline und rannte weg. Die Schultern hochgezogen. Einmal stolperte sie, fiel aber nicht hin. Ich wollte ihr gerade hinterherlaufen. Doch Korbens nächste Bemerkung brachte mich vollkommen aus der Fassung. »Ja, lauf nur. Lauf weg, wie immer! Lauf dem Feuer entgegen! Es leuchtet schon für dich! Du

bist eine Enttäuschung für deinen Vater! Du brichst ihm das Herz!«, brüllte er ihr hinterher.
»Hören Sie endlich auf!«, fuhr ich ihn an.
Doch Korben hatte gerade erst angefangen. »Für so was habe ich eine Rippe geopfert«, murmelte er und starrte mit einer angeekelten Grimasse der weglaufenden Pauline nach.
»Halt die Fresse!«, knurrte ich. Ich war mittlerweile auch bereit, meine Freundin mit Gewalt zu verteidigen.
Doch Korben ignorierte mich weiter. Sein Blick auf Pauline hatte sich wieder verändert.
Jetzt starrte er ihr wieder mit dem eindringlichen Blick nach, der mir absolut missfiel. Besonders worauf er bei ihr starrte. »Da stolziert sie davon und wie sie auch jetzt noch frivol mit ihrem Hintern wackelt!«, rief er mir laut zu, als wäre ich auf einmal sein Verbündeter. »So kokett! So falsch! Wie eine billige Nutte!«, schrie Korben weiter, dass es Pauline auf jeden Fall noch hören musste, wenn nicht gleich das ganze Dorf.
Ich hatte genug gehört und stürzte mich auf ihn. »Du Wichser!«
Doch Korben wich mir aus und trat gegen meinen verletzten Fuß. Der stechende Schmerz explodierte in meinem Knöchel. Ich stürzte brüllend zu Boden.
»Tut ganz schön weh, nicht wahr?«, rief Korben mir lächelnd zu, hob seine Hand hoch und richtete sie gegen mich, als würde er einen Fluch auf mich schicken.
Fick dich!«, presste ich am Boden schmerzverzerrt hervor.
»Du dummer, respektloser Junge. Du wirst noch viel tiefer fallen. Du bist verloren. Dein ganzes Leben wird eine einzige Talfahrt sein«, zischte Korben mir zu. Dann tippte er an seine Hutkrempe und ging mit erhobenem Haupt und federnden Schritten davon, als hätte er gerade eine gute Tat getan. Dabei pfiff er ein Kirchenlied, das mir bekannt vorkam, aber ich wusste nicht mehr, welches es war.
Ich blieb eine ganze Weile liegen. Mein Fuß pochte. Ich hatte den Geschmack von Erde im Mund. Diesen Kampf

habe ich vorerst verloren. Aber ich würde weiter kämpfen. Für Pauline. Für mich selbst. Jetzt habe ich Blut geleckt. Ich würde mich mit ihrem Vater mal ernsthaft unterhalten müssen. Vielleicht konnte ich zu ihm durchdringen. Falls mir das nicht gelang, würde ich mit Pauline durchbrennen.
Ich kannte jemanden, der nach Berlin ziehen wollte. Ein Freund von mir und Klassenkamerad von Pauline, der ein paar Ortschaften entfernt wohnte, hatte es mir angeboten. Meine Eltern würden meine plötzlich aufkeimende Selbstständigkeit begrüßen. Ich musste nur noch etwas sparen und Pauline überreden. Das wird schon wieder werden. Vergiss das dunkle Gefühl von vorhin, sagte ich mir. Alles wird gut werden.
Leider sollte ich mich in dieser Hinsicht fatal irren.

2

15 Jahre später 20.Oktober 2018

Frank war froh, dass er nicht nackt war. Eigentlich lief er gerne entblößt durch seine Wohnung. Er fühlte sich dann mit seinem Körper im Einklang und sexy. Doch eine Vorahnung hatte ihn davon abgehalten.
Als er gerade dabei war, seinen Kaktus zu gießen, sah er einen Mann unten im Hof stehen, der zu seinem Fenster hinauf starrte. Ihn anstarrte. Die Haltung des Mannes war angespannt, als wollte er zum Sprung ansetzen. Es war zwar erst Vorabend, aber schon dunkel. Doch Frank schien deutlich die toten Augen zu sehen, mit denen der bärtige Mann zu ihm aufsah. Sie waren tot und auch wieder nicht. Denn in dem leeren Blick lag zugleich eine bedrohliche Intensität. Frank konnte die abstruse Mischung nicht genau beschreiben, aber sie war unheimlich. Doch Frank beruhigte sich schnell wieder. Er wohnte schließlich im zweiten Stock. Der Mann konnte sich unmöglich zu ihm hinaufhangeln. So sportlich sah der Typ nicht aus. Sicher war das nur ein neidischer Penner, der mich irgendwann ausrauben will, dachte er und zeigte dem Mann den Mittelfinger. Dieser antwortete mit einer anderen Geste. Langsam fuhr er mit dem Zeigefinger über seine Kehle. Frank wurde wütend. Er stürmte in die Küche und bewaffnete sich mit einer Blätterteigpastete. Er riss das Fenster auf und warf sie auf den Mann.
»Hier hast du etwas zum Essen. Mit Liebe gemacht, du Penner!«
Er verfehlte ihn jedoch und der Mann starrte ihn weiter ungerührt an.
»Was glotzt du so? Du musst dich nicht bedanken! Guten Hunger!«
Der Mann wandte sich ab und ging. Doch Frank reichte das nicht.
»Geh arbeiten, du Arschloch!«, brüllte er ihm noch nach.
Er überlegte, dem Mann noch etwas nachzurufen. Doch

dann beschloss er, sich selbst an die Pasteten heranzuwagen.
Er brach sich ein Stück ab und erschauderte. Sie waren mittlerweile warm und glitschig und Frank hatte immer weniger Motivation, sich eine von ihnen einzuverleiben. Er schob es noch auf und versuchte fluchend, das sperrige Fenster wieder zu schließen. Nach einigen akrobatischen Einlagen und Flüchen brachte er es schließlich hinter sich.
Er stärkte sich mit einem Bissen von der Pastete und schmeckte gleich, dass sie von vorgestern war. Frank kaute langsam und lustlos. Auf der Jubiläumsfeier waren die Dinger noch ganz köstlich gewesen. Deswegen hatte er in einem günstigen Augenblick die Gunst der Stunde genutzt, um ein paar der Pasteten heimlich mit einer Serviette einzupacken. Jedoch hatte er vergessen, sie in den Kühlschrank zu stellen. Das schmeckte er nun deutlich heraus. Zusätzlich stellte er sich vor, wie die Pasteten von den Gästen mit ihren schmierigen Fingern betatscht worden waren. Kein appetitanregender Gedanke für Frank.
Er dachte an Bärbel, die Sekretärin von Herrn Kunz und ihr großes Bläschen an der Lippe. Wer weiß, was die alles mit ihren Wurstfingern auf die Pasteten geschmiert hat, fragte sich Frank und spielte mit dem Gedanken die Dinger in den Müll zu kloppen.
Eine war ja schon aus dem Fenster geflogen. Aber das war ja schließlich für einen guten Zweck gewesen.
Doch dann kam dieses stechende Gefühl in seiner Brust. Er wusste nicht warum. Schließlich warf doch jeder mal Essen weg. Aber dann sah er Lisas enttäuschten Gesichtsausdruck. Meine Verlobte hat mich wohl zu sehr erzogen, stellte er verbittert fest.
Na ja, dann musste er die Teile halt seiner Nachbarin andrehen. Pia. Sie würde ihn ja bald besuchen kommen. Darauf freute sich Frank schon. Nicht nur aufgrund der Tatsache, dass er durch sie die Pasteten endlich loswerden konnte. Sie wurde nur langsam etwas zu anhänglich.

Auf der einen Seite genoss er es, auf der anderen Seite war er ja immer noch verlobt. Noch. Wer weiß, wie lange das Drama noch gut gehen konnte? Er wusste es jedenfalls nicht. Vielleicht sollte er doch noch eine Pastete essen? Lisa zuliebe.
Er biss zaghaft ein weiteres Stück ab. Es schmeckte nach Bärbel. Er hatte zwar keine Ahnung, wie die Sekretärin schmeckte, aber so stellte er es sich vor. Frank verzog das Gesicht und seine Lippen begannen zu jucken. Die werde ich mir wohl heute Abend eincremen müssen, dachte er und bemerkte, wie Magensäure hochstieg. Hatte er es sich nur eingebildet oder war Herr Kunz unfreundlicher zu ihm gewesen? Er wurde das Gefühl nicht los, dass sein Verleger ihm auf der Feier bewusst aus dem Weg gegangen war. Er musste sogar wie ein Anfänger um einen Termin betteln. Aber so war Herr Kunz nun mal. Das war einfach seine Art. Das durfte Frank nicht persönlich nehmen. Schließlich hatte er ihm ja auch einiges zu verdanken. Dessen war sich Frank durchaus bewusst. Wegen seines neuen Buches musste er sich doch keine Gedanken machen. Das war wasserdicht. Sein Verleger hätte es ihm bestimmt noch bestätigt. Nur war er halt auch ein viel beschäftigter Mann. Es war immerhin die Feier seines Verlages gewesen.
Eigentlich wollte Frank sich ins Ledersofa schmeißen und einen Film konsumieren, da bekam er auf einmal eine bessere Idee. Er würde sich erst einmal einen schönen Merlot gönnen und sich damit den vermeintlichen Geschmack von Bärbel ausspülen. Frank konnte die Desinfektion kaum noch erwarten. Euphorisch ging er ins Bad und klatschte sich eine beträchtliche Menge Gel in die Haare. Dann schlüpfte er in seine Lederjacke und wollte sich gerade ein paar Sneakers anziehen, als sein Handy klingelte. Die Nummer war unterdrückt und Frank zögerte. Dann fiel ihm wieder Igor ein und er beschloss, den Anruf anzunehmen. Den Mann wollte er nicht verärgern.
»Frank Freibrodt? Guten Tag?«
»Falsch. Guten Abend«, schnarrte eine belegte Stimme. Dann kam erst mal nichts. Es war eine männliche Stim-

me. Doch es war eindeutig nicht Igor oder einer seiner Laufburschen.
Frank verlor nach einer Weile die Geduld. »Ja, Sie sind ja ganz schlau. Es ist jetzt Abend. Zufrieden? Was wollen Sie, bitte?«
Es folgten tiefe Atemzüge. Es klang, als würde der Mann am anderen Ende jeden Moment das Zeitliche segnen.
»Geht es Ihnen gut? Brauchen Sie einen Arzt?«, fragte Frank etwas besorgt.
Wieder ein tiefes geräuschvolles Atmen. Es klang nun wie ein leises Knurren. Frank war sich mittlerweile sicher, dass der Mann Hilfe brauchte. Allerdings keine physische.
Er dachte, diese Anrufe wären mittlerweile Geschichte. Doch nach fünf Jahren war es nun wieder so weit. Nur war es diesmal ein Mann. Sonst hatte ihn immer eine hysterische Frauenstimme am Telefon bedroht. Aber Frank wollte nicht auflegen. Sie sollten ruhig wissen, dass er keine Angst mehr hatte. Er begann die Atemgeräusche des Mannes nachzuäffen. Eine Weile atmeten beide um die Wette. Schließlich wurde Frank das Ganze zu blöd. »Finden Sie nicht, dass Sie sich ganz schön behindert anhören?«
Der Mann am anderen Ende der Leitung antwortete mit einem langen Stöhnen.
»Du bist ja gar nicht nackt«, sagte er und klang auf einmal sehr weich dabei. Fast schon zärtlich. Frank zitterte vor Wut und Ekel.
»Schade. So schade. Ich konnte sonst immer deine Wampe wabbeln sehen. Hast ja schon richtige Brüste bekommen«, flötete die Stimme. Frank erschauderte. War das etwa der Mann aus dem Hof?
»Ich bin vergeben, du Schwein.«
»Ja, ich weiß.« Ein dreckiges Lachen folgte.
Frank schluckte. Der Mann wusste eine Menge.
»Woher haben Sie meine Nummer, Mann!«.
»Die kann ich auswendig«, sagte der Mann und stieß einen weiteren tiefen Atemzug aus.

Frank verfluchte sich innerlich. Das kam nur dadurch, dass er seine Nummer immer wieder bei jedem neuen Anbieter mitgenommen hatte. Der Mann schien ihn gut zu kennen. Er schien in seiner Vergangenheit eine Rolle gespielt zu haben. Außerdem konnte er seine Nummer auswendig. Das grenzte an Besessenheit.
»Du sagst ja gar nichts, Frank. Geht es dir nicht gut?«, hauchte die Stimme.
»Es geht so.«
»Mir geht es sehr gut.«
»Ach ja. Wie schön. Warum denn?«, fragte Frank süßlich.
»Weil es dir bald sehr schlecht gehen wird.« Wieder ein dreckiges Lachen.
Frank äffte es nach.
»Jetzt habe ich aber Angst. Du kannst mir gar nichts.«
»Doch, Hängebauchschwein. Ich werde dich brennen lassen«, zischte die Stimme. Nun schwang aufrichtiger Hass mit. »Bald wirst du keine Mädchen mehr schänden können. Du perverses Stück Dreck!«
»Pass auf, was du sagst!«, schrie Frank und konnte sich beim besten Willen nicht erinnern, jemals so etwas getan zu haben. Klar, er hatte nicht immer seine Finger bei sich lassen können. Besonders wenn er betrunken war. Aber dieser Vorwurf schien für ihn weit hergeholt zu sein. Er hatte das Gefühl, dass er irgendwas übersah. Das er irgendein Ereignis verdrängt hatte. Manchmal hatte er ja auch nach einem Trinkgelage einen Filmriss gehabt. Doch so die Kontrolle zu verlieren, etwas derart Widerwärtiges getan zu haben, das konnte er sich einfach nicht vorstellen.
»Du wirst brennen«, knurrte die Stimme.
»Ja, ja. Ist klar. Schon kapiert. Bist ja auch ein ganz Mutiger. Kannst mir das ja nicht mal ins Gesicht sagen.«
»Wir werden uns bald sehen. Ich werde dich besuchen kommen. Du wirst genauso wie das arme Mädchen leiden. Ich werde dich verbrennen und schänden.«
Frank lachte auf. »Ach so … ja … das klingt ja aufregend. Genau in der Reihenfolge?«

»Du solltest nicht lachen. Ich habe schon mal jemanden getötet.«
Nun bekam Frank etwas Angst. Der Mann schien das ehrlich gemeint zu haben.
»Was meinst du damit?«, erkundigte er sich mit dünner Stimme.
»Der Herr liebt alle, die ihn lieben. Dich liebt er nicht.«
»Hör mal gut zu. Ich …«
Frank wurde von einem röhrenden Geräusch unterbrochen. Es klang wie ein tierischer Aufschrei. Frank fragte sich ob der Mann erfolgreich einen Bären imitiert oder ihm tatsächlich gerade ins Ohr gerülpst hat.
»Jetzt ist aber gut. Jetzt hör mal …«
Doch dann registrierte Frank, dass der Mann aufgelegt hatte.
Danach bemerkte er, dass auch Lisa wohl zur selben Zeit versucht hat, ihn zu erreichen. Frank war nicht nur von dem Anruf des Unbekannten verstört. Schockiert bemerkte er die Erleichterung darüber, dass der Fremde seine Verlobte aus der Leitung geschmissen hatte.
Er dachte ernsthaft über die Zukunft ihrer Beziehung nach, während er sich ein weiteres Stück der abgelaufenen Pastete in den Mund steckte.

3

Lisa beneidete das junge Pärchen. Die beiden liefen schon eine ganze Weile Hand in Hand hinter ihr und tollten herum. Diese Zeiten waren bei ihr und Frank vorbei. Sie sahen sich kaum noch. Er nahm ja schon gar nicht mehr ihre Anrufe entgegen. Trotzdem beschloss sie, kurz bei ihm vorbei zu fahren, bevor sie ihren Vater besuchen würde. Es war so, als würde sie zwei verfeindete Parteien hintereinander aufsuchen und sie stand wie immer dazwischen. Lisa hörte hinter sich schmatzende Kussgeräusche. Die beiden schienen noch in der Blüte ihrer Beziehung zu sein, dachte Lisa. Sie passten ja auch gut zusammen mit ihren Jogginghosen.

Sie lief die Treppe der S-Bahnstation Prenzlauer Berg herunter und hörte, wie die S-Bahn hielt. Mist, sie musste ja noch ein Ticket lösen. Lisa hechtete zum Automaten und löste eine Tageskarte. Sie schaffte es gerade noch, das Ticket zu lösen und sich anschließend etwas umständlich durch die schließenden Türen zu quetschen, als die Bahn auch schon anfuhr.

Natürlich war sie überfüllt. Es waren nur noch zwei gegenüberliegende Sitzbänke frei und auf der einen saß auch schon das junge Pärchen. Lisa überlegte, die beiden wegen eines freien Platzes anzusprechen, denn der junge Mann hatte eins seiner Beine ausgestreckt. Das andere war zwischen den Beinen seiner Freundin eingehakt, die es sich auch sehr bequem machte. Sie wollte den beiden ihre Romanze nicht versauen, schließlich musste sie ja nicht viele Stationen fahren.

Lisa bemerkte einen hageren Jugendlichen hinter sich, der ihr vermutlich die ganze Zeit auf den Hintern gaffte. Er trug ein viel zu großes Muskelshirt, hatte schwarze nach hinten gekämmte Haare. Um seinen Hals hing eine ausladende Goldkette, die großzügig seine magere Brust bedeckte. Bis auf die Kette könnte das eine jugendliche Version von Frank sein, dachte Lisa. Sie sah ihm fest in die Augen. Nun sah er verstohlen weg. Dennoch war es Lisa unangenehm.

Der glückliche Liebhaber schien ihre Gedanken gelesen zu haben.
»Entschuldigen Sie. Wir haben nicht aufgepasst. Setzen Sie sich doch.«
Die Frau neben ihm lachte laut auf und nickte Lisa dann einladend zu.
»Bitte. Setzen Sie sich. Wir beißen nicht.«
Lisa setzte sich und der junge Mann zog seine Beine an. Er war blond und hatte braune Augen. Volle Lippen zierten sein weiches Gesicht. Lisa fand ihn attraktiv. Die Frau neben ihm hatte pechschwarze Haare und große blaue Augen. Sie hatte ebenfalls ein hübsches Gesicht und füllige Lippen. Dennoch wirkte sie auf Lisa etwas älter als ihr Freund. Sie trug bauchfreie Kleidung und war sehr durchtrainiert. Etwas zu extrem für Lisas Geschmack. Sie hatte genauso so breite Arme wie ihr Freund, der wie sie ein ärmelfreies Shirt trug. Dicke Sehnen traten aus ihren Armen hervor. Beide waren tätowiert. Doch die Frau schien schon mehr aus Tattoo als aus Haut zu bestehen. Ihren Tätowierungen nach war sie wohl eher der romantische Typ. Rankende Rosen zierten ihre sehnigen Arme und den entblößten Bauch. Zudem hatte sie sich um den mandelförmigen Nabel ein Herzchen stechen lassen. Lisa fand die Tattoos ziemlich kitschig und auch etwas zu bunt. Dennoch war sie etwas neidisch auf die Chemie, die zwischen den beiden ablief.
Bei Frank und ihr selbst konnte sie davon immer weniger entdecken. Er war ständig weg. Selbst wenn er da war. Sie konnten sich ja kaum noch in die Augen sehen. Und sie selbst war nur noch gereizt in seiner Nähe. Das tat ihr auch oft sehr leid. Sie wollte nicht so zu ihm sein, aber er wollte einfach nicht erwachsen werden. Sie mochte seine Träume, aber er musste auch mal wieder zurück in die Realität finden. Er könnte doch auch lernen, Verantwortung zu übernehmen, ohne dabei seine Unbekümmertheit ganz aufgeben zu müssen. Sie wollte ihn doch nicht verbiegen, aber er musste sich endlich entscheiden auch mit ihr gemeinsam zu leben. Doch Frank schien sich im-

mer mehr dagegen zu entscheiden. Dabei wollte sie ihn nicht verlieren.
Plötzlich tätschelte der blonde Mann ihre Hand.
»Ist alles in Ordnung bei Ihnen?«, fragte er mit sanfter Stimme.
Lisa schrak zurück. Seine Hand lag immer noch auf ihrer. Sie war sehr warm und sie ertappte sich dabei, dass er ihr Trost gab. Der junge Mann schien das jedoch anders zu interpretieren. Er nahm seine Hand weg.
»Entschuldigen Sie. Das war so ein Reflex. Sie sehen so traurig aus.«
Er sah sie dabei mit großen Augen an. Lisa fand seine Augen sehr schön.
»Alles in Ordnung. Danke«, sagte sie knapper, als sie beabsichtigt hatte. Der Mann nickte und wandte sich seiner Freundin zu. Sie fingen wieder an sich zu küssen und Lisa ertappte sich, den beiden neidisch dabei zuzuschauen. Irgendetwas hatte der Mann, was sie sehr faszinierte. Gar nicht sein weiches Gesicht oder der scheinbar so durchtrainierte Körper. Er erinnerte sie an den Mann, mit dem sie vor Frank zusammen war. Auch er hatte sich immer mehr innerlich von ihr zurückgezogen. Wahrscheinlich hatte er jetzt ein tragisches Ende gefunden. Ihr Ex-Freund schien das sogar bewusst angestrebt zu haben. Falls er überhaupt noch lebte. Nun hatte sie Frank und er tat mittlerweile dasselbe. Sich zurückziehen. Eine Wand aufbauen. Sie schien wohl solche Männer anzuziehen. Deswegen war dieser aufmerksame junge Mann sehr erfrischend für sie. Doch er hatte ja diese aufgepumpte Freundin, mit der sich Lisa lieber nicht anlegen wollte. Außerdem hatte sie trotz allem nicht vor ihren Verlobten zu betrügen, obwohl sie manchmal den Verdacht hegte, dass er es selber mit der Treue nicht so ernst nahm. Es gab da ein paar ungewöhnliche Vorfälle. Aber man redete sich auch gerne das eine oder andere ein. Sie hatte ihn ja auch mal mit ihrem Verdacht konfrontiert. Er hatte ihn nicht bestätigt und ihr dabei tief in die Augen gesehen. Sie sei die Frau seines Lebens, hatte er zu ihr gesagt. Über Lisas Verdacht war er zutiefst bestürzt gewesen. Er

hatte ihr aufrichtig geschworen, dass er ihr immer treu bleiben würde, und Lisa wollte ihm glauben. Misstrauen würde einer Beziehung nur schaden.
Ein anderer junger Mann mit Kopfhörern lugte verstohlen zu den Sitzplätzen. Lisa nickte ihm zu und rutschte an die Fensterseite. Nun saß sie der Freundin des Blonden gegenüber. Diese nahm ihre Beine jedoch nicht zurück, sodass Lisa ihre Knie anwinkeln musste. Dabei sah sie Lisa ausdruckslos an. Ihr Freund zog höflich lächelnd seine Beine für den anderen Mann an. Der setzte sich einfach hin, ohne davon Notiz zu nehmen. Irgendein Popsong dröhnte aus seinen Ohrschützern.
Ein kahlköpfiger Mann im Anzug stand neben den Vieren und seufzte. Der junge Mann ließ sich auf den Schoss seiner Freundin fallen und winkte auch den Anzugträger lächelnd heran. Seine ächzende Freundin war davon nicht so begeistert. Lisa auch nicht, denn jetzt hatte sie noch weniger Beinfreiheit. Die Beine des Blonden hingen schon fast über ihr. Dieser bemerkte das sofort.
»Entschuldigen Sie. Da habe ich nicht nachgedacht. Ich kann auch gerne stehen«, sagte er wieder unbeschwert höflich mit seiner jugendlichen Stimme und lächelte verschmitzt.
»Kein Problem. Ich muss ja sowieso nicht mehr lange fahren«, sagte Lisa und genoss auf einmal die Nähe zu ihm.
Vielleicht sollte sie mit Frank einfach eine offene Beziehung führen, dann müsste sie sich nicht immer aufregen und er hätte seine Ruhe, dachte sie.
Eine ältere Frau mit Kopftuch stieg ein. Sie war sehr dünn und hatte zwei Einkaufstüten. Unter der Last schien sie fast zusammenzubrechen. Sofort sprang der kahlköpfige Anzugträger auf und wollte der Frau seinen Platz anbieten.
»Bleib sitzen«, knurrte der blonde junge Mann und jegliche Freundlichkeit war aus seiner Stimme verschwunden. Sein Lächeln allerdings nicht.
»Aber ...«, begann der Geschäftsmann.

»Setz dich hin. Hier sitzen nur Deutsche«, sagte der Blonde kalt.
»Was soll denn das? Das können Sie …«, stammelte der große Mann.
»Setz dich hin, du Spast!«, schrie der Blonde auf einmal. Sein hübsches Lächeln war mit einem Schlag zu einer hässlichen Fratze geworden. Der Anzugträger setzte sich schnell wieder hin. Er war fast zwei Meter groß und Lisa fragte sich, warum er sich von dem jungen Burschen so einschüchtern ließ.
Der andere Mann mit den Kopfhörern seufzte und drehte die Musik lauter. Lisa konnte nun jedes Wort eines bekannten Songs aus den Charts mithören. Lisa hatte genug. Sie erhob sich.
»Das gilt auch für dich, Süße«, flötete der junge Mann und seine Augen wanderten wild hin und her.
Lisa war sich sicher, dass er sich irgendwas eingeworfen hatte. Dennoch blieb sie stehen.
»Hören Sie nicht hin. Setzen Sie sich einfach«, sagte sie zu der älteren Frau.
Diese antworte etwas, was Lisa nicht verstand. »Die kann noch nicht mal Deutsch. Für diese vergammelte Oma willst du aufstehen?«
Der junge Mann schien in der Tat fassungslos zu sein. Seine Freundin lachte grell auf. Auch wenn die ältere Dame die Sprache nicht wirklich verstand, schien sie jedoch verstanden zu haben, dass der junge Mann sie nicht mochte. Sie murmelte wieder etwas Unverständliches und schüttelte dabei den Kopf.
»Was? Was willst du? Hast du mich gerade in deiner Sprache beleidigt? Hä? Denkst du etwa, ich checke das nicht, du vertrocknete Hexe?«, rief der junge Mann. Nun erhob er sich und streckte seine muskulöse Brust heraus, als hätte er eine starke Gegnerin vor sich, die er damit beeindrucken musste. Er schlug ihr eine Tüte aus der Hand. Ein paar Orangen und Konservendosen kullerten heraus. Die Frau zuckte ängstlich zurück und fing an zu wimmern.

»Was ist denn los? Jetzt habe ich dir gerade eine Tüte abgenommen. Das ist also der Dank. Immer nur nehmen! Dabei habe ich doch schon ein Herz für Tiere«, rief er lachend.
Der Mann im Anzug hielt die Luft an und blickte betreten zu Boden. Der Mann mit den Kopfhörern hatte seine Musik weiter aufgedreht. Ansonsten war es im überfüllten Wagen totenstill. Hier sitzen so viele Typen, die es mit dem Knirps aufnehmen könnten, dachte Lisa bitter. Sie merkte, wie ohnmächtige Wut in ihr aufstieg.
»Das reicht jetzt. Lassen Sie doch einfach die Frau in Ruhe«, rief Lisa.
Der junge Typ zog eine kindliche Schnute.
»Was denn? Ich helfe ihr doch nur bei den Tüten«, sagte er und trat gegen die andere Tüte der Frau, sodass auch die aus ihrer Hand flog. Schützend hob die ältere Dame die Hände vor ihr Gesicht.
»Was soll das denn jetzt? Gehst du schon in Stellung, Oma? Willst du dich etwas mit mir boxen?« Auch der junge Mann hob seine Hände. Lisa sah, wie die panische Angst im Gesicht der älteren Frau zunahm. Dann sah sie, wie alle anderen Fahrgäste mit ihren Blicken den Boden nach Schmutz absuchten. Sie wusste nicht, was sie wütender machte. Dieses Arschloch, seine lachende Freundin oder die anderen untätigen Fahrgäste, die das alles geschehen ließen. Jedenfalls konnte sie ihre Wut nicht mehr an sich halten.
»Lass sie endlich in Ruhe!«, schrie sie. Der Blonde drehte sich höhnisch grinsend zu ihr um.
»Oh, wie süß. Da hat wohl noch jemand ein Herz für Tierchen. Bist du etwa Veganerin? Was willst du denn machen, Schätzchen?«
Lisa verpasste ihm einen Stoß vor die Brust. Es war, als würde sie gegen eine Wand schlagen.
»Oh. Du gehst ja ganz schön aggressiv ran, Zuckermaus. Macht ja nichts. Komm ruhig näher. Ich stehe auf Blond und nicht auf Burkas«, sagte er und deutete abfällig auf die ältere Frau.

»Das ist keine Burka. Sie trägt ein Kopftuch. Kennst wohl nicht den Unterschied, du dummes Arschloch!«, schrie ihn Lisa an.
»Bist wohl eine richtige Klugscheißerin«, mischte sich nun seine Freundin mit ihrer heiseren Stimme ein. Sie hatte einen osteuropäischen Akzent. Was Lisa etwas merkwürdig fand, denn der junge Mann vor ihr schien ja Ausländer eindeutig nicht zu mögen.
»Ja, du hältst dich wohl für was Besseres. Linksversiffte Schlampe!«, zischte er und verpasste Lisa einen Stoß, dass sie nach hinten flog.
Freundlicherweise nahm der große Mann im Anzug seine Beine zur Seite. Sie konnte sich gerade noch an dem Mann mit den Kopfhörern festhalten, sonst wäre sie auch auf dem Schoss der durchtrainierten Frau gelandet. Der Mann nahm das genervt zur Kenntnis und wippte mit dem Kopf zu einem neuen Lied. Die Freundin des Blonden kommentierte den Vorgang mit einem weiteren dreckigen Lacher.
»Hey, das reicht jetzt!«, rief plötzlich ein bärtiger Mann ein paar Sitzreihen weiter und erhob sich.
Auch der große Anzugträger erhob sich etwas unsicher, aber er stand zumindest.
»Ja, es reicht. Hören Sie bitte auf damit«, sagte er leise. Dann trat auch der Jugendliche mit der Goldkette dazu.
»Lass sie in Ruhe, Mann«, sagte er.
Der junge Blonde nickte und sah Lisa tief in die Augen.
»Dich fick ich noch«, zischte er und seine Freundin lachte wieder.
Die S-Bahn blieb schließlich stehen und Lisa stieg sofort aus. Sie registrierte, dass sie zwei Stationen zu weit gefahren war. Na und, dann würde sie halt laufen. Sie würde keine Sekunde länger in der Bahn aushalten. Hastig stieg sie die Treppe hinauf, trat aus der S-Bahnstation und war sichtlich erleichtert, als sie die frische Luft einatmen konnte. Sie bog in eine kleine Seitenstraße ein.
Sie ging gerade in ihrem Kopf halb gare Argumente durch, mit denen sie Frank dieses Mal vor ihrem Vater verteidigen konnte, als sie schnelle Schritte hinter sich

hörte. Sie wollte sich umdrehen, aber es war zu spät.
»Rechts vor links, du Schlampe!«
Der blonde Mann packte sie grob am Arm und zog sie in einen Hinterhof. Dort stieß er sie grob gegen eine Mauer, sodass Lisas Rücken wuchtig gegen die Wand knallte.
»Na, bist du jetzt immer noch so frech? Mach weiter so. Ich bin schon ganz geil, du Miststück«, zischte er und presste sich an sie, dass Lisa zwischen der Mauer und seinem harten Körper eingequetscht war. Seine bauchfreie Freundin stand daneben und funkelte Lisa an.
»Dein Freund hat Scheiße gebaut«, sagte sie. Dieses Mal lachte sie nicht.
Der junge Blonde warf mit einer Kopfbewegung seine lange Mähne zurück und lächelte. Dann presste er sein Gesicht an ihre Wange.
»Genau. Das hat er. Und jetzt gehörst du mir ... Lisa.«
Lisa bekam kein Wort heraus. Sie spürte die kalte Mauer in ihrem Rücken, während der junge Mann seinen Bauch gegen ihren drückte und sich an ihr rieb. Sein Unterkörper prallte mit wippenden Bewegungen gegen ihren, während Lisa immer noch verstört darüber war, dass die beiden ihr die ganze Zeit gefolgt waren und auch noch ihren Namen kannten. Woher? Was wollten sie von ihr?
»Wollen wir einen Dreier machen?«, fragte seine Freundin und strich sich eine Haarsträhne aus dem Gesicht.
Der junge Mann betrachtete Lisa kalt. Die sanfte Freundlichkeit aus der S-Bahn war verschwunden. Das Gesicht des Typen war ganz nah an ihrem eigenen, während er sie hasserfüllt anfunkelte.
»Na, wie fühlst du dich jetzt, hä? Es ist auf einmal so still hier. Wo ist denn jetzt deine große Fresse, hä?«
Seine Freundin lachte wieder. Der Blonde schob Lisa eine Hand unter ihr Oberteil. Sie spürte die Hand des Mannes auf ihrer Haut zu ihrer Brust hoch wandern und versuchte, sie wegzudrücken. Er ließ nicht locker und lächelte sie triumphierend an.
»Checkst du es immer noch nicht. Dein Freund hat dich in die Scheiße geritten. Ich kann mit dir machen, was ich will. Du gehörst jetzt mir.«

4

Frank spürte, dass ihn jemand beobachtete. Das war natürlich nichts Besonderes bei seinem Ruf. Er sehnte sich sogar regelrecht danach und genoss jede Form von Aufmerksamkeit. Aber dieses Mal war es etwas anderes. Ein anderes Gefühl von Beachtung, auf das Frank gut verzichten konnte. Es war, als würde ihn ein Stalker ausspähen. Wie ein Raubtier, das den richtigen Zeitpunkt abwartet, um zuzuschlagen und sich seine Beute zu krallen. Die Blicke brannten sich wie Laserstrahlen in seinen Rücken. Das ging ihm schon so, seit er die Unterführung durchquert und einem Bettler Kleingeld zugeschoben hatte, möglichst bedacht, den Mann nicht zu berühren. Seitdem musste er sich ständig umdrehen. Er hasste so was. Nur unsichere Leute ohne Selbstbewusstsein drehten sich dauernd um. Dann doch lieber mit hervorgestreckter Brust ins Messer laufen. Aber da hatte er auch keine Lust drauf. Einmal schien ihm eine Gestalt mit Kapuze auf der gegenüber liegenden Straßenseite aufgefallen zu sein, welche sich dann schnell wegdrehte, als Frank sie sah. Aber sicher war er sich da auch nicht. Trotzdem wurde er das Gefühl nicht los. Schließlich hatte er vorhin einen ziemlich unheimlichen Anruf erhalten. Doch das war ja nichts Neues. Die Dinge, die der Mann angeblich über ihn wusste, konnte er auch erraten haben. Die anderen Anrufe waren auch sehr gruselig und persönlich gewesen. Selbst da hatte ihn ja auch nie jemand auf der Straße verfolgt. Oder doch? Vielleicht verfolgten ihn seine Feinde ja schon die ganze Zeit?

Frank umklammerte seine Rotweinflasche, die er sich in einem Fachgeschäft gekauft hatte. Ein edler Merlot. Er konnte es kaum erwarten, dass seine Geschmacksknospen explodierten. Am besten noch mit Pia auf seinem Schoss. Nun gab es jedoch diesen Störfaktor, der seine Vorfreude hemmte. Er drehte sich wieder um. Aber die gegenüberliegende Straßenseite war nun voller Menschen. Hauptsächlich waren es Leute, die nach einem langen Arbeitstag nach Hause wollten sowie einige angeheiterte Partygänger und Nachtschwärmer. Also war es schwierig, seinen Verfolger direkt auszumachen. Und seinen vermeintlichen Stalker mit der Kapuzenjacke konnte er nicht mehr entdecken. Er durfte das nicht mehr tun, ermahnte er sich. Er durfte keine Angst zeigen. Leider waren auch die falschen Leute auf ihn aufmerksam geworden. Der Preis des Erfolges. Weil er die falschen Leute um einen Gefallen gebeten hatte. Aber nicht nur die waren hinter ihm her. Seitdem sein letztes Buch erschienen war, hatte er den tiefsten Hass von ein paar Fanatikern auf sich gezogen. Als ob er jemanden umgebracht hätte, dachte Frank bitter. Das hatte sich wohl eher umgekehrt abgespielt. Schließlich hatte er das tote Mädchen nicht zu verantworten. Die Spinner waren vielleicht nicht so professionell wie Igor und seine Leute, aber dafür mindestens genauso verrückt und weniger berechenbar. Irgendjemand postete vor ein paar Jahren ein Foto von ihm mitsamt Privatadresse im Internet. ZUM ABSCHUSS FREIGEGEBEN, hatte der anonyme Wutbürger da drunter geschrieben. Danach hatte Frank Monate lang Probleme mit wütenden Trollen gehabt. Doch dann war mit einem Schlag alles vorbei gewesen. Ruhe war eingekehrt. Die Drohbriefe und die nächtlichen Anrufe hörten auf. Auch der Shitstorm in den sozialen Medien war nur noch ein laues Lüftchen. Frank dachte damals, dass diese Verrückten ihr Interesse an ihm verloren hätten. Wie es oft bei irgendwelchen aufflammenden Trends der Fall war. Aber vielleicht war das ja nur die Ruhe vor dem eigentlichen Sturm? Vielleicht wollten sie nun zuschlagen? Der Anrufer war noch um einiges besessener als die Frau davor gewesen. Auch die Gemeinde von Korben bekam immer mehr Zulauf. Immer mehr zogen sich die Fanatiker aus der Öffentlichkeit zurück. Gleichzeitig rekrutierten sie, was das Zeug hielt. Journalisten wurden immer mehr attackiert und bedroht. Frank hatte einige äußerst bedenkliche Berichte gelesen. Vielleicht hätte er sich Polizeischutz besorgen sollen? Denn die Mitglieder aus Korbens Verein wurden immer radikaler. Vielleicht wollte sich nun einer von ihnen beweisen und ihm ein

Messer in den Rücken rammen? Leute wurden schon wegen weniger auf offener Straße umgebracht, dachte er und ihm wurde kälter.
Ihm fiel wieder der Mann ein, der zu ihm hoch gestarrt hatte mit seinem dämonischen Blick. War das der Wahnsinnige gewesen, der ihn am Telefon bedroht hatte? Falls es sich bei den beiden um dieselbe Person handeln sollte, musste er sich wohl oder übel Gedanken machen. Dann hatte er es definitiv mit einem Wahnsinnigen zu tun. Aber hier sind ja überall Menschen. Da passiert dir schon nichts, sagte sich Frank.
Nieselregen klatschte ihm ins Gesicht. Seine Ohren waren schon fast taub. Konnte dieser scheiß Winter nicht endlich aufhören? Frank fluchte. Er musste schnell in seine Wohnung und dann würde er es sich dort gemütlich machen und einen Schlachtplan entwickeln. Nun wollte er erst mal seinen Geist tanken, bevor er sich weiter stressen musste. Was brachten die ganzen Sorgen. Jeden Tag konnte man durch irgendetwas sterben. Also warum nicht in der Gegenwart bleiben und sich an den kleinen Köstlichkeiten des Lebens erfreuen. Er hatte es ja schon fast geschafft. Sein neues Buch würde einschlagen, da war er sich sicher. Ein historisches Epos über eine Familie im Mittelalter deren Konflikte und Liebschaften sich über etliche Generationen zog. Genial. Ein absolutes Meisterwerk. Da war sich Frank ganz sicher. Sein Verleger musste es nur noch absegnen. Eine reine Formalität. Er hatte seine Frist erfüllt und konnte wieder aufatmen. Denn bald hatte er wieder Geld und seine Ruhe. In Zukunft würde er sich genau überlegen, wem er noch vertrauen konnte.
Frank bog in die Rigaer Straße ein, welche sich durch Friedrichshain zog. Kurz blieb er stehen und betrachtete an einer Mauer ein paar Plakate, die zum Protest gegen Polizeigewalt und Wohnraumverdrängung aufriefen. Vielleicht konnte er sich dazwischen mischen, einen auf aufgebracht machen und Kontakte knüpfen. Das könnte bei der Bewerbung seines neuen Buches nützlich sein. Frank notierte sich den Termin der nächsten Versammlung im

Kopf und bahnte sich einen Weg durch eine Gruppe alkoholisierter Teenager, die ihm in seine kalten Ohren grölten. Einer besaß sogar die Frechheit, ihn anzurempeln. Frank legte alle Kraft in sein steif gefrorenes Gesicht und guckte ihn so böse an, wie er konnte. Aber das schien dem schmalschultrigen Jugendlichen egal zu sein. Er lachte und ging weiter. Früher wäre das nicht so gewesen. Da hätte sein böser Blick noch Wirkung gezeigt. Ich werde alt, dachte Frank und blieb vor dem Spätkauf stehen, wo er sich ab und an einen Glühwein genehmigte. Tarek war gerade in ein Gespräch vertieft, als Frank ihm zuwinkte. Dennoch wollte er warten. Glühwein war jetzt genau das Richtige. Eine geschmackliche Vorstufe zu seinem Merlot. Tareks Gesprächspartner war ein älterer Mann. Sein Kopf erinnerte Frank an einen Vollmond. Rund und sehr bleiche Haut. Narben, vermutlich durch eine Akne gezeichnet, lagen wie Krater in seinem Gesicht. Er trug einen schwarzen Mantel und einen Hut auf dem Kopf. Auf seinem runden Gesicht saß eine Hornbrille. Frank hatte ihn zuvor nie in diesem Viertel gesehen, aber der Mann warf ihm andauernd Blicke zu, während er mit Tarek sprach. Frank war das unangenehm.
Er widmete sich einer schöneren Angelegenheit zu. Vor ihm saß eine Frau auf der Bank, auf der im Sommer die Kunden vom Späti saßen, ihr Bier tranken und rauchten. Ihre Handtasche lag auf einem klappbaren Tisch, worunter sie ihre langen Beine bugsiert hatte. Auch sie beobachtete Frank. Das war wieder die Art der Aufmerksamkeit, die er mochte. Mit routiniertem Geschick ließ er verstohlen seinen Verlobungsring in die Hosentasche gleiten. Er würde ihn sowieso verkaufen müssen, wenn sein neues Buch nicht anschlug. Oder er warf ihn Lisa beim nächsten Streitgespräch einfach an den Kopf. Schon das letzte Mal war er kurz davor gewesen. Immer diese Nörgelei. Als wäre sie perfekt. Wenn dem so wäre, sollte ihre Hoheit sich doch einfach einen neuen Mann suchen, der keine Fehler machte, dachte Frank und bekam immer mehr Lust auf die Frau vor ihm.

Er wunderte sich, dass sie nicht fror. Sie hatte ihren Mantel offen und trug darunter nur ein Feinripp Hemd. Ein Tattoo in Form einer Schlange züngelte sich bis zu ihrem Hals empor. Frank gefiel das. Er lächelte ihr zu. »Guten Abend.«

»Hallo«, sagte sie und guckte schnell wieder weg. Frank sah das als Einladung sich zu setzen, doch dann winkte ihn Tarek zu sich heran. Sein Gesprächspartner war verschwunden.

»Ich bin gleich wieder da«, sagte er noch bedeutungsvoll zu der Frau und setzte ein breites Lächeln auf. Der Kioskbesitzer deutete Frank mit einer Kopfbewegung an ihm in seinen Laden zu folgen. Das tat Frank. Er gab Tarek die Hand. Dieser schüttelte sie fest.

»Dein Freund sucht dich«, sagte er und Frank wunderte sich über den kalten Tonfall des sonst immer so freundlichen Kioskbesitzers.

»Wer?«

»Dieser Maik.« Bei Frank schrillten die Alarmglocken. Als Freund würde er ihn nicht gerade bezeichnen.

Tarek musterte ihn. »Ich will dir ja nicht vorschreiben, mit wem du dich abgeben sollst. Ich bin ja nicht deine Mama oder dein Kindermädchen. Es geht mich auch gar nichts an«, sagte Tarek. »Aber wenn dein Nazikumpel in meinen Laden marschiert, mich ausfragt und beleidigt, ist es auch meine Angelegenheit, Frank.«

Frank schluckte. »Was ist passiert?«. Tarek wischte sich einen imaginären Fussel aus seinem Bart. »Er kam hier rein. Wollte wissen, wo du bist. Ich habe ihm gesagt, ich weiß es nicht. Er hat dreimal so getan, als hätte er mich nicht verstanden. Sagte, ich soll laut und deutlich sprechen. Das habe ich die ganze Zeit. Du verstehst mich doch auch, Frank. Oder spreche ich auf einmal so undeutlich. Verstehst du mich jetzt nicht mehr, Frank?«

»Natürlich verstehe ich dich.«.

»Na also. Dann hat er sich nach meiner Frau erkundigt. Wie es ihr denn so geht. Und mich gefragt, ob ich sie auch gut behandeln würde. Kennt der mich etwa? Kennt der meine Frau, Frank?«

»Natürlich nicht, Tarek.«
»Will ich auch hoffen. Dann würde er nämlich wissen, dass ich meine Frau sehr gut behandle. Ich bete sie an. Ich würde sie auch meinetwegen die ganze Zeit auf Händen tragen. Nur will sie das gar nicht. Wir respektieren uns gegenseitig. Sind auf Augenhöhe. Ich weiß ja nicht, was du deinem Freund da erzählt hast.«
»Ich habe ihm gar nichts über dich oder deine Frau erzählt.« Frank sagte die Wahrheit.
Tarek schien ihm jedoch nicht zu glauben. »Pass auf, was du laberst. Das steht dir gar nicht, Frank. So kenne ich dich nicht. Ich dachte, wir wären Freunde. Warst immer so ein netter Kerl gewesen. Vielleicht ist dir der ganze Ruhm auch etwas zu Kopf gestiegen. Kommt öfter vor, als man denkt, dass manche Leute vergessen, wo sie hergekommen sind. Nur da können meine Frau und ich jetzt auch nichts für. Ich reiße mir hier stundenlang im Laden den Arsch auf. Bin die ganze Woche hier durchweg beschäftigt. Und da latscht dieser Heini hier herein und macht einen auf dicken Macker mit seiner Jogginghose. Kommandiert mich herum, trinkt meinen Glühwein und will mich auch noch verhören. Der Milchbubi hat wahrscheinlich noch nicht mal Haare am Sack und macht hier einen auf Eheberater. Echt, Frank. Was soll ich dazu sagen?«
Frank musterte einen der Kühlschränke im Laden. Er betrachtete ausgiebig eine ihm unbekannte Biermarke. Der Name klang mexikanisch. Er hatte null Interesse, sich damit die Kante zu geben. Aber durch seine aufkommende Verlegenheit bekam er auf einmal Anreize, dass Getränk genauer zu studieren.
»Er ist nicht mein Freund.«
»Was ist er dann für dich?«
»Ein notwendiges Übel.«
Tareks Gesicht wurde etwas weicher.
»Hast du Probleme, Frank? Brauchst du Hilfe?«
Frank schüttelte den Kopf. Jeder Eingriff von außen würde die Situation nur verschlimmern.
»Alles in Ordnung.«

»Du weißt, dass wir hier füreinander da sind.«
Frank wollte auf keinen Fall Tarek in diese pikante Angelegenheit verwickeln. Der Mann hatte Familie. »Nein, nein. Mach dir keine Sorgen.«
»Tja. Das tue ich bereits. Und ich frage mich, ob ihr nicht doch Freunde seit. Er hat dir schließlich schon beim Umzug geholfen, als du hier wieder hergezogen bist. Ich habe dich schon damals vor ihm und seinen Leuten gewarnt. Und jetzt sehe ich, dass ihr immer noch in Kontakt steht. Du weißt ja, was in Neukölln abgegangen ist. Maik war dabei gewesen. Mein Cousin hat ihn wieder erkannt.«
»Vielleicht hat er sich ja auch geirrt?« Allerdings war Frank sich sicher, dass sich der Cousin nicht irrte. Schließlich hatte er sich ansehen müssen, was für eine Tätowierung auf Maiks Rücken prangte.
»Denkst du etwa, Ismael hat etwas mit den Augen? Er hat Maik eindeutig wiedererkannt, als der deine Möbel geschleppt hat.«
»Das beweist noch gar nichts. Wie du schon angedeutet hast, er hat sehr junge Gesichtszüge. Dann ist er blond. Da kann ich dir einige aufzählen. Ich habe ihn sogar schon mal mit diesem kanadischen Popsänger verwechselt. Wie hieß der noch gleich?«
Tatsächlich sah Maik diesem jungen Musiker äußerlich etwas ähnlich. Beide haben jugendliche Gesichtszüge und einen athletischen Körperbau. Frank lag nur sein Name nicht auf der Zunge, obwohl er sehr bekannt war. Doch seinem Gesprächspartner schien das auch relativ egal zu sein. Wütend starrte Tarek ihn an.
»Na, dann könnt ihr euch ja gegenseitig Autogramme geben. Bist du jetzt sein Anwalt, oder was?«
»Tarek, es tut mir wirklich leid, was dir da passiert ist. Das musst du mir glauben.«
»Es tut dir leid?«, fragte Tarek und lachte bitter. »Frag mal mein Patenkind. Der Junge kann dir leidtun. Sie sind in Neukölln über ihn hergefallen. Haben ihn zusammengeschlagen. Musste mit acht Stichen am Kopf genäht werden. Acht Stiche, Frank. Er ist erst fünfzehn.«

Frank schluckte einen Kloß herunter. Das tat ihm wirklich leid. Allerdings würde vermutlich kein Arzt mehr in der Lage sein, seinen Kopf zuzunähen, wenn Maik ihn früher oder später finden würde.
»Ein Kind. Und Maik war dabei«, fuhr Tarek fort. »Ich musste mich vorhin richtig beherrschen, dass ich dem grinsenden Hurensohn nicht sein dreckiges Maul einschlage. Aber ich weiß ja ganz genau, wie das Ganze dann weitergelaufen wäre. Also, willst du mir nicht endlich sagen, was da los ist?«
Das wollte Frank ihm gerne sagen.
Nur konnte Tarek ihn nicht beschützen.
Niemand konnte das.
Frank war schon längst verloren. Denn nun war die Jagdsaison auf ihn eröffnet.

5

Immer noch stand Lisa mit dem Rücken zur Wand. Der blonde Mann genoss das sichtlich und presste seinen Körper gegen ihren, wenn er sie nicht gerade befummelte.
Lisa konnte um Hilfe schreien, wie sie wollte. Sie hatte ja gesehen, was in der S-Bahn passiert war. Nein, sie musste sich selbst retten. Erstaunt über ihre eigene Entschlossenheit, ließ sie langsam ihre Hand über seinen flachen Bauch gleiten, bis sie an seinem Schritt angelangt war. Nun war der Blonde erstaunt und stieß Luft aus.
»Alles klar«, hauchte sie. »Dann ist das wohl so. Vielleicht gefällt mir das ja.«
Der junge Mann lächelte erleichtert, bis ihm Lisa mit aller Kraft, die ihr zur Verfügung stand, die Eier zusammendrückte. Er brüllte auf wie ein verwundetes Tier und sank zu Boden.
»Glaub mir, du willst mich gar nicht«, presste sie aus zusammengebissenen Zähnen hervor und rammte ihm ihr Knie gegen den Kopf. Der Typ kippte zur Seite und nun musste es Lisa mit seiner Freundin aufnehmen. Diese stand breitbeinig vor ihr und lachte wieder.
»Na dann«, sagte sie und hob die Fäuste.
Lisa starrte auf ihre Arme, die doppelt so dick waren wie ihre eigenen und scheinbar nur aus sehnigen Muskeln zu bestehen schienen. Doch bevor sie sich weiter über die physische Verfassung ihrer Gegnerin Gedanken machen konnte, wurde sie von dem Typen zu Boden gerissen. Er drückte sie mit seinem ganzen Gewicht zu Boden. Lisa schrie wütend auf, als der Blonde seufzend auf ihr lag und fast schon zärtlich seine Zähne in ihren Hals grub.
Als sie angewidert ihr Gesicht zur Seite drehte, entdeckte sie eine Bierflasche, die umgekippt auf dem Boden neben ihr lag. Sie wollte gerade nach ihr greifen und sie dem aufdringlichen Angreifer auf seinen Schädel kloppen. Da richtete sich der Typ plötzlich auf, griff ihre Hand und drückte sie auf den Boden. Seine andere Hand legte er

um Lisas Hals, während er sich rittlings auf ihren Brustkorb setzte. Dabei sah er sie wieder triumphierend an.
»Wow. Du hast eben ganz schön zugegriffen. Willst du ihn unbedingt sehen? Willst du das, hä? Na, dann legen wir mal los.«
Er fing an, sich die Hose herunterzuziehen.
Da traf ihn ein Fußtritt ins Gesicht.
In der S-Bahn waren Lisa seine Blicke noch unangenehm gewesen. Nun sollte sich der Jugendliche mit der Goldkette als ihr Retter erweisen. Der Blonde purzelte von Lisa herunter, die immer noch erstaunt auf dem Rücken lag und froh war, dass sie wieder Luft bekommen konnte. Doch die Erleichterung hielt nicht lange an. Der Blonde wich dem nächsten Fußtritt aus und zog den anderen jungen Mann an der Goldkette zu sich heran. Dabei stolperte der Blonde über seine eigene heruntergelassene Hose und riss den anderen mit sich zu Boden. Bevor Lisa sich aufrichten konnte, warf sich die Frau auf sie. In der Zwischenzeit hatte der Blonde den anderen Mann zu Boden gedrückt und verpasste ihm ein paar Kopfnüsse. Lisa versuchte, die Frau von sich herunter zu schieben, aber diese nagelte sie unerbittlich am Boden fest.
»Du hast dir den falschen Freund ausgesucht. Das ist erst der Anfang. Bald wirst du gepfändet. Dann wirst du mein Spielzeug sein.«.
Die Frau wollte ihr einen Kuss geben, doch Lisas Kampfgeist war noch nicht erstickt. Sie biss ihr in die Unterlippe. Die Frau schrie auf und fluchte irgendetwas, dass Lisa nicht verstand. Dann verpasste ihr die Frau eine schallende Ohrfeige, bevor sie von ihr herunterstieg. Lisas Kopf schlug hart auf den Boden.
»Du hast mich gebissen. Was soll denn das, du Schlampe! Meine Lippe hat viel Geld gekostet. Da steckt eine Menge Arbeit drin!«, schimpfte die Frau.
Dann fiel ihr Blick auf die Flasche, die Lisa schon ihrem Freund über den Schädel ziehen wollte.
Die Frau nahm sie und schlug sie gegen die Mauer. Ein Stumpf mit scharfen Zacken blieb in ihrer großen Hand zurück.

Lisa schielte hilfesuchend zu ihrem vermeintlichen Retter. Doch der schien genug eigene Sorgen zu haben. Der blonde Mann kniete nun auf seiner Brust und verpasste ihm in Endlosschleife Ohrfeigen.
Die Frau beugte sich über Lisa und der zackige Stumpf kam ihrem Gesicht bedrohlich nahe.
»Wow!«, rief die Frau und strahlte Lisa an. »Ich mag deine Grübchen. Du hast so ein schönes Gesicht. Ich werde mir eine Scheibe davon abschneiden.«
Die Zacken waren nur noch wenige Zentimeter von Lisas Gesicht entfernt.

Über den Autor

Matthias Krause wurde 1987 in Cuxhaven geboren.
Schon seit seiner Kindheit erzählt er in jeglicher Form eigene Geschichten.
Auch nach seiner Schauspielausbildung und während einiger Engagements an Theatern und im Fernsehen war er dem Schreiben treu geblieben.
Nach einigen Kurzgeschichten erschien im Mai 2021 sein Debütroman "HÖR AUF ZU BRENNEN".
Juni 2021 folgte sein zweites Buch "HÖR AUF ZU FRESSEN".
Matthias Krause konzentriert sich in seinen Romanen auf die Antihelden und ihr Verhalten in überspitzten Situationen.
Es geht in beiden Geschichten auch um aktuelle Themen wie die Auswirkungen von psychischer Gewalt, Unterdrückung (z.B. von Menschen und Gefühlen) und Fanatismus (z.B. Religion, Nationalismus).
Dennoch ist dieses Buch kein Tatsachen-Roman, sondern ein überspitzter Psychothriller mit Horrorelementen und satirischen Untertönen.
Einige Figuren kommen in beiden Geschichten vor.
Beide Bücher können auch unabhängig voneinander gelesen werden.
In diesem Buch hat Matthias Krause beide Geschichten neu überarbeitet.
Seine weihnachtliche Kurzgeschichte HÖR AUF ZU GÄREN wurde in dieser Neuauflage als Prolog beigefügt.
Eine dritte Geschichte wird folgen.
Aktuell lebt Matthias in Berlin.